U0674557

话城

HUA CHENG

张峥嵘　　著

南海出版公司

图书在版编目（ＣＩＰ）数据

话城/ 张峥嵘著. -- 海口：南海出版公司,
2019.8(2021.3重印)
　ISBN 978-7-5442-6939-1

　Ⅰ.①话… Ⅱ.①张… Ⅲ.①纪实文学 – 作品集 – 中
国 – 当代Ⅳ.①I25

中国版本图书馆CIP数据核字(2019)第178406号

HUA CHENG

话城

著　　者	张峥嵘
责任编辑	孙翠萍
出版发行	南海出版公司　电话：（0898）66568508（出版）　65350227（发行）
社　　址	海南省海口市海秀中路51号星华大厦五楼　邮编：570206
电子信箱	nhpublishing@163.com
经　　销	新华书店
印　　刷	北京军迪印刷有限责任公司
开　　本	700毫米 × 1000毫米　1/16
印　　张	17
字　　数	265千字
版　　次	2019年8月第1版　2021年3月第2次印刷
书　　号	ISBN 978-7-5442-6939-1
定　　价	68.00元

洞庭湖东岸文化地理

刘　恪

张峥嵘的《话城》，我2月20号就背回北京了。一直想找一个合适的节点说几句，过去三个月来一直不知道说什么好，只是翻翻书看。水文化是一个切入口，她的书只是与水商量，如何浸润水文化是不太够的。她问序写的怎么样了，再也不能拖迟了。

张峥嵘的序是一定要写的，尽管我的中指痛。认识峥嵘始于2009年，是一位学生张阳球介绍的。在五里牌书店她刚好买了我一本《先锋小说写作技巧讲堂》，她想学学写小说与散文。这太难了，我心里想。认识后，没想到我们居然住在同一个小区，洞纺家属区，更没想到她的丈夫是我大弟弟的同学。记得那年很热，我光着膀子穿着短裤在东风湖的林荫下，同她谈散文写作，以后好几次在书店里给她买外国散文，她爱学而不得其法，还有她贪多。做新闻的，写通讯和报告文学是她拿手戏，可偏偏向散文和小说挑战。

张峥嵘风风火火且有男士性格，干事快捷，干净利落。那时她是《视界》主力，那时《视界》的大文章和好文章都是她的手笔。一个星期不见，《视界》的文章写完了，几个月不见，她的杂志发行做完了。仗义之人，且有肝胆热心，此后她常引荐一些岳阳的文人，让我推介推介，那个李桂龙就是她力推的。岳阳方面的文化视野便是她给我打开的。例如，周瑜墓，鲁肃墓，老岳阳县衙，鱼巷子采访，汴河街茶肆看湖水，洞庭湖东岸的文化景观，都是她给我这样打开的。这次看她的《话城》，我笑了，介绍岳阳她已写了一本书，在这本书成熟的时候，她个人也就成了岳阳的文化使者了。

巍巍俊逸的慈氏塔，幽隐神秘的乾明寺，颇为洋气的教会学校，古渡千年的情怀，洞庭湖万代风韵，鱼巷子风俗永存，油榨岭香飘四逸，三国水战、新墙河战火弥漫……还是那沉戟湖底的铁枷，护卫着神奇神秘的岳阳楼，她从地理文物考古中梳理传奇，拨开历史风云，还事物以本来的面貌，一洗纤尘，从事实中理清文化史的样貌，我们可以称这种做法为文化唯物主义考古。

除了理清文人的历史尘埃，更重要的是梳理历史事实，还原历史过程，把文化史作为一个动态考查，在行为与事实中清理出人类的因果关系，把一种文化规范考辨出文化人类的一种生活方式。岳阳楼便不是一种历史遗迹，而是人类生活的当代史，历史就焕发出新的光辉了。

我最初看完全书的想法是把她的小标题全部换掉，后来看看，直接用白话也是一种风格，真实的文化事物太雕琢了，使用太多象征、隐喻让人像猜谜一样，不好。浅白、明确、通俗更接近事物本身，有一种直接打动人的力量，而且可以看成作者的口语与行为方式，呈现出作者的肝胆情怀。没准儿，我一改反而坏了。

保持原样，历史文化最宝贵的品质就是保持原样。

我曾说过，写作是个人灵魂向命运一种不妥协的抗争。这一点对于张峥嵘来说是最显个人印迹的，也是一种宝贵稀有的品质。无论是个人生活还是写作都保持这种抗争的文化品质，她的直率肝胆就可以作为佐证。

她写了许多散文，我也看了许多，认为她写得都没有成功。当然她也说过一些外行话，直到五年前，她给我一篇最长的散文让我看看，问要如何改动一下。我看了，没吭声，告诉我的博士生李海英和发慧，让其把文章内直接的东西处理下，包括一些不必要的重复，我给她发表了。杂志出来了，她呆了，文章还没改呢。那是她51岁时某个午夜的内心独白，一个女性最真实的自我认识，惋惜与感叹。散文是性情的，是个人最内在的真实的展示。

这是一个为选择自由和自在，不息倔强的纺织女工。因此，她总能从历史文化中发掘出具有个性的东西。她写了明扬、能勇法师、曹岳欣老人、郭亮，还写了寄禅、向振熙这些被历史风尘湮灭的人物，人的生命躲藏在历史事物中，因为，她写的文化物件要多一些，交代出那些历史的烦琐、沉重，掌故保持了人与物的一致性，弘扬了文化事物的丰富性，人与物在宇宙中的位置，保持同样的主体性，比单纯强调人在宇宙中突出的位置更好。

最后说说文体与风格问题，做新闻出身的，保持敬业的敏感与尖锐，采用口语的白话是她的特点，做事实与行为的客观报道，她选择通讯与报告文学的方式，这成了一种写作上的自觉。故此，她总爱交代出事物与行为的来龙去脉，详细地展示了洞庭湖东岸的文化景观。在这个优势中，她自然泄露了个人写作的缺点。由于太拘于事物本身的客观性，影响了作者的想象力和创造力，不能够把文化事物和人的精神做形而上的探索。一个地方的精神是通过人与文化物件展现出来的，不是通过作者之口说出来的，因而影响对文化地理的深度探索。注意，作者文化固然通过这些外在事物的书写而展现的，但她更重视个人内心情怀的展露。例如，《洞纺》一篇就是她个人情感的展现，还有一种方法，她采用了寄寓的手法，把个人的情感借托于人与事物。从人与物中认识自我，如肖浪滨的人物经历和个人情怀，特别是对一群佛家女弟子，还有意地探索了婚姻史，把个人寄寓一个地表标志——麻塘。麻塘即地理史也是个人史，麻塘是有血有肉的个体。张峥嵘的文体无论是采访记录，还是讲述个人亲历都有一个人物视角，通过这个视角观察时无论遣词造句，还是隐藏曲折的情感表露，都体现了一种人文情怀，也就是她写的洞庭湖东岸的文化散文不是一种纯客观的，是张峥嵘主观抒情所致。既然是一个情感的表达，她的语气、速度、停顿与感叹都通过文句来表达，通篇具有一种语气语调，这就形成了张峥嵘的风格与文体。粗看她的作品可能是新闻体，一旦深入细看视角、选词、造句、语气及其抒情，这种文化地理史就烙上了个人的痕迹。因此，文体与风格就具有个人的特色了，这可视为地道的人类学表述，它也就上升到了文学作品的意味。

不在于她选用什么方法写作，也许她的根本缺陷所在，是在文体中假定了一种被治权承认的意识形态，她太过于用一种价值观评价所有的文化事物，追求伦理的一致性，在今后的写作中，也许是她真正该引以为戒的。

2019 年 5 月 15 日，北京

目 录
CONTENTS

旧事泛思

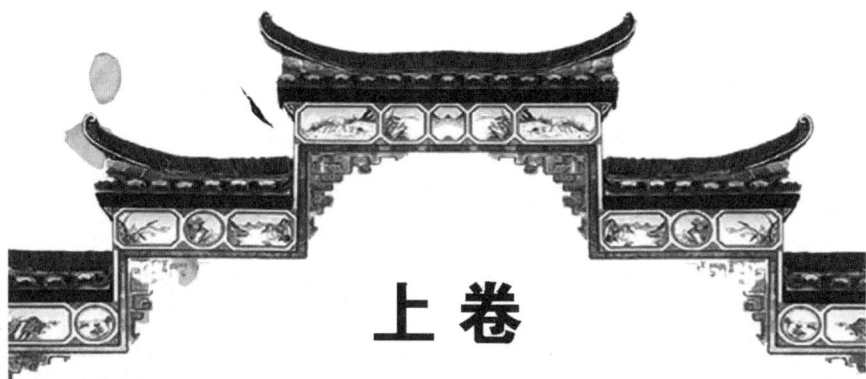

上 卷

古迹载史

慈氏塔：洞庭湖畔不倒的航标

　　历史在不断的变化中走来。当城市东扩，沧桑老街不可逆转地归于沉寂。我们每个人对某地的记忆，都会依仗某些特定的建筑而定位，所以，岳阳人每每谈起古城的曾经，都会以风雨傲立的慈氏塔作为坐标，拼起记忆中零散的城图。

　　慈氏塔，历经八百年岁月浸润，洞庭湖上千帆过尽，渐近，在岳州入眼的第一物是它；渐远，走不出视线的仍然是它。既是城中地标，也是湖泊航灯。

　　临湖而立，傲向天际，千年一叹。当一切在岁月磨砺、战火硝烟中消失，唯它默默坚守，诠释岳阳厚重的宗教文化，留证远古建筑的璀璨，见证岳阳的千年历程，撑起渔民永远不倒的精神支柱。

　　时间久远，作为湖南乃至江南现存最早古塔之一的慈氏塔，要考究它的出生年月日及何人所建，众说纷纭，多年以来各执一词，难以统一。争议最多的是它始建年代，历来有"晋创""唐建""宋造"之论；还有争议的就是，一说是压邪的风水塔，二说是礼佛的佛塔，这引起了很多岳阳史学爱好者的广泛兴趣。翻开从官方到民间的相关史记，更是莫衷一是。好在它作为实物一直存在，便提供了研究的实体。

　　明隆庆《岳州府志》曰："慈氏寺塔，晋沙门妙吉祥造"；宋《岳阳风土记》载："《图经》：唐开元之间，有西域沙门妙吉祥来此谓父老：'西方白龙之孽今迁于此，久则为患，宜建塔镇之。'后数苦于水，土人思其言，遂置塔。"历代志史也说法不一。

　　历史当然无法重现，记载又差之千里，宝塔之疑，在不断追究中终定论。

　　查阅大量史书，再经专家实地考察，基本盖棺定论达成共识。慈氏塔不是风水塔，乃始于唐代，建于五代，南宋淳祐二年（1242）孟珙时方大成，距今已有700年历史。人文专家段福林在他的文章《八百年沧桑慈氏塔》里的详情考证论据，或许能解开慈氏塔的谜团，还原了当年的事件。

随州枣阳人孟珙，虽出身于武将世家，却是一个十分虔诚的佛教信徒。来岳州之前，曾率领父亲留下的"忠义军"于荆襄、洞庭湖一带与金、蒙抗战。

淳祐元年（1241），孟珙在战争期间发动、组织当地商贾豪绅募捐，在乾明寺原"一字关"塔的基础上，全部采用青砖修建了这一座有39米高，八角七层楼阁式宝塔。塔的中心全部用砖石垒实，八方不留一点缝隙。底下用五级花岗岩奠基，表示九五之尊至高无上之意，从第二层起，八方每面向外建一佛龛，里面各用青铜铸造一尊弥勒佛像供奉其间。孟珙以弥勒佛之意（弥勒，梵音为"梅怛丽耶"，中文即"慈氏"）将此塔命名为"慈氏塔"，以此亦可教化后人"以善良为本，以慈悲为怀"。

慈氏塔是佛塔，就有了坚实的证据。

古时，慈氏塔下便是当年声震江南的乾明古寺。中国自古建塔只有三种用处：一是镇妖塔，二是文星塔，三是佛塔。慈氏塔就建在乾明寺边，并在不远的地方还有一座小塔，有着双塔伴寺的奇观。

民间，人们最初的怀想与寄望，对生活的美化一直未变，于是民间对这个太过官方式的还原记录一边非常肯定地接受，一边仍以另外更符合并接近自己生活的传说来一代代抒写着慈氏塔"以善良为本，以慈悲为怀"的情感与心愿。

美丽的传说更给靠迎风闯浪为生的渔民们心灵上的慰藉和寄托。

相传，古代洞庭湖里水妖作怪，经常出来危害百姓，老百姓们苦不堪言。于是大家决定集资修建一座宝塔镇妖。在建宝塔的附近，住着一户人家，全家人被水妖涌起的恶浪吞没，仅剩下一个寡妇，人称慈氏。她听闻要建塔，便把自己多年积蓄下来的一点钱全部捐献出来，还日夜不停地为造塔的人们烧茶送水，来回奔走。塔未建完，她就不幸离开了人世。人们为了纪念她，就把这座塔叫慈氏塔。

仰视慈氏塔，让人不禁怀想起另一个传说。在建塔竣工之日，修建者根据风水之说要使塔显灵，就必须有一名童男或童女守塔作为塔之魂。得知消息，有位慈氏之女勇敢地站出来，为救大家献出了自己的生命。我更喜欢这些有血有肉而生活化的传说。因此我无数次站在塔下时，都会仰视其大，也悲悯其小，更感动于中国女人的伟大与博爱。所有的传说，都传递着湖湘儿女的善良、勤劳与勇敢。是的，岳阳有了躺着的洞庭湖，有了站着的慈氏塔，才完整地诠释了千年湖湘文化。

默默给人们精神安抚的慈氏塔，千年不倒地担当。没有人记载它经历过怎样的侵蚀，唯满身疮痍刻录了承受的风雨。

随后，我翻遍很多资料，不断走访，坐在各位专家的家里，听他们痛心疾首地谈到让岳阳遭遇毁灭性灾难的日本侵略者，如此格格不入，可是一切画面却仿佛就在眼前。当年日军为打开中国南线的通道，作为湖南北门大府的岳州就是他们要占领的第一个战略要地。1937 年到 1938 年间，日军飞机先后在岳阳城区投弹 30 多次。无法想象当时的悲烈与惨状，城市内房屋大部分被毁，街道几乎变成了废墟。闻名全国的古刹乾明古寺也未能幸免，唯独慈氏塔岿然不动，依然傲然屹立在洞庭湖畔。它一直坚强地挺立，是坚持，更是记载。

慈氏塔

更可悲的是，1940 年，日军进入岳阳城。站在慈氏塔，他们贪婪之心大发，以为塔内有无尽宝藏，上下左右转来转去却找不到塔身入口处，便采取了用小钢炮轰炸的办法。幸运的是，宝塔除第二层塔身上留下几个小洞外，它一直与岳阳人一起坚强挺立。

时间到了 20 世纪 60 年代末期，"文化大革命"爆发，"红卫兵"与"造反派"联合"破四旧"，慈氏塔首当其冲列入了拆除范围。红卫兵在塔的四周搭起了密密的脚手架，拆除势在必行。正在关键时刻，时任岳阳地委书记毛致用站出来严加制止。就这样拖了几日，不久周恩来发现全国破四旧拆除文物的现象万分严重，下发通知，全国停止一切拆除文物古迹行动。命在旦夕的慈氏塔再次幸免于难。

我在当记者的十几年里，老城岳州慈氏塔一直是我最想去的地方。无数次默然站在慈氏塔下，无数次艰难地绕过它身边，心中升起无限的敬畏与痛惜。尽管新中国成立后，1956 年国家将慈氏塔确定为湖南省"第一座最早的砖石阁楼式宝塔——省级重点文物单位"。同时，还确定了"宝塔东面 15 米，西、北、南三方向外延伸 40 米为宝塔的保护范围"。然而附近居民几十年来不断扩建自己的住房，西边离塔仅 40 厘米，一个人通过都得侧身。最宽的地方也不过 80 厘米。四周矮小的房屋将它紧紧地束缚。它仍包容着一方水土，抚慰着一方百姓，一个"慈"字，写满祥和。

是的，高耸的慈氏塔从来都只是坚守者。穿过相伴百年的低矮屋群，那条曲折的青石板巷一路走向湖泊。这条岳阳最古老的民间鱼市古巷，每寸混凝土、每块青石，都留下慈氏塔千年以来诉说的铺垫和情感的宣泄。

春雨还寒，我再次走在老街。洞庭湖烟雾朦胧，船影幢幢，寺庙钟声隐约传来。从小巷子上坡，右边一排平房属水运公司的公房，几十年，单位分给谁，谁便住一段，单位散后，房子几易其主。右边的大部分是私房，不曾改造，子子孙孙住下来。同样的房子，一直延伸至老铁路边，大多有百年以上历史。破旧的房屋上茅草茂盛，屋顶的青瓦写着旧时的痕迹，与青石板的承载相比，它们似乎已无力远走。

这里的老人们，一直习惯称慈氏塔为宝塔，这样似乎与他们更亲近。

坐在曹岳欣老人阴暗逼仄的房子里，听他老两口讲着一直生活在那里，几十年与慈氏塔相伴的经历。

1949 年以前，父亲原来是岳阳县新开人，13 岁进岳阳学艺便留在了岳阳。凭借自己学到的高超裁缝手艺，省吃俭用存了几块光洋，买下了这栋二层的木房子。那时在老岳州算相当气派了。曹岳欣老人 1948 年就出生在这间屋里，在这里长大，在这里结婚生子。宝塔的一砖一草，他如此熟悉。几十年过去，整个格局一直未变，房屋未变，宝塔未变，唯一变的是人。他也老了，老邻居也所剩无几了。

沿坡而下，有一栋保存最好的二层木楼。主人陈汉初在1949年以前是一名屠户，早已过世。儿子陈其昌也70多岁了，退休后便留在制药厂居住，空着的房子，承受岁月，渐渐老去。进门一间很大的堂屋，地上铺着青石砖，转入里面有七八间后厢房，木梯、木楼保存得很好，这样的格局当时应该算大富之家了。

让人不可思议的是，人未变，巷名却随着时代一直在改，人们在寻找马家湾时，却不知原来塔的上坡是上马家湾，下坡是下马家湾。马家湾这个名字在老人的脑海中还清晰保存着，而年轻一代听着很是茫然，一个地名的消失，塔是不是也会升起一些遗憾和迷茫。随着年代消失的还有坡下的鱼行。铁路没修之前，渔民都从那条石板巷上岸，天长日久自然形成了一个小鱼行，买卖交易多。有很多渔民想上岸的也在坡下买房住了下来，所以，坡下面还有几户是老渔民。铁路修通后，一条铁轨切断了塔与湖的直接通道，为了安全，巷口一个大大的铁门从此把守到现在。

寻访当年的居民，经历几乎没什么不同，大多是些手艺人。1949年后便进了各种工厂，日子殷实而安泰。随着城市中心东移，旧城的企业也基本迁走，剩下的小企业也基本垮了。坚守老城区，一守便是几十年，虽然经济条件不大好，但对于从小生长的地方，

慈氏塔

总不忍离去。

居民们说，很期望政府改造旧城，却又害怕宝塔陷入一片高楼大厦之中。那时，那湖上的渔民们是怎样的失落与孤独，那岳阳远行的游子归来，该以哪里为方向作为追寻岳阳的基点。老居民质朴的愿望充满真情，无论是要他们留下，还是让他们迁走，他们都愿意，尽管与相伴一生的慈氏塔分离，他们有诸多不舍。好在，无论他们走多远，宝塔都在，永远走不出它的视线，走不出它的情感，走不出它的记忆。

慈氏塔走的岁月太久，久到无力承受更多的风雨。经常有砖头风化后往下掉。居民为了安全，在塔下两米高处围着拉花网。慈氏塔的装扮就这样不伦不类了几年。2014 年，市博物馆在各级领导批准下决定维修。为了保护文物，将塔里十几尊佛像取下，存放在博物馆。市规划局规划塔四周居民房拆除 50 米以外。2015 年，塔全面封锁，塔下拆迁，与塔上保旧修旧同时进行。经过四年的保护性维修，2019 年初，重现雄姿威风。那些曾经顽强生长在塔顶、塔缝上多年的小灌木全部被清除，塔身、塔面所有风化严重的青砖、麻石被重新更换，从而整体线条更加刚劲，颜色不再杂乱，七层宝塔全部挂好了风铃，叮叮咚咚清脆铃声随风飘荡，悦耳动听。镇守巴陵古城历经千年风雨的慈氏塔经过一番精心修复后，以崭新的姿态重现世人面前。慈氏塔在洞庭湖波上、夕阳中熠熠生辉。

每个人，不同的时期站在慈氏塔下，从不同的角度，抬头望顶，每次的感觉不同。当很多人久年远道而来，当很多人坐船登岸前来，寻古索迹，站在它身下，不同的人，看到的是不同的塔。

千年为洞庭奇景，
千年为宗教传奇，
千年为精神航标，
千年为建筑奇葩。

"惟有塔中仙，倦看湖上客。"慈氏塔，站在历史的时空，将永远承载岳阳地标的使命与精神的皈依。

乾明寺： 两千年后的沉重

学者梁衡教授曾说过："一般的可游之处，大约有两类，一是风景特殊地好，悦目赏心，怡人情怀；二是古迹名胜，可惊可叹，长人见识。"

沿南正街南坡走过重色调的老街，从天岳山老电影院破旧的大门进去，穿行于拥挤狭窄的民居，七拐八绕才寻到已有 2000 年历史的名刹乾明寺后，失望之余无法定位，猛然想到梁衡教授这一句话。"可游"两字是没办法说服自己的，很多远道慕名而来的人，似乎怎么也无法解释到此一游是失落还是满足。看其表，很容易表示痛惜与遗憾，但读其内，潜在的引力不需评说，内质的宗教文化沉淀 2000 年后，无形的影响与弥漫。在大多数宗教人士或信众心中，提到岳阳的寺院，他们一定说到乾明寺，其宗教的历史渊源与发展无可更改与毁灭。

寺可毁，文化在，时间去，信仰在，庙再小，底蕴厚，乃容万千。

追溯起来，乾明寺的历史深厚不是凭借某些传说定位的，它有真实的记载。据各种志书记录，自东汉至明清达 1500 余年间，曾先后有三朝皇帝（唐高宗、宋太宗、元惠宗）亲自为巴陵乾明古寺亲书御匾，并颁发诏书。同时，巴陵乾明古寺在中国历史上不仅培养了大批高僧，并成为国内佛教界一大批著名大德高僧的道场。而且还是历代名宦、文豪皆虔诚入寺拜谒或铭文立碑之圣地。自唐以来，乾明古寺一直与"潇湘六刹"闻名遐迩于中华大地。因此，才有"皆有其寺及巴陵名重"之说。至宋庆历年间，郡守滕子京重修岳阳楼并嘱范仲淹撰《岳阳楼记》，巴陵城才具"北有名楼、南有古刹，遥相雄峙于洞庭"，故才使巴陵有"粤之荆湘，山水优长，惟岳之阳"之胜景与声望。

市委统战部原常务副部长雷桂云介绍说，乾明寺属真正的古寺。公元

184—189 年东汉年间，开宗立寺，乾明寺就颇负盛名。公元 758 年，高僧惠通，重修乾明寺后改名乾元寺。唐五代后，公元 910—913 年，再次重修乾元寺。乾明寺以不变的情怀接纳万千信徒，越积越重的宗教文化氛围，更让它名传四海。

据说，唐代乾明寺在佛教界已是名刹古胜，不但吸引了众多的香客，吸引了文人雅士，更是吸引了历代天朝天子。

有一年，岳州大雪纷飞。某夜乾明寺住持正在灯下做功课，突然叫出小沙弥，嘱他顶着冬瓜上插三根灯芯站在湖边，不可声张，只等待一行人的到来。小沙弥不明就里问住持为什么，住持告诉他，不可细问，你只照办，来人看见你后便会明了，到时，你只需带来便成了。小沙弥当即乖巧地前往路口迎着北风独自站在黑暗的街河口。果然，一会儿工夫，一行人从黑地里走来，待到跟前，领头那个人将小沙弥从头到脚看了一遍后对随从说道："我们到了！岳州果然有高人。"转身对着小沙弥说道："带我们去吧。"

随行人员不解，因此加以阻拦，领头的人笑着说："此人乃高僧，小沙弥的行为乃为一句话，三更真心留我过残冬！盛意难违，我们去会会这位高人吧。"

于是，在小沙弥引领下他们一行便来到了乾明寺。住持静候，相迎相谈，并没有发现有什么特别。事后寺院才知，来人乃当朝的皇上，微服江南路过岳州时，正是寒冬深夜，乾明寺住持想诚邀避冬不便明讲，故有此为。典故历来有民间戏说和想象的成分，但这些美好而神秘的杜撰一定是有着基础的。

说到典故就不得不提流于千年的"走江湖"三字。真正的典故同样与乾明寺有着很深的关联。据载，宋太宗时期，全国佛学研究并寺院最深的地方为湖南、江西。想参佛，没有到过湖南、江西是没有身份的，所以都必须到这两大胜地学习深造。而当时的交通，除短暂的水路就是靠两只脚步行。

当时，马祖道一大师住在江西，石头希迁大师守在湖南，唐朝学佛之事非常盛行时，参佛自是以江西和湖南为首要二选。而香客及参佛之士便以两省的省名首字，即简略出"江湖"二字，从此，便有了"江湖"之说。而去江西与湖南两地参拜二位当年著名禅师的学佛之人，就是真正意义上的走江湖。后来民间盛行走江湖的谚语，就已有了浪迹意味，或侠客之为了。

作为江西至湖南南岳衡山水路必经之地，乾明寺担当了驿站的重任。每年来往大致半年多，车旅劳顿，所有参佛之人士，来来去去，中途都会在乾明寺中转挂单。住上七天半月修整，待到恢复体力，再前往。这也是乾明寺在江湖中有着不容忽视的地位的原因。

据学者范致明注写的《岳阳风土记》中记载：乾明寺即永庆寺，可为证。也就是到了宋代，再次改名为永庆寺。寺里有古柏，相传为大禹亲手所植。一直枝系叶茂。后日侵经大火焚烧而枯死。听说，"文化大革命"时，还挖出来了很多古柏树根。公元 980 年，宋太宗赵匡胤为乾明寺题额时，再次将其更名为乾元寺，也名新开寺。他还特别赐建了一个藏经阁。到清朝，尽管佛教没有前面几朝兴旺，乾明寺还是得到了很多人的重视。《巴陵县志》中记载，清朝也曾再次重修了乾明寺。

乾明寺经过几个朝代不断的修复与扩大，在 1958 年的大火中被毁之前，总占地有十几亩。从前，乾明寺所在地的老城区，还只是岳州城的郊区，从天岳山电影院到印刷厂附近，方圆都是乾明寺的范围。雷桂云曾在湖北佛教研究中心遇到著名的佛教研究大师昌明，走访他时，发现昌明大师对乾明寺的历史了如指掌，称那是岳阳最厚重的宗教文化圣地。只可惜岳阳自古乃兵家必争之地，被毁多次。一次次毁、一次次重建并不断扩建，可见在人们心中的分量。

足以证见，乾明寺历史多远宗教文化就有多厚。

走了 2000 年，一路风尘，一身风霜，如今的沧桑无以言表，难道真应了一句"浓缩才是精华"？

随着时间的推移，我们现在所看到的乾明寺不到 0.4 亩。这所房子说起来，还是当年两个出家人李婆婆与杨婆婆在改革开放后落实宗教政策、开放宗教活动场所时，拿出几十年的私蓄买下的。二楼是后来因香客太多无法做法事加层违建的，根基根本不牢。条件很艰苦，吃饭都没地方。

现任乾明寺住持明扬法师 2002 年出家来寺院后。第一件事就是将家里原准备给他结婚的 8 万元拿出来，买下了岳阳市老印刷厂的锅炉房及锅炉，建了一个食堂，才算基本解决了僧人及居士们吃饭的问题。住宿问题一直未得到解决。环境的逼仄，成了管理部门的一块心病。一米不到的窄小巷深处，天天香火不断，如果，真有事发生，消防车都进不去，后果不堪设想。

乾明寺的困难是不容忽视的，乾明寺的文化是无法替代的，重建就理所当然了。

说到重修，不得不提原乾明寺的住持，释能勇法师。他曾是岳阳市佛教协会会长，于1994年7月21日以协会名义为重建乾明寺向政府打了一个申请土地的报告。当时政府批文同意乾明寺重建搬迁至郊区赶山。后来，在准备筹措资金重建时，由于很多原因，能勇法师突然离去，乾明寺重建之事搁置起来，一直未得到妥善解决，万分遗憾。好在圣安寺在十几年时间的修建下，已形成规模，耸入云天的万佛塔，让信徒们寻到了一个方向。可民间佛学人士心中的圣地乾明寺情结无法释放。翻开乾明寺几次重建的历史，看到曾毁于一旦后，仍然有这么多人关注并呼吁恢复，一定有着其实质的意义，到了今天，又怎能忽视其价值。可见人们心中似乎无法磨去的最重要的仍是乾明寺。

乾明古寺

乾明寺作为改革开放后湖南省第一批开放登记的重点宗教活动场所之一，一句流传至今的"先有乾明寺，后有岳阳城"，足可证明其深远的历史前提与影响力。通过乾明寺，我们穿越时空，透视千年社会、政治、经济、文化的演变，从乾明寺身上，我们也看到了穿越岁月，一路走来，有着怎样无法消失的沉淀。

看到窄窄的寺院、危楼，看到不断的香火，无数人重重的担忧背后是隐隐的痛惜，痛惜一个最有历史厚度，肩负最深历史根基的古寺，这样隐身于逼仄的民居群中。如今，乾明寺傲然挺立的坚持，是期待，也是一种呼吁。它本应是岳阳楼、慈氏塔中间必不可少的风景。

我在街上做了一个随意性的调查，发现二十几岁的年轻人几乎没几人知道乾明寺。上了一点年纪的人一提到乾明寺，便陷入回忆中，随后是不断的"啧、啧、啧"声，再细细道来它的过往。

据当年的岳阳市政府民族宗教事务局局长查宜介绍，他最为担忧的是这座建筑的安全。乾明寺现在存在很大的安全隐患，是座危房，这是众所周知的事。危房建筑，一遇到重大的活动，信徒汹涌而至，心里便总是七上八下，生怕出事。楼承受不起重量，逼仄空间容不得半点火星，加之信徒众多，更增添了其保护的困难性。作为主管部门，想到乾明寺，便感觉像头上顶着一盆火一样，让人万分焦虑。在不得已的情况下，只有多次做工作，要求乾明寺尽量减少活动，但朝拜人士潮涌而来，你不能拦阻吧！因此一遇有佛事，政府相关部门便只得组织全体人员出动前往维持秩序。

沿着小巷而去，站在黄黄的围墙外，我面对乾明寺，我相信每个人都感同身受：安全隐患多大，重建就有多急。

作为中国社会科学院人文研究所研究员的段福林，他对乾明寺的历史满怀敬重，也提到了重建的必要性及建议。他说乾明寺目前的状况严重超负，重建是必然的。关于选址，他拿出一沓老岳州旧照片，虽陈旧发黄，但从上面可以清晰地看出乾明寺不同时代的盛况。站在老岳阳人怀旧的情怀及还原历史旧貌的愿望角度来看，他个人认为应以慈氏塔北面、鱼巷子以南沿湖最为理想。自东而西，岳阳楼、乾明寺、慈氏塔、吕仙观，沿湖相接，可谓珠联璧合。

如将岳阳古街喻为一条龙船，岳阳楼居岳阳古街龙头，吕仙观居龙尾，都重建完成，为岳阳旅游文化景点增色不少。作为桅杆的慈氏塔也已历时两年进行了大修，但作为船舱的乾明寺，却满目疮痍、狭窄逼仄，让人焦虑或疑惑。这一组文化传承之地，组成了龙城的全意。因此，岳阳的文化昌盛，必须将桅杆修直，将船舱修缮完善，以形成和谐统一的景观，从而让龙脉通畅。

说起来，岳州古街曾像一根红线串珠链。全世界独一无二的一条沿湖而上有佛教、道教、天主教、基督教、伊斯兰教齐全的古街。如果让这样一个得天独厚的宗教文化基地消失，那是历史的伤痛，要知道，乾明寺地位有多高，沧桑就有多深。

当远道而来的客人，怀着幽幽思古之情，离开岳阳楼，踩着厚厚的青石板路，漫步在汴河街上，一定顿感岳阳——古之巴陵，今之龙城，这座历史文化名城的名副其实。

今天，名楼已然修葺一新，焕发出她往日的辉煌；名街也初显出她古朴典雅的神韵；名塔也已修整完工，一改饱经沧桑，岌岌可危，其形、其神不减当年；名观（吕仙观）经多年整修已琉璃红墙，穹顶高耸，清玄幽妙。当那杜撰的诸多传说都建成了实物时，那自古"皆有其寺及巴陵名重"的名寺今安在？难道只能是永远的记忆，再不需要重现？

当我们重新翻开历史的画卷，认真查阅古人留下的史志、中国历代禅宗祖师们留下的"语录"及佛家珍贵文献时，一座具有 2000 年历史，至今仍是我省乃至全国著名古刹之一的佛教禅院圣地即刻跃然于纸上。现在，当我们面对狭小的"乾明古寺"而追古思幽时，无不感叹惋惜，乾明寺地位很高可容之地太小。我们不能让一颗文化种子变成一个安全隐患。

面对无数人抱怨"人文精神缺失"的近况，在人们强烈呼唤重振中华传统文化时，作为历史文化名城的岳阳，我们有责任让子孙后代皆能"领会得到"，自古巴陵城"潴者、流者、峙者、镇者"之中，早已将诗耶、儒耶、佛耶、仙耶和谐于其间，孕育于后人之"真意"。

我们期望乾明古寺重新恢复它昔日的辉煌，了专家对宗教文化之寄，了民众重现古寺旧貌之愿。

岳阳文庙： 隐藏的文化基石

文庙，曾经很简单，仅为一个教育机构。

文庙，后来很复杂。关于历史，关于圣人，关于儒学，关于文化，关于教育，甚至关于旅游……

岳州文庙，一直处于城市热点岳阳楼对面的翰林街尽头，却似乎离城、离尘很远。"大隐隐于市"，诠释处世态度。对于岳州文庙选择了这种静处安然的方式，完全是因为城市建设扩充的归隐。曾经从翰林长街到考棚街都是文庙的组合，占着岳州城的主要位子，也占了半壁江山。经过千年的退隐，反而真正进入了儒至雅后清高的傲然，以学府保留着学者的气宇轩昂。滕公早去，历史留青，文庙以敬为先，以教为本，就这样墨守。走过风雨千年，一条以文庙为名的翰林街声名远播，如今不在，名留人心。

两千多年来，孔子虽文化地位坚固，却在政治风云中争议不止，一段历史变幻，全国无数的文庙也伴着几起几落，兴盛衰败。岳阳文庙也遭受同样的命运，所以，承载很多。

岳阳文庙曾称为岳州文庙，也称为巴陵郡学、岳州府学，民间称岳州学宫。这个更接地气的称谓，清楚地道明了岳阳文庙当年初建的作用。始建于北宋，是滕子京重修岳阳楼后的第二年的又一作品，距今有 900 多年。史说家们喜欢寻根问底，答案便出现差异。文庙到底是北宋庆历年间滕宗谅首创至今，还是搬迁扩大？到底是庆历六年（1046）岳阳楼修建之后第二年，还是按《岳州学宫记》所记载的"腾公凡为郡必兴学，见诸生，以为政先。庆历四年（1044）守巴陵，以郡学府于通道，地迫制卑，讲肆无所容，乃度牙城之东，得形胜以迁焉"的那样？太过细致的细节，早已过去不再重要，重要的是文庙随历史发展你修我毁，你毁我修，终于没有消失而坚守在岳阳后花园，实实在在地证明了滕宗谅当年所为之意义与价值，不只是建筑的留存，确有其文化的蕴含。因此，岳州文庙才终属国级重点文物保护单位，其文物价值与岳阳楼堪美，真正可称为国宝了。

文庙，是中国古代教育系统必不可少的一个机构。全国有 300 多座，17 家成国宝，岳阳文庙就是其中之一。

从北宋庆历年间（1041—1048）至清代同治年间（1861—1875）的 800 多年间，岳阳文庙先后修葺和扩建了 30 多次。殿内 16 根横木，在石墩和大柱之间，垫有一个约 30 厘米厚的鼓形横木，名叫木质，为古代建筑中所罕见。木质可以防潮，保证了大柱干燥不腐，故大成殿中的大柱依然完好无损。明弘治元年（1488）8 月进行过一次大修，在天花板上绘有一幅"盘龙戏凤"，仍依稀可辨，为文物中的珍品。

2003 年，岳阳文庙经国家文物局批准，再次落架大修。截至 2006 年，在保持原始风貌的原则下，对大成殿损坏的构件进行了加固、修复，使屋面漏雨等问题得以解决。典型的宋朝建筑风格整体保存良好，并且大堂廊下的莲花柱础、石坊均保留了宋代原构件。同时，对大成殿两侧的东西庑房、名宦祠、乡贤祠进行了复建。

随着文化复兴，文庙越来越受到广泛关注，逼仄的巷道和门头已逐渐不可用。其门头的改建与扩大成了当务之急。2016 年至 2018 年，历时两年，岳阳文庙再次迎来整修。岳阳古建筑群修缮工程全面启动，文庙迎来了揭顶大修，并将左边小门扩大成三进牌坊门，进门面积也扩大进行了重新布局。

说起来，文庙当年遍布全国每个角落，大同中有小异，各具特色，其规模也是各显其大。岳州文庙其实不算大，却在不同的朝代以其独特引来清代三位最有才华的皇帝亲自为其御书匾额。乾隆盛世时，岳州学宫得到"全省学宫之冠"之美誉。文庙不再只是岳阳的一个纪念馆式的学宫，它已走出局限，成就一个教育基地，积累、孕育今日岳阳的文化底蕴和历史上的教育平台。

这就不得不提到一位重大功臣——滕宗谅。文、武、民，滕宗谅完成三项重大工程，并完成三篇巨记，其身心消耗殆尽，庆历七年（1047）58岁便走完了人生全程。人们虽然惋惜，他应该是走得了无遗憾了。他深深埋在岳阳文化土壤里的几颗种子，发芽、生根、开花，并成就了岳阳之地。当岳阳文教日兴，人才辈出，滕公当年修建的初衷终于得以实现。文庙与岳阳楼两大文物一直遥相呼应，紧密相连。一座阅兵台岳阳楼承载盛名，因他托范仲淹所用《岳阳楼记》的经典，滕公足以名存千古，其余的忽略也不足为奇。尽管民生之安，修筑偃虹堤，重教之举，修建巴陵郡学，值得盛赞与传颂，似乎都被岳阳楼的光辉所掩盖。好在文庙在人们心中的地位从未被撼动。

现在我们所看到的文庙，经历千年来历朝历代的改建，因地方志均著有详尽记载，故万变不离其宗。方志中除记述了文庙从学宫到学校再到独立几易其名外，还记载了大修、扩建之事。漫长岁月撇开其人为破坏，没有遭受过任何的自然天灾，算不幸之中万幸。新中国成立后，文庙一直作为学校使用，最早是岳阳一中，一中搬迁后，后岳阳县成立二中，便成了二中学校。曾任文庙所长的王岳跃从小便在文庙长大，他指着孔子大成殿左边墙上一条痕迹说，那里隔开的房间就是自己以前住过的学生宿舍。由此，这里住过一大批六七十年代出生的学生。1989年，岳阳市二中正式从文庙迁出，由市文物单位接管，墙就被拆了。

珍贵的东西，藏也藏不住。1982年，文庙被定为省级文物保护单位，2011年，国务院将"岳州文庙"列入国家重点文物保护单位，一切慢慢恢复成现在看到的正规文庙建筑格局的院落。

无论是绕过萧条的庙前街，人们或寻找自己的生活需求或闲逛，还是穿透新街古巷的翰林街，突然看到那坡上雕塑，很多人会心里思考，为何叫"翰林街"？源自何处？为何叫"庙前街"？庙在何方？偶尔转头，透出金黄的雕塑旁伫立于坡上古老银杏，天空传来的琅琅书声，沿梯而上索源寻根，就能获得一份意外，就发现了一座心中神圣的庙殿。那丛林幽静处，最是好地方。岳阳真正的文化基石文庙正在眼前。

站在文庙外面，哪怕再渲染其功底，渲染其内藏，望着那沿山而上的红墙，站在左侧小门边，其简陋还是出乎我意料。

"吱呀"一声，推门而入，映入眼中别有洞天。一虹石桥（状元桥）接你而入，一泓小池（泮池）托起倒影。从踏上状元桥开始，景就像帷幕慢慢拉开，小角初露棂星门，等到迈上桥的最高处，文庙全景尽收，层层推进。棂星门、大成门、大成殿。抬头古树参天，堂宇庭深，石坊古迹安好，在孔子注视下，引人不由自主缓缓而入，虔诚由心而升。

空旷的大成殿，孔子端坐在上面。说到孔子像，据说是全国雕塑得最好的。这里还有一个典故，当年，岳阳民间艺术雕塑家周国防，接到雕孔子像的任务，脑海里也是一个书生相，待到山东曲阜孔子故居考察后，发现这位学者有着典型的北方汉子的形象，并非一个文弱书生。回家后，他雕出这个完全不一样的气宇轩昂的孔子像。站在孔子像面前，我就这样脱去名利，瞬变为一介学子，穿越至千年之外。

千年历史演变沉淀于此，不需要言语去诉说，更无需修饰去装扮，它这样的淡定，是历练修身的沉稳。

今天，当很多人通过"义路"进入文庙，深深感觉到，古老的松柏依然焕发出她的生命活力。穿过由青石精心修砌的泮池，仰望棂星门，依然感觉到她昔日的威严。站在大成门前，一眼便见到雄伟巍峨的大成殿在太阳的照射下，散发出熠熠的光辉，其庄严肃穆之感油然而生。走进大成殿北侧的乡贤祠，从张说、滕宗谅、刘大夏、黎淳、张举、左宗棠，到任弼时、何长工、杨沫、白杨……一个个鲜活的面孔，一段段生动的历史，一片片赤子之心欣然于眼前，文庙的致雅，不只是园林的景色，更是内藏的

17

乾坤。

文庙作为文物，它得了专业性的关注与重视，可它作为文化"活化石"，有段岁月其内在价值远远没有得到真正的发挥，甚至慢慢走出了人们的视线。好在现在，人们对文化的真正回归与重视，文庙又备受关注起来。

十年前，我试着在车上、在路上、在邻居间、在同事间，哪怕在作家中，努力探问：你知道岳阳文庙在哪里吗？答案很简单："文庙，岳阳还有这样的庙？"更没想到还有大部分人问，什么庙？有少部分的人用怀疑的眼光寻问，还有文庙？不是毁了吗？生活在旧街的很多人会答："在二中边上。"再追问，你进去过吗？更多的摇头在眼前晃动。更让人失落的是，很多从小生于岳阳长于岳阳的人，甚至读书人，成千上万回从文庙身边而过，居然从未进去。

现在，走在街头，再随意打听，必定是都知道文庙所处位置，还能说出其历史及价值来。现在，不但各学校及市民带着学子去拜谒孔子，还有远道而来的游客，执意地寻找着文庙，购得一票，面对孔圣几分钟。

2007年，国家民宗局的领导来岳阳，第一个想看的就是岳州文庙，到了门前发现铁将军把门，才想起这天是很多文物单位的休息日。一行人万分遗憾，望着长长的红色围墙感叹：下次一定要来。是的，文庙是一台千年砚盘，磨出多少笔墨丹青、文化蕴涵，无缘得见，当然可惜。他们笑言，看来是缘分不够，只得再寻机会了。

我在文庙采访时，遇到一个来自外地暑假独游的大学生。他虔诚地望着孔子像。我认真问他为何会游览文庙时，他说："我的导师听说我来岳阳玩，便告诉我一定要到岳州文庙看看。"他笑着说，没想到这么小，却是一个如此好的地方。

万分遗憾的是，二中很多学生家长来时匆匆，去也匆匆，从没有告诉过孩子，校门口那个红色的围墙里，有何等的深奥。他们浸润在文化气息中，伴圣祖而读，沐厚重而诵，是多么的荣耀。

近两年文庙开始越来越得到社会各界的关注。

2011年9月28日（农历九月二日），大圣孔子2562诞生之日。由岳阳市作协散文创作委员会主任查宜发起的祭拜活动，首开岳阳民间大型祭拜活动之先河。笔者作为副主任，非常荣幸参加了此次活动。上午9时，一群学者、作家们三十几人，带着凝重的表情，踏着温暖的秋阳，怀着虔诚、崇敬的心情敬拜了中华民族共同的"至圣先师"。

文化局原局长、著名作家梅实先生走进孔庙，先虔诚三拜。环顾四周，激动地说道："千年文庙，百年学府，十里长亭，这是最早的岳州学府。曾经车水马龙，吸引很多学生前来祭拜的文庙，没想现在这么冷落。对文庙的不重视，更多是对岳阳文化的淡薄。岳阳人没有理由不来文庙，没有理由不祭拜孔子，没有理由不尊重儒学，更没有理由不感谢滕子京（滕宗谅）对岳阳文化的贡献。必须呼吁所有人的关注，特别是教育界应将这里作为岳阳文化宣教重地。"

理工学院文学院院长杨厚均教授发言时说："文庙，是岳阳文化旅游城市开发的一张王牌。岳阳楼只有一座，它是岳阳的名片，文庙各处都有，是一个地方产物，楼庙相连才能整活发扬滕公的宏愿，完成他建设二者的初衷。文庙，作为岳阳尊师重教的圣地，二中应更多地融入，只有这样，才能依仗文庙达到高等教学的目的。湖南大学与岳麓书院他们融入一统，达到了湖南最高文化重地。借鉴，足以让二中成为岳阳教育无法替代的基地。对先祖来说，他更多的是一个教育家，其次才是思想家，所以，二中更应是文庙一个传承文化的衣钵，学校更应以文庙千年浓郁文化来做基础。"

民宗局局长、著名散文作家查宜致辞讲道："文庙文化是真正的中国本土文化，宣传文庙，就是弘扬教育文化特色，既是祭孔，更多是讲学。他主要的目的是学宫，是乡学民办的摇篮，是培养读书人的根基，并且是培养本土人。从实实在在的地方出发，还得发掘文庙的底蕴，挖掘文庙隐藏背后的意义。对文庙的重视，不只是关注一个建筑，而更多的是关注教育。"

随后不久，2011年12月，主题为"人文湘楚，百代弦歌"的第十八届

"华夏园丁大联欢"活动在湖南长沙拉开序幕。来自我国港澳台地区以及海外的华人教师和内地教师代表，一齐来到了岳阳文庙举行了大型祭拜活动。

走进文庙燃起一炷香的只能有两种人，一种是文化人：敬；另一种是想要成为文化人的人：诚。对它的祭拜，不是如在寺庙一样对着菩萨求财、求平安的祈祷，而是对孔子敬重的膜拜，是对几千文化尊重的膜拜，是对自己内心渴望成为读书人的祈盼。

中国文化的博大精深，一直受全世界的学者们关注，孔子的儒家学法，更是深深地吸引着他们。1988 年，75 位诺贝尔奖的获得者在法国巴黎集会，会议结束后发表的联合宣言中有这么一句话："人类如果要在 21 世纪生存下去，就必须回首 2500 年前，去孔子那里汲取智慧。"

2009 年，美国众议院全体通过，将孔子诞生之日作为美国人民的纪念日，以感谢中国古代伟大的教育家、思想家对世界人类社会作出的伟大贡献。有的国家将这一天定为教师节。从 2000 年开始，世界各地建孔子学府上千座。2014 年，习近平在考察中提出，孔子思想更应在中国推广与推行。到 2016 年，全国孔子学堂瞬间遍地开花，迅速成立了 600 座学堂。

走了 2000 多年的孔子永远没有走，仍然周游着世界列国。走了几百年的滕子京，伴着三大功迹，永远留在了巴陵。若泉下有知，他一定倍感欣慰，欣慰自己的初愿，千年不朽。文化的渗透与坚固，证明了社会发展真正永存的只有两个字：文化。于是，岳州文庙一直会存在。我们捧着先祖的衣钵，我们有责任、有义务去传承、发扬。

金鹗书院： 书浓墨香的深处

久闻金鹗书院名气，却几次沿金鹗山上上下下、前前后后散步也没寻到具体的地址。

这天，春光明媚，在朋友的引领下从金鹗公园南大门拾级而上到孔子像，再从后面小路左转后再往下绕山一圈，经过一处竹林，在一泓池水边，看到一处古建筑隐于此，上面几个大字却是：孔子书院。庭院深深，特别幽静，好一个深藏不露的修学之地。从前门进去，里面有几层进出。登上几步阶梯，眼前忽然一亮，别有洞天。真乃修身养性好去处。中间露天，三进时直达一个大堂，听说以前放的是孔子像，现在是文学讲坛。左边是《岳阳文学》编辑部，右边是金鹗公园管理处的办公区域。

站在院落里，我抬头望天，阳光照在头顶，金鹗书院为何是孔子书院也成了心头一个谜。

作为岳阳人，对于身处城市中心的"金鹗山"，除了赋予它"公园"的角色外，根本不知道它还蕴含着极其丰富的历史使命感：在山的中央，那昔日熠熠生辉的"金鹗书院"，在历史上曾闪耀着无穷的光芒。

每当站在金鹗山南坡孔子塑像的脚下，遥望平静的南湖水，俯瞰远方的洞庭湖，一股博大而深厚的气势油然而生。难怪128年前的贤哲们会在此创建湘北最大的书院，得其地势，以教化后人而倡导岳阳的文明。也是从那时开始，金鹗山就充满了华夏民族的翰墨之香，凝聚了湖湘文化的浓厚气息。

据记载，岳阳金鹗书院创建于光绪十年（1884）。那年，刚到任的巴陵知县刘华邦（咸丰壬子年即公元1852年进士，原任江右刺史）于光绪甲申初调入巴陵县补任知县伊始，启锐意振兴巴陵教育之心。3月，即开始按照十多年前吴敏树老先生的"呈报建议"，依据庐山"白鹿洞书院"的形制，筹建金

21

鹗书院并进行整体规划设计。这一设计得到所有人认可后，于当年动工，第二年即光绪乙酉年（1885）十月竣工。当时，其规模之宏大，气势之伟岸，是整个湘北地区前所未有的大工程。

金鹗书院的建筑，是随金鹗山的身躯山势而环合。北面绕山而建"藏书楼"，其下为"讲堂"，之下为东西两廊"斋舍"，各为 26 间。每间居住两人，可容纳 100 多"生员"在此学习。循廊而下，最西边是"院长居所"。斋舍的左边随地势起伏杂植而成大片的桃李林，其为"桃李满天下"之意。透而下建"稻香阁"，以启示学生"民以食为天"。稍下数十步得一草坪，地广数亩，筑小圃栽兰花数十，曰"兰圃"。东山顶上，于明代时有一座旧的"文昌亭"，也予以修葺一新。每日迎着朝阳仡立山头，庄严而气派，透着深深的文化气息。山的北面，即我们今天看到的北大门山下"有洞洼然，容数十人"，则起名为"桃花洞"，在洞前种桃树数百株。后几经变化，逐渐成了商品性的区域。时间进入现代的富裕日子，人们对精神享受的要求不断升格，城市需求也从生活必需用品进入了打扮之季。

2014 年开始规划园林与休闲花廊，2016 年末竣工。从山涧一条大道直达山顶，两边亭阁、溪流、名贵花木，成了市民流连忘返之美景之地。

很多人还记得，曾经，在书院的东南坡前，有一股泉水清冽可饮。在此泉旁架屋以楹，其名为"知味轩"。清泉早不见，只是门前一泓水塘给景留下了些许韵味。何谓"知味"？为何刘知县刻意在此处建一个"知味轩"？据传，刘知县历来崇拜袁枚，并仰慕其才华。袁枚曾提出过："学问之道，先知而后行，饮食亦然"。想来刘知县是将其语引之沿用至此倒是万般合宜的，并陡然间增添无限的风雅来。

我顺着书院围墙沿坡而下，虽然再看不到当年的"知味轩"，但大门东侧一座"恩佳亭"意境仍然。其两旁的对联"恩泽源于仁爱；佳怀自是贤明"能给人无限的思索和启迪。由此，让人联想到岳阳楼上长联中的一句"此中有真意，问谁领会得来？"已经有着 100 多年历史的金鹗书院中的"真味"，一路走来，但求"知味"而品评得出一个"真"字，又何必较真。

书院建成后的第二年，即光绪丁亥年（1887），就招收了将近百名"生员"在此读书。他们在此刻苦学习，静思、冥想地在探寻着古代圣贤们哲理的真谛时，并没有一个具体的目的。也正是在这个幽邃静瑟，水木清华的环境里，在浓浓的翰墨香中，为国家和社稷造就了一大批栋梁之材。

有心摘花花未必开，无心插柳却绿了满院。

湖南巡抚汴宝第、督学陆宝忠等诸多政府官僚、文人学者面对这巨大的育人教化工程和成果感叹不已，大为刊刻碑文以记之。可惜随着后来时代的变迁和动乱，其碑文早已遗弃散失，好在大部分文章却记载于光绪《巴陵县志》之中。其中，尤以陆宝忠的文章最为感化后人。

金鹗书院

陆宝忠在他的文章中首先阐述了巴陵自古英才辈出的背景。他说，巴陵自古就是国家最重要的战略要地，是湖湘文化的根基。他曾感叹，"天下之大定，人厌兵革，都邑之间，讲舍如林"的时候，何处能有一批真心教化后代，一批潜心读书之人呢？别的地方我难说，而唯有巴陵能担此重任！因为巴陵人有"敢为天下先"之勇气，金鹗书院就是最好的例证。此言一出，更确定了金鹗书院的成就与价值。

是的，金鹗书院，岳阳人民心中一座永远矗立的丰碑，是值得历代岳阳人民骄傲而自豪的文化奠基石！

说起岳阳的重教，说起岳阳的书院，巴陵县于明洪武二十年（1387）就已经在城南天岳山一带建了县衙书院。

清康熙五十九年（1720），知府许介将原城南学道岭上的"文昌祠"改建成了巴陵书院。当时虽是一个门面，没有真正的讲堂，更无斋舍，但书尚之风盛行。到了乾隆元年（1736），知府李寿瀚捐献觉得"文昌祠"才是真正的书院，拿出自己的俸禄重修了"文昌祠"书院。其林官竟如此大气与远见，也是岳阳之大幸。

同治二年（1862），知名学者吴敏树（1805—1873，字本深，巴陵"铜柈湖"，即今岳阳县友爱乡人，中国"柈湖文派"的创始人）曾多次到金鹗山实地考察后，特向知府和县府提出：建议在城南金鹗山上按照庐山白鹿洞的规模和样式建造巴陵书院，并提交了一整套切实可行的办学方案。罗鸿庐先生在与吴老先生交谈中非常感动，并预测到：如果按照吴老先生的建议，果真在岳阳的金鹗山建造书院，那么，"百年后将文星聚集岳阳"。待到光绪十年（1884），知县刘华邦实现了吴老的心愿，也成全了岳阳的文化艺术。走到今天，岳阳文化文艺在全国打下"岳家军"品牌，有没有人想到过曾经书院前辈们做过的一切，有没有人想其打下的基础功不可没呢。

吴老在当时的年代，其思想就孕育着"鼎革"和"创新"的种子。他在书院治学和向生员讲学时，就敢于向沉闷而迂腐的"八股"提出挑战。在学问上，他从不守一家之言，敢于用新的思想对名家作品进行评论，努力推进民主进步思想。后人形容他的思想是"在黎明的黑夜中投下了一柱闪耀的光芒"。而当时世人极不理解，称他为"岳州一怪"。正是他的一"怪"，有了他的教化，金鹗书院才注入了新的生命和活力，金鹗书院才在中国的近现代史中留下了浓重的一笔。

让人万分遗憾的是，金鹗书院随着清末科举制的消失而逐渐走向衰落。

经过战乱和"文革"的洗劫,"书院"连残垣瓦砾都荡然无存,金鹗山成了鸡窝山。

时间到了1976年,全国热烈庆祝一个新时代的来临。市政府在金鹗山建成了一个城市公园,并在书院的原址上重新修建了"金鹗山孔子书院"。谁也没有想到它后来走得并不顺畅。短短时间,不断变脸,从"书院"忽而变脸成"茶馆",忽而改换成"餐厅",接着又挂上了"岳阳市绿化工程有限公司"的招牌,忽而租给他人养鸡。

我无数次站在金鹗书院那黝黑紧闭的大门前,望着大篆字体书写的"金鹗山孔子书院"已斑驳陆离的匾额。书院周围阒然无声,给我深深桑落瓦解、清凉冷落的悲伤。怎么说,金鹗书院作为一个在岳阳历史上存在100多年的古老文化遗产,其历史、文化、精神的价值是极其巨大的。它如同岳州学府一样,同样蕴涵着岳阳人的精神血液和灵魂。

金鹗山公园越建越好,岳阳越来越富,寸土寸金的水泥高楼中,这里的幽静、清雅、秀丽越来越吸引人。很多单位纷纷争抢这块宝地。现在,有孔子书院设在其中,这里还有无数牌子悬挂。好在这几年,这里有公园管理处管理,环境安全才恢复了文化之范。

我们期待有一个真正关注文化、倡导文化、弘扬文化的人担当重任,将它从悬驼就石的困境中解脱出来,洗去满身的污垢,还其洁净的本质。"书院之成,寻求立教之本,旨端其则于始而正其趋于渐,遏虚浮以实践,化嚣陵为礼让",则更有底气散发出往昔那无限的魅力和光辉。

岳州关： 潮汐百年守洞庭

城陵矶，长江与洞庭湖对接的媒介；

城陵矶，港口贸易撑起的千年不倒桅杆；

城陵矶，岳阳曾经最繁华的灯火处；

城陵矶，一场大火毁灭后的历史遗物。

　　我对城陵矶的认识，零零碎碎。我对城陵矶的了解，道听旁说。于是，我试着一点点接近，试着从零星中拾出重中之重。

　　踏着落日，沿岳阳洞庭湖风光带一路旖旎到城陵矶港口，抬头，左边一座欧式建筑高高伫立山头。一如一位久经风雨的僧者，从容而淡定，庄严而温和。迎着夕阳，听港口汽笛声声，看洞庭湖船来舟往。百年兴衰，百年刻录，百年经济大脉，岳州关，潮汐百年守洞庭，守出历史长河的记忆，记录一方建设发展的声势，它始终是岳州通江达海无可替代的关守。

　　时间到了2016年，岳州关115年的担负，它完成了从公务到民居再进入文物的使命，以一个尊者的身份享受一份文化荣誉。历史远去，文化留存。最后幸存下来的这栋俗称上洋关的纯中国造欧式建筑被列为全国重点文物保护单位。它也正式落入孤寂的冷贵，民众搬离，一切远离，空空如也独立山头。

　　站在坡下，默然观望，等待开门的过程，守门的老人告诉我，现在岳州关唯一幸存下来的这栋房子没什么看头。一栋空房而已，什么都没有。

　　老人所说的什么也没有，当然直意为陈设或人与物，但我要探索的是，它曾经发生了什么？经历过什么？追溯到100多年前，岳州关开来关去，几经折腾，不但是岳州一部经济兴衰史，风起云涌的战争史，更是一部中国海关发展史，也是城陵矶港口重要地位的见证，是清朝政治、外交、经济的缩影。

费了一些周折，请示岳阳市海关后得以穿过楼下的侧门，拾坡而上，走近城陵矶俗称上洋关的岳州关。

在岳阳，很多人知道有个叫岳州关的地方，但很少有人寻根问底去看个明白。从前门一排门面穿过绕至西边山坡，顺着长梯上去，至小山顶时眼前突然一亮，视野直接洞庭湖的开阔。古树葱郁，一栋洋楼隐于枝叶间，若隐若现，像一道背景，无数船只泊于湖中，让你了然，这就是岳州关最后剩下的上关了。坡上坡下，仿如两个世界，从港口的现代直接进入了寂寥的海关，踏着满室尘埃就进入了过去，从中国

上关左侧

走向世界，肃穆走近随意，亲身体验一回穿越。

前门看似一栋，我绕一圈才发现另有乾坤，后面还有一排小屋。两栋之间一个木顶的走廊相连。东边的菜地里，一块石碑上书"说明词"。几十个字的说明，百年的经历，真是说不清道不明。将100多年历史的演变，三言两语作了描述。经过无数战火洗礼，经过"文化大革命"冲击，从封建制走向开放的现在，这里几易其身，身份置换太多，其主也换得不计其数，承载了多少辉煌和创伤？说明词未说，但它自己深刻于心，无语话千言。

城陵矶港务局的工作人员告诉我，这是岳阳唯一一所曾经肩负岳阳海关事务的地方。独自楼上楼下看完，这所由清朝建成的关馆，与岳阳湖滨党校

山上的著名湖滨大学，岳阳老城区的铁路专家楼的风格大同小异。但比它们都保存得好一些。后来才知，这是海关收回后，重新大修的结果。可以看出，这个占地面积415平方米，建筑面积860平方米的古建筑曾经经过了大投入的修缮。踏着它的足迹，寻访，解开一些谜团，这个叫着洋名的关馆的历史发展全卷慢慢在眼前展示开来。

岳阳自古就是个好地方，集天时、地利、人和。水，通江达海；陆，连接南北；人，英雄辈出；物，丰盈富足。不仅是兵家必争之地，而且是税关重地。古时，尽管有太多人遭贬于此，却又恋于此。楚文化的诱惑，云梦泽的诗意，洞庭湖成了诗人们追逐的诗和远方。

说起岳州关的来历，在千丝万缕中厘清实在太过复杂。

光绪二十四年（1898）三月二十四日，总理衙门"以裨商务"为由，奏请光绪于湖南岳州添设自开通商口岸。从光绪批阅"依议"开始，正式拉开了岳州对外洋务。听说清朝办事不力，不过，这件事上倒是进展还算顺当。四月十二日，总理衙门"札行总税务司查照钦遵妥善办理"。湖南巡抚俞廉三与张之洞往复筹商后，派员分赴上海、宁波等地详细访问，并上奏朝廷："惟此次自开口岸，与增辟租界迥然不同，总以不失自主之权为第一要义。"翌年三月初八日，已着手办理。同年九月，光绪委派其宗室豫章来到长沙，在湖南巡抚公堂由豫章、马士、蔡乃煌、张鸿顺、翟秉枢、胡杨祖等以会议形式通过《会议开埠章程》，定下了开埠日期和设关地点。

此时，俞廉三做了一件树民威、壮国气的事，就是上奏朝廷"欲收自主之权，唯有事事自行筹备，方免外人藉口。"请朝廷拨款30万两，作为开埠资金，自建海关避开受控于洋人。

一年后，也就是光绪二十五年十月十一日（1899年11月13日）岳州开埠，城陵矶设关。有关，就得有办公室，光绪二十七年（1901），城陵矶海关三座"美轮美奂"的关房建成。"虽其规模不逮申江，幸喜坐落高阜，濒临大江，进出口船了如指掌，诚一绝妙码头也。"关房分上、中、下三馆，上为帮办公馆，中为办公地点，下为税务司公馆。由此证明，岳州关是中国人自建最为完善的机构。为何一直叫洋关，这又是一个不负责任的俗称而成。海关税务司等是洋人，因就职于此民间称其为"洋关"，并将三座关房分别称为

"上洋关""中洋关""下洋关"。沿至今日，每听一声都仿佛一击重锤，让人警醒。

当时设关，从上至下很是慎重其事。岳州知府将原在城陵矶镇中心董家巷处的临湘县界划至镇北，建分界城墙，在城墙城门处设一界碑，上书"海关界"。张鸿顺还亲书对联一副于城门："城陵踞全楚上游，来百工，柔远人，互市通商开重镇；洞庭为三湘巨浸，东长江，南衡岳，关澜锁钥束中流。"横楣大书"城陵埠"，文采、气势一览无遗。

万分遗憾的是，总税务司赫德（英国人）一面承认岳州为"自行开埠"，且认为"查自开口岸，准洋商在彼贸易，与约开之通商口岸原有不同之处，自主之权大半仍在"。一面上演其霸权主义的丑态，公然提出"然所派办公人员应依随通商口岸之办法施行"，并"查岳州一处，现经派委税务司马士前往商办一切"。这次从上至下，似乎都无力抗争，一任洋人胡作非为，敢怒不敢言。光绪二十五年（1899）九月，马士冠三品顶戴三等第二宝星商办岳州开埠事宜江汉关税务司官衔来到岳州。随后，总税务司委派英国人原二等帮办克乐思署理岳州关税务司，另委派柯富尔（英国人）担任岳州关商务署长。海关下设内、外两班和理船厅，要职大多为外人担任。岳州口岸有自开之名而无自开之实了。地地道道的岳州关也因外人占据而沦为洋关。

岳阳上关近景

岳州关这样分上、中、下三个重要点，最初的使命根本没有达到它的理想效果，倒成了一场又一场纷争中的佳肴，也让它一直处于风口浪尖。

时间进入1926年，湖南工农运动蓬勃发展。岳阳迅速成立了岳州工会和岳州关分会。他们把收回岳州关作为岳阳工农运动的最大主题，可见洋关两字是刺在民众心中的多大痛。1927年4月6日，在省总工会领导下，成立了"湖南人民收回海关委员会"；1927 年 4 月 16 日，岳州工会及岳州关分会组织发动了收回海关的游行示威，包括岳州关职员在内的 3000 余人在城区游行、300 多船民在水上示威，迫使税务司阿克尔（英国人）签署移交书，移交出岳州关。这才结束了岳州海关一直由外人把持的历史。胜利的呼声还响在耳边，"马日事变"工农运动被镇压，海关再次落入洋人统治状态。历史一直如此循环，到底是洋人的强势，还是中国人私欲的争势造成如此之多的受辱。

1930 年 7 月 14 日，在得悉红军攻打岳州的消息后，这次他们采取的是关门大吉的方式。随后，岳州关内勤人员迁往江汉关，将岳州关有关内设机构撤销，保留城陵矶分卡。1939 年 6 月 30 日，岳州关全部关闭，这有种破罐破摔的味道。我管不好，也不让你们得到。战争，终让长江最大港口的岳州关自此沉息。从岳州关几次起落的历史，透视了清朝灭落的真相，更让人看到当年国家的无为。这远远偏离了当年俞廉三舍命奏请自建己留自主权的良苦用心。正如民间所说，钱花了，戏不好看，国不强，难自立，枉为俞一片忠诚胆略。

既无官场，自会成为民用。自此，岳州关直接沦为民居沉默在历史的长河中，与民同在。从一户到两户、上百户，几十年，成了地地道道的居民安身立命之所。上关、中关、下关馆不显山不露水，掩其华贵，安然处之，看尽政治与战争的残酷，再看尽生活酸甜苦辣，倒也自在包容。

无论多少固守，时间永远在走，变化永远不可预知。改革开放春风吹起，国民经济迅速恢复，吹醒了岳州关，人们期待的城陵矶港口迎来了曙光，也带来沉重的"辞旧迎新"。

1986 年 1 月，省政府办公厅、岳阳市政府与长沙海关商定，报请海关总署，将国务院原定城陵矶海关改建在岳阳市，更名为岳阳海关。作为长沙海关隶属分关。13 日，长沙海关将商谈纪要呈报海关总署。9 月，岳阳海关开始筹建，1988 年 6 月 15 日，岳阳海关正式开关。

城陵矶港口进入了全面建设期。新的来，总有旧的去作代价。我披着夕阳余晖站在湖边，看现代码头一排排气势浩大。曾经的一切，只有凭借史书和口传来想象。我的眼前闪现的是一条长长码头接力洞庭湖万丈波涛的恢宏，还有 1995 年货仓建设时隆隆声中中关、下关馆最后的回眸，耳边响起的是推土机掠过后轰然倒塌的尘嚣，心中痛惜的是它走过百年沧桑，挺过无数炮火纷飞却消失于这代人急切的手中。

上关，因独立山头而唯一幸存下来，不能不说是岳州关的天意。历史的过往，曾经发生的不可否认，当一切不存在时，往往需要很多契机方可提起。建筑实实在在的伫立，是让人无法忘怀的提示，更是让人无法忽略的警钟。

上关，无论它的身份如何，改变哪怕是最后成了港口职工宿舍。天天听着俱乐部的欢声笑语，守着一群朴实而勤劳的工人，看自己的山头越来越小，最后脚下削为峭壁，但它知道存在的价值，因为，这叫海关上关馆。故在默默怀想湖边那消失的中关与下关时，它如一个僧者有着淡定的守望和呼唤。

上关做梦也没想到的是，当有人想起它的身份时，它会陷入更深的孤独。当经济发展到一定限度，物质不再是最大的渴望时，精神需求开始折腾，文化进入了全面保护。上关终于得到了很多人的关注，被列为省级文物。文物的价值让它又成了争宠对象，结束了港口的职责，2008年归于岳阳市海关。居住在里面几十年的港口职员也结束了安然，另择新家。曾经几十年港务局职工生活的热闹，顷刻因上关这栋楼身份与地位的提高而人去楼空。

海关以强大的经济实力证明自己对它的重视，投入人力物力对其进行了全面的修缮。修缮后的上关重焕光彩，只是被孤独而尊贵地安放在一方水土之上。

说起来，岳州关除其身份特殊外，其建筑更是中西文化交融的结晶。

阅读建筑，看时光雕刻文化。

整个建筑布局与建筑环境承袭欧美风格，采取券廊式小洋楼形式。均为木质构架，青砖墙体，青瓦屋面，一楼地板为防潮有近一米的架空。利用山丘的边缘起建，自然形成排

岳州关远观

湿、通风良好的地下室、架空层。整个屋顶铺有木质檩子，正大门建有石级台阶，结构严谨与安全。建筑中大量使用玻璃、高大的木门、圆弧高窗以改善通风和采光；左右两边房中都有壁炉，通屋顶专用烟筒解决取暖又无烟。无疑给岳阳近代建造技术、建筑理念注入了新的活力，是岳阳地区近现代建筑的代表作品之一。同时又在建筑中大量吸取我国传统建筑的一些常用手法，堪称中西建筑工艺的巧妙融合，充分体现了中国工匠们的聪明智慧，是岳阳研究欧式建筑与中国传统建筑相融的不可多得的实物资料。

上关两栋房子皆保存完整，所有的建筑格局均未遭到破坏，实属难能可贵，具有宝贵的历史、文化和科学研究价值。2013 年 5 月 3 日，国家文物局网站发布第七批全国重点文物保护单位名单，岳州关上洋关正式被列为国家重点文物保护单位。

我走过这里，仿佛看到每栋楼间缓缓穿行的海关人员气宇轩昂的身影。透过百年风雨似乎也能感受到那充满年轻活力与热情的颗颗跳动的心，百年过去，如今，无论何人何时再次走近这栋建筑，面对青砖灰瓦拱形门、壁炉烟囱、欧式的麻石踏步、室外的龛式窗、铸铁的排气花窗罩、壁炉……都仿佛走进了一段历史，感受到无数港口人居家过日子的精打细算。是的，时间过去，风雨洗礼，面对着这群承载着沧桑历史和斑驳记忆的中西结合的建筑，我们痛惜中洋关及下洋关的消失。历史就是这么辩证，我们可以品评，可以欣赏，可以指责，却无法改变。

我站在二楼的西南两廊，眺望洞庭湖。楼下是港口运货的铁路，每隔一会儿，一辆货车哐哐而过，其声在岳州关空旷的上空，久久回旋，似乎是告诉它，人们不曾将它遗忘。

岳州关前门两棵树紧紧相依，将楼遮掩几分，更添了神秘。行走了半天，一直以为是一棵树分枝，却是两棵截然不同的品种，一棵青皮一棵香樟。如此，岳州关，在生机盎然中，也算是有了一个经年的伴侣，独成一道风景，也站成了一种千年恋。

我愿做棵树，一半在泥土里，一半在天空中。这里的树，一半在历史里，一半在未来里。我面对岳州关时，不由会有一丝这种情绪。

社会发展，让时代进步，也让很多历史被毁消失。上关、中关、下关三馆，在 1990 年左右新旧更替中结束了三足鼎立于洞庭湖畔的画面。也幸得他在山头，如果临湖近几分，是不是遭遇同样的命运？这是肯定的答复。都说占山为王，岳州关的幸存给了这句话一个诠释。只是让人啼笑皆非的是，等我去探访时，山也不在了，它仿佛凌空而立。

身边守门的老人一口一个上洋关，让我心中不由愤懑，激愤于曾经中国遭遇践踏的屈辱。站在这栋房前，我从建筑中读到一段长远的过去，也读出文化的底蕴，更在建筑中，读出质量背后的责任。不得不说，走过百年，它四周无着力，却安然无恙，坚固不可摧，其建筑质量也诉说了一种深深的担当。最初不计它生命长短的概念，最终决定这份坚固也决定了它的寿命，更决定对其使用者的承诺。

中关、下关的消失，上关的坚不可摧，一切的一切，是不是也是每个建设者藉以深思和借鉴的呢？是不是也必然要为城陵矶港口辉煌留下一份证明？毕竟，城陵矶仍为长江中游第一矶。"水经注"载，"江之右岸有城陵，山有故城。"它与南京燕子矶、马鞍山采石矶并称"长江三大名矶"，"长江八大良港"之一的地位，成为世界航海地图中的一个点，这是岳阳留在世界级地图上唯一的标志。

城陵矶的港的是天然的深水良港，常年不淤不冻，水域面各 405 平方米，这也是从 1899 年城陵矶开埠，岳州海关开关，到新中国成立后，港口一直雄风不减的原因。1965 年，城陵矶港务局成立，更迎来了重大发展，到如今，临港新区的建设与建立，更是一个标志性的飞跃。

发展如此迅速，傲立潮头，静观万变，岳州关将一直在。

教会学校：教育与建筑的珍贵留存

现在，这里成了一处有着传奇色彩且具异域特色的风景区，它的名字或叫"教会学校"，或叫"湖滨大学"。

过去，这里是洋教进驻岳阳文化、教育、卫生的第一站，它的名字是"教会分堂"或"双十学校"。未来在这个善变的时代，它能成为什么？它会成为什么？我无法预测，我关注的是对那山、那屋、那段历史的喜欢与追溯。穿过市区的喧嚣，经秀丽的南湖，沿南津港大堤前往湖滨，至党校，拾后坡梯级而上，眼前别有洞天。茂密的参天大树中，镶嵌着几栋中西结合的百年建筑。面对洞庭湖的波澜壮阔，听闻林间万鸟齐鸣，来者，无不留连忘返，发出由衷的惊叹，没想到岳阳还隐藏着如此集风景与文化为一体的美妙之地。这就是清光绪二十七年（1901），由中华基督教美国复新会牧师海维礼之妻海光中在此租赁房屋开办补习班，后发展为湖滨大学，也叫教会学校的旧址。它是外国人在湖南省内最早建立的三所大学之一。

2002年5月，湖南省人民政府公布它为第七批省级文物保护单位，2013年被列为国家重点文物保护单位。不承想，一段抹不去的历史，一个中西文化教育的学校旧址，因其特别的建筑，奇异的景色，后来逐渐成了很多岳阳人趋之若鹜之胜地。

在岳阳，很多人知道党校，但如果有人问起湖滨大学（教会学校）旧址，知道的人不多。

寻找，还得从党校大门绕至西边山坡，顺着长梯上去，至小山顶时眼前突然一亮，视野直接洞庭湖的开阔，让你体会什么叫别有洞天，一个回头，在大片茂盛的百年古树，几栋洋楼一路而去隐于林间，似有似无，像一道背景，让人了然，寻到了教会学校。坡上坡下，仿如两个世界，从党校的现代直接进入了教会学校的变故，从中国走向世界，肃穆走近随意。

　　宽大的草坪右边有一块石碑，在空旷里很是醒目。正面刻着"岳阳教会学校"，背面，是100字不到的简历。简历，确实简单，将100多年历史的演变，三言两语作了描述。

　　虽然坡下有两所特别的学校：党校及特殊学校，但这个名为"教会学校"的地方已不再是学校，琅琅书声沉于林间深处，深处。那里还有几栋沉寂的临湖平房，也有着特殊的意义，曾为"五七干校"。走进右边第一栋楼，发现另有乾坤。它如今是岳州另一个国宝——岳州窑的展览室及茶室。2017年，教会学校因升为国家级文物保护单位并移交南湖新区开发保护后，岳州窑陈列室也已搬离。

湖滨大学学生宿舍楼旧址

　　除了有两栋楼建于山顶坪地外，其余几栋，顺坡而建，树高叶密，隐约只能看到一个轮廓。栋与栋之间的排列间隔按中国人的传统似乎不合常理，每栋距离远，坐北朝南的有，坐东朝西的有，就是随自然山体而建，也体现了外人对自然环境的尊重。说起来，这几栋建筑保存到现在真不易。经过无数战火洗礼，经过"文化大革命"冲击，从封建制走向开放的现在，这里几易其身，每隔一段时间便换一个身份，承载了不计其数的辉煌和创伤。

　　这所由外国传教士建成，从补习班延伸发展出的著名大学（湖滨大学），是岳阳唯一一所肩负着历史、文化、宗教、教育、建筑意义的地方。踏着它的足迹，寻访，解开一些谜团，这所神秘教会学校的历史发展全卷慢慢在眼前展示开来，也展开了岳阳近百年很多的人与事。

　　提到教会学校，不得不提到一段中国历史，不得不提一个关键性的人物海维礼，不得不提到他的妻子海光中。

　　岳阳由于水陆交通便利，是湖南省最早开埠通商的口岸城市。据史料记载，光绪二十五年（1899），岳阳城陵矶建立海关正式开关通商，岳阳遂成为对外贸易及交流的一个重要集散地。从19世纪80年代开始，在美国掀起了大复兴运动，并出现了历史上规模最大的海外宣教热潮，这也拉开了岳阳不同凡响的经历。

1898年，海维礼在这股浪潮中奉美国基督教复初会的派遣随美国商人来到岳阳城陵矶，开设教堂，兴办学校和医院。1901年4月，他派妻子前往湖滨黄沙湾设立教会分堂，租赁房屋在盘湖书院办补习班，1902年正式设立"求新学堂"，1904年开始办理中学，1907年定名为"盘湖书院"。1910年设大学部，更名为"湖滨书院"。

这就是这所旧址的前身。后不断发展，至清光绪三十二年（1906），开始置地修建校舍，内设大学部。因临湖而立，故俗称湖滨大学。时间不久，已颇有名气。1921年4月，青年时期的毛泽东来岳阳考察教育，曾慕名前往湖滨大学。教会学校不但在教育上影响了很多人，在体育上，也成为岳阳始创。1921年6月，岳阳第一届田径运动会，湖滨大学曾参加了各项比赛。1923年4月，湖滨大学足球队与城陵矶岳州海关外员在岳州府东门操坪举行的那场足球赛，更是岳阳最早的现代足球赛事，让岳阳人大开眼界。

其后，随着历史的风云变幻，教会学校在漫长的过程中，开始了坎坷的跋涉。1926年冬，在大革命浪潮中，外籍校方人员撤离岳阳，学校停办。好地方自然不会让人遗忘。中国岳阳地委组织部部长孙稼，派吴国铎等人在此创办"双十学校"。校名取自"中华民国"1911年10月10日双十国庆。一波未平一波又起。"马日事变"后，形势突变，教会美籍人员再次撤离岳阳，"双十学校"又不复存在了，这便是江湖，这

湖滨大学教师办公楼旧址

也叫历史。

1929 年 1 月，五个教会的代表在武昌开会，达成尽最大努力重建华中大学的共识。长沙雅礼大学、岳阳湖滨大学、文化大学、武昌博文大学、汉口博学书院大学部合并组成华中大学。1934 年改名为"湖南私立湖滨高级农业职业学校"，设高级农业科及初中二部，后改为高级农业职业科。抗日战争期间，学校迁往湘西沅陵，直到 1946 年再迁回原址黄沙湾。1940 年，湖滨大学增办了附属中、小学，为激励学生上进，培养优秀人才，他们还首创了"会试助学金"。

时间到了 1949 年，中华人民共和国成立，岳阳教会学校收归国有，由教育部门继续开办中学和岳阳农校，复称"湖南私立湖溪大学。"1951 年由湖南省农业厅接管，改名为"湖南省立湖滨农林技术学校"。看完这一串串变动的名称，再翻开史书资料，让人万般无奈和叹息。随后一段时间，这成了风中姜草，任由风摇。一切并没有停止。1959 年，革委会接管此地，学校暂停。如果说以前还跟学校挂钩，这次就真的沉沦，成了湘潭专署干部疗养所。几年后疗养所又搬往醴陵，这里的产权收归岳阳县，就此基本处于沉寂状态。

沉寂多年，身在政治风的背后，它概述了无数浩劫：不幸之万幸。但它终究没有逃过风霜雪雨的侵蚀，屋内的木质装修基本腐坏。时间进入全面建设经济期，对它的争夺再次上演。基督教协会、南湖管委会、文物处、党校等多家单位，各自据理力争其归属权归自己的历史缘由。这一争就几年过去了。它唯有沉默。政府在万般无奈之下，邀请各个部门领导及有关专家们协商与共议。如此反复多次，达成一致，教会学校最终产权与管理归党校。党校争赢了，作为文物不可乱用的尴尬还是任它自生自灭。

这种尴尬的打破，只有再易其主了。2017 年，最终归南湖风景区全面开发，推向文化旅游之潮。

教会学校，除教育出名，现在吸引游人的是那一览浩瀚的洞庭湖，那富有特色的建筑和那几棵百年银杏。

学校整个建筑布局与建筑环境承袭欧美风格，摄影是非常好的场景。异域风情。教堂为哥特式建筑，从布局中看到西方人对环境的讲究与空间的需求。这样的建筑在岳阳还有几处，保留完整的并不多。唯这里的完整保存，体现了当时这所学校的盛况，也显示出无论什么时代对教育的重视。

据记载，校长楼、教师楼、办公楼及图书馆等曾有 13 栋。有券廊式、回廊式，也有别墅式小洋楼。每幢楼房均利用山丘的边缘起建，自然形成排湿、通风良好的地下室、架空层。坡上右边那栋厚重的教学楼，我走过长长的回廊，看到每间房掀起的地板上下都是粗大的树木，地板与地有 0.8 米的通风防潮层。而让人借鉴的是，沿坡自然而建，其排列也自然而随意，没有丝毫刻意的美，反而形成了更独特的美观。同时又在建筑中大量吸取我国传统建筑的一些常用手法，如在大回廊、券廊的建筑上，特别是在屋面、檐口部分的琉璃勾头、滴水瓦、琉璃剪边作法、飞椽、三步梁、脊饰等，体现了当时中西建筑工艺融合的盛行。中国工匠们这种中西结合为岳阳研究欧式建筑与中国传统建筑相融留下了更多不同风格的实物。

历经百年，现在教师楼、宿舍楼和教学楼（除了教堂顶部坍塌外）皆保存完整，所有的建筑格局均未遭到破坏。

百年已逝，如今，无论何人何时再次走近这群建筑，面对青砖灰瓦拱形门、壁炉烟囱、欧式的麻石踏步、室外的龛式窗、铸铁的排气花窗罩、壁炉……都仿佛走进了一段历史。仿佛看到每栋楼间缓缓穿行的金发碧眼、身着黑色教袍的海光中的身影。透过百年风雨，似乎

湖滨大学校长楼旧址

也能感受到她那颗跳动的心充满的年轻活力与热情，热血澎湃远涉重洋布道施教的热忱。是的，时间过去，风雨洗礼，面对着这群承载着沧桑历史和斑驳记忆的中西结合的建筑群，既看到了当年西方文化对岳阳的渗透，也证实了这一切带来的冲击与影响，同时也是今人和后人研究欧式建筑最宝贵的实物资料。2017 年，岳阳作家周钟声以湖滨大学为原型，创作纪实小说《异

乡》。2018年，南湖新区组织团队，挖掘历史，撰写了报告文学《湖滨大学》。算是为此处留下了比较完整的记载。

2016年，经市委、市政府批准，湖滨大学归属南湖新区管理，就开始了大修。这里将建成旅游景点。以基督教为基地，作为基督教婚礼的举行场地。这也是此一时彼一时之举，它们接受，并默默承受。

2019年，我再次踏进湖滨大学旧址，教学楼正在搭建大修。岳州窑展览馆已撤走。旧的几栋楼，也装饰一新，连同坡下几栋"五七干校"的平房，都列队等待一声令下，准备再次发挥作用。

海维礼，他与妻子创建的湖滨大学、普济医院、贞信女子学校，为当时岳州的医疗、教育及宗教文化的传播，中西文化的交融起了决定性的作用。尽管这些地方几易其名，但现在的市二医院、市三中无不以此段历史作为自己的骄傲资本。作为文化也好，作为文物也好，越是久远的，越是有价值。它的价值，是几经风雨后的沉淀，也是记忆的存留，更是历史考究的实物。而让当时所建之人没有料到的是，今天，它不但成了党校的后花园，也成了很多岳阳人休闲游玩的胜地。

它们都蕴藏着历史、文化，在岁月浸染中的美与厚重，既不华美，也不朴实。

每一段历史，毁也好，消失也好，终归都会留下文化片段，留下一些可存的珍贵，而"湖滨大学"以后，还会以什么身份存在，未来不可预测。

南津古渡： 千年义渡义千年

古时，没有天上飞的、地上跑的、铁轨上奔的。运输，几千年靠船而通达。水就成了一个地方的经济命脉。

岳州，得天时地利，当然水运不可能不发展，那就诞生了无数的渡口。除大到国际性城陵矶港口外，围岳州城四面环水之势，渡口大大小小密布，其中最让人津津乐道的就是南津古渡。

历史中的大型古渡——南津港，曾经带动了古巴陵人头攒动，带动了巴陵的经济繁盛，更带来了巴陵对外流通。在这座被水环绕的城市，"渡"字是一切开源的引子与杠杆。而渡的过程中，以义字当前，一渡千年，成就了岳阳人的品格：有"水"流质的聪灵，有"渡"融汇的沟通，有"义"担当的责任。随着历史的远去，时代的发展，很多物质的东西都会消失，唯精神永存。南津古渡的义举一直被岳阳人传承，当美丽宜人的南津古渡休闲广场建成，成为民众免费游玩的公园，那是今日岳阳将"义"字延续的最大佐证。

漫步"南津古渡"广场，引发多少人记忆中久远的画面，也翻开了南津古渡曾经繁盛、辉煌的历史。

岳阳，濒洞庭，临长江，城区周围湖泊环绕，是个名副其实的"湖城"。有着岳阳史学家之称的邓建龙说，古时，岳阳与外界的主要交通工具都是木船，为此，城区周围自东至西先后设有羊角山渡、大桥湖渡、花板铺官渡、枫桥湖官渡、岳阳（今北门）官渡、南津港义渡6个中型渡口，以方便人们进出城区。南津港义渡是当时较为繁华的渡口。因渡口位于城南，古人称渡口为津，故称南津港。

南津古渡形成何时，有人说始于宋。其实，早在唐代即已形成渡口。唐张说、李白等人就曾从此过渡至对岸龟山一带游山观湖，唐宰相杨炎还专程至南岸龟山圣安寺拜访过法劫和尚。只是到宋代，此处才变成更为繁华热闹的街市。宋诗人王十朋游览岳州时，就曾从城陵矶入洞庭湖口，因"岳阳城下风波恶，过客舟船不容泊"，只好泊船于南津港这一天然避风港，阴差阳错，倒成全了他的诗篇"遥从湖口入南津，看尽湖山与城廓"。

至明朝中时，南津港渡口变得更加繁华，可谓"岸列市肆"。明朝后期，当然，历史都是一幅画面，战乱，古渡一度也成了废墟。到清代，岳州贸易又开始活跃，南津港理所当然恢复了繁华景象，茶楼、饭铺、烟花青楼应运而生。尽管这样，南津古渡自设渡以来，一直未入官渡之列，终是未上官府厅堂，只是由百姓民间自发组织的义渡，反而成全了它的丰富与纳入。

据清光绪《巴陵县志》载："南津港义渡，地滨洞庭，旧有堤，数圮。乾隆五十七（1792）年，里人任起龙捐船一只。以后，又有张兴廉等十六人捐田十三石五斗，船两只；以后，思豫团、钟谦钧各捐船一只，共五只。"船多了，生意又到了必须招损了的地步，这就是商海，一波刚平一波又起。为吸引过往游人，一些摆渡的小船想起最实用有效的办法，由年轻的船家女撑桨。清同治年间，湘阴人周谔枝曾作《南津港眺望》诗曰："津头人唤渡，小艇绕前横。红粉扶双桨，风飘一叶轻。"甚是风月无边。但以上义渡船只，仅仅限于方便南北两岸往来的行人与游人的。南津港北岸至南岸龟山一带的这些摆渡小木划船，是不可与远航于洞庭湖区各县的大帆船相提并论的。

如果只是义渡渡人，怎么也撑不起这么大格局，还得靠通江达海的重要。南津古渡重要的是大帆船即商业用船。南津港不但义渡民众，更是岳阳商业与外界对接的一个中转站。居住在南津港附近50多年的易普选老人介绍回忆：往昔的南津古渡，可是当时最大的商贸港口。岳阳县陆地的货物都是从郭镇小船小码头运入南津港，再经由南津港口转运大帆船至外地。

作为商贸码头，无疑在很长时间里，它都为巴陵的经济发展，为岳阳对外贸易起到了很大的促进作用，即内外对接，促进岳阳走向世界，世界了解岳阳，搭起了文化传播与交流的桥梁。

当然，作为兵家必争之地，渡，在长久的岁月里是不可忽略的是非之地，在所有重大事件中都起着重要作用。史料记载中更是大笔墨描述了兵家进入岳州城后的情景。

太平天国的岳州之战，曾在武昌、岳州两地就聚集了很多跑长江、过洞庭的大型商船。这些商船都被太平军编进了水师。知己知彼，方能百战不殆。这是兵家第一要领。可惜，太平军编入商船入战队，却不知对方早已满盘棋已摆。湘军水师一分为五：苏胜、夏銮各帅一队进驻岳州城南面南湖的南津港外围待命。当时，太平军水师全部集结于南津港。湘军为了将太平军水师主力引出南湖，再派出载炮4门的舢板船佯攻南津港。太平军水师看到湘军前来的都是小船，自然觉得信心满满没看在眼睛里，倾巢而出攻击湘军小船。湘军大喜，却不动声色驾驶舢板船边打边退。太平军水师不知是计，还在自以为是地追击，一追就齐齐被诱出了南湖，进入一览无遗宽阔的洞庭湖之中。更让太平军没想到的是，他们刚追不远，离岳州城几分钟，湘军水师就从背后进驻岳州城南的南津港，得以顺利进入了岳州城。

千年古渡，毕竟历经岁月漫长，除了战事，其中从官方到民间故事纷呈，所渡名人也无数。古时，诗人如果诵南湖，总是不会放过南津古渡的烟花璀璨，也都会从义渡坐船漂于湖中览胜的。想李白那厮在岳阳南湖荡来荡去，留诗"南湖秋水夜无烟，耐可乘流直上天。且就洞庭赊月色，将船买酒白云边。"算是南津古渡的常客吧。远古人来人往，论载甚广，反而具体的少，现代来访的两人行踪可是有笔墨留迹的。1921年4月底，青年毛泽东与同学易礼容、陈书农三人来岳阳考察教育，就曾从南津港乘船到对面山上美国教会办的湖滨大学。后又由此乘船经君山至华容、南县等地考察。

1932年9月28日正午，时任国民政府军事委员会委员长的蒋介石偕夫人宋美龄到岳阳。因想游览君山，从岳阳楼乘轿至南津港。南津古渡与君山遥遥相对，此处航程短，故选于此换乘大点儿的轮船。

南津古渡千年来就这样渡来渡往。渡过千万人与物，也渡千万人与事。直到1914年7月，连接武昌至广州的粤汉铁路开工建设。南津港半空，一桥飞虹架铁轨。南湖与洞庭湖被铁路桥隔开，古渡口的航行更曲曲弯弯。

水能载舟，也能覆舟。洞庭湖给予岳州多少丰富就给予了岳州多少灾难。历史上的水患、虫害让百姓深受其害。此后，加上中国经过解放初期，迅速进入建设发展期，人们对方便快捷的需求提高。1964年冬季，为根治洞庭湖水倒灌，防止血吸虫直流入南湖，每年汛期沿湖耕地不被淹没，也为解决岳阳往南的通道，解决水运的局限，中共岳阳县委发出号令，高筑大堤，围垦南湖。南津港迎来了修筑大堤的宏伟工程。

当时中国人民解放军开国中将文年生也加入了行列。他遵照中央指示，到岳阳地区的湘阴县躲风亭公社参加农村社会主义教育运动，回岳阳县探亲的他看到，当时的县委书记毛致用正在为修建大堤日夜组织讨论、研究。文年生见他疲惫的样子，便问："你是在为南津港的事件伤脑筋吗？""是啊，一个大问题。""那有何难，可以把南津港拦起来，做一个大水库，用来养鱼、灌田、防洪……"毛致用听后说："我们正是这样考虑的，一定按您的指示，尽一切力量把南津港大堤修起来。"当年上半年，县委抽调几万名机关干部、工人、学生、公社社员在南津港掀起了一场声势浩大的修堤战斗。密密麻麻的人，挖、挑、推、抬、填，一片热火朝天。经过3个多月的艰苦战斗，一条全长1857米的金腰带载在南湖上。南津港一条大堤连接南北，自此彻底结束渡船时代。

堤的伫立，不但让南湖水位能常年保持稳定的状态，起到防洪、灭螺、灌溉作用，更连接水陆，成了岳阳南北要道，也成了旅游观光休闲的重要场所。

一地得宠，一地沉寂，这是事物之必然。

南津古渡就这样慢慢变成了废墟。垃圾成堆，蚊蝇乱飞，臭味翻腾，后来，杂草丛生，真的荒无人烟起来。

怎样将古渡之古迹再次变成人们在原生态环境中享受生活的景区。2012年，岳阳市委、市政府决定兴建南津古渡广场及6个快艇旅客码头，将集健身、水上观光、娱乐、休闲等项目为一体。消息一经公开，便得到了市民的积极响应。我在采访沿线市民时，他们对南津古渡休闲广场的修建万分高兴，对政府的惠民政策表示由衷的感谢。

在附近居住了几十年的张天佑老人说："虽然南津古渡随着时代发展被淘汰了，但将这个古迹建成人们休闲广场，也是一大义举啊！古迹重塑，与整个南湖风景归为一线，形成了整体的旅游线路，这个创意性的举措应被载入史册。"

一直饱受古渡边氮肥厂化学气味熏染。生活工作都不舒畅的退休工人毛选国老人感叹。以前住在这里，厂里味道浓，湖水腥臭，杂草丛生，不但无法接近南湖，甚至不敢开门。现在厂搬迁了，千亩湖治理了，恒大半岛建成了，水也清澈了，空气也清新了，站在家里感觉整个南湖景色像一幅国画，广场建得更是宛若人间仙境。退休在家，每天没事约几个老友在广场园林里散散步，生活特别知足。

千年义渡随着岁月的脚步而去，沉寂了多年的南津古渡再度登上历史舞台。

南津古渡淘汰，"义"举延存，民间留芳存。

南津古渡　黄凡画

鱼巷子： 湖与岸不朽的诠释

鱼巷子，岳阳不可消失的生活轨迹和记录。

鱼巷子，从过去铺延至今，旧貌新颜，已失其烟火味的风情，只剩下商业的铺陈。它走过千年的沉默与承受，此时，面对一个完全违背民意违背鱼巷子情感的大集市建成，它选择了承受和顺从。我在鱼巷子走过几十年。我从前是走过，后来，我一直探究其形成的初意、存在的价值，在不断走过的日子，我看着它渐渐于2010年后"洞庭新城"旧城改造的建设中全新出生。

我听着洞庭湖无法泊岸的哀鸣、沧涕、悲切。从鱼巷子最初形成到现在，岳阳人可以不提最为著名的岳阳楼，可以几年甚至一生不进岳阳楼，可人们不可能不言说着鱼巷子。因为，沿着鱼巷子一路追溯，我们可以溯源到洞庭湖与岸对接的历史，鱼与民的对接，水与人的对接。其演练的长卷，累积了岳阳建筑与商业，生活与习俗，湖与岸的深厚文化，它不仅仅是岳阳目前唯一幸存的青石古巷，也是全世界以生活形态命名的唯一历史古巷。

曾经的鱼巷子，是曾经的商业大厦对面小巷进去再左拐，一条被长长青石板的反光照射的长巷，形似"7"字，也沿袭于中国人的"吃"。历经几百年风雨，一直是岳阳最鲜活的市场。活蹦乱跳的鲜鱼，波光泛动的麻石，讨价还价的买卖，陈旧破烂的古木楼，组成了鱼巷子独特的风景，成了无可替代与更换的岳阳独特生活文化基石，并缔造了湖鲜美食的丰碑。

清晨的鱼巷子，正是鱼市兴隆时间，满盆满盆的鱼，肥厚鲜活，激活了沉寂一夜的小巷。走在泛着波光的青石板上，仿佛听闻洞庭湖的涛声。我与几位作家一行，看着各鱼贩手脚麻利、花样百出的剖鱼方式，惊叹行行出状元，凡事有艺术。

听老人们口若悬河地讲鱼巷子的历史，怎样兴盛，怎样繁华，我不由自主抬头整体望了一遍，东一块西一块的棚子和雨布，在风中破烂不堪。除却低头时看到满巷鱼跃的波光，寻到一丝当年的痕迹，实在还原不出当年的盛况。从 2013 年开始，你就只得在言传与史料中拼图了。

沿着麻石路几经往来，我在一栋破烂不堪的木结构两层楼前，意外发现墙上还有一个很小的牌子，清晰地写着四个字——下鱼巷子。这是整个鱼巷子现在唯一留下的标志性文字。

现存的下鱼巷子，剩出口 20 米处还有几栋青砖青瓦的建筑。抬头不见天，到处吊着东一块西一块的遮雨布，让小巷尤其显得狭窄而破旧。透过如网一样的电线，屋顶上翘檐的瑞兽早已缺角少腿，所剩无几的老木板房危在旦夕。一步一声沿着残缺不全的楼梯上去，二楼雕刻的栏杆和门窗已腐朽发黑，小心行走，木地板发出的声音重重诉说着陈旧。

曾根据鱼巷子创作过多部作品的河南大学教授、中国一级作家刘恪，说他 2010 年走访岳阳古街巷时，曾拜访过住在这栋木楼里的老居民王惠芝老人。万分遗憾的是，等这次他陪同我前往时，90 多岁的王惠芝老人已于第三年前作古，终无法面听探寻到更真实的记忆。据现在租住在这里的做小生意的湖北人氏梁治诚介绍，王惠芝普通而传奇。1949 年以前因发大水随船从湖北监利到了岳阳，上岸便停留在了鱼巷子。刚来，跟一个渔民相好了一段时间，后来阴差阳错嫁给了本地一个裁缝。现实的感情遇到刚强的女人，两人因性格不合，王惠芝决定分开。最后嫁给了某国民党将领之子做了姨太太。1949 年后，孤身一人的她一直由国家负担。

在鱼巷子居住了 30 多年的颜先生听到我们一行人的议论，讲到前几年去世的另一个老人："那可是富商的姨太太。"后来得知有一段时间身为高官富商的姨太太们都居住于此，足见鱼巷子的繁华与不同凡响。

历史远走，鱼巷陈旧，繁盛仍在，青石板依旧，麻条石每个缝隙堆积的故事，让陈旧的巷子越来越显其风味。

我往来穿梭在做生意与居住的人中，发现一个奇怪的现象。走遍街市都是清一色的湖北监利人，老岳阳居民几乎都搬走了。鱼巷子现有居民，流动人口 980 多人，固定居民 410 户，大部分为租用住户，只有少部分从湖北来得比较早的买了房子。

　　一个承载岳阳几百年生活文化的地方，现在成了湖北监利人的鱼巷子，我看出了一行人的失落和不服。

　　一个汉子，穿着一身黑油油的防水衣，站在大大小小各种盛鱼的盆边。他的声色与众不同，上前打听，他果然是这些做鱼生意中难得的真正渔民。当然，也是湖北监利人。对面街边上两位老人，现已中风的吴以仁老人看到我吐词不清地说，他也是监利人，到岳阳已二十几多年了。当年是出名的水上汉子，一直在水上与鱼巷子之间行走。老人回忆说："洞庭湖败了，以前不像现在鱼这么少，随便出去一趟，保准满载而归。"

　　民间流行过一句话："一鱼养三家，渔家、贩家、摊家。"这话实实在在道出了当时的盛况。道出了鱼巷子在洞庭湖之湖湘美食、湖湘文化、湖湘经济中的地位与作用。

　　鱼巷子也有冷清的时候。日军占领岳阳7年间，上自南津港，下至城陵矶一带，湖面为军事禁区，禁止一切船只通行捕捞。人、船都不见了，鱼巷子湿湿漉漉千年的古巷干得落下满地灰。1945年，抗日战争胜利后，鱼市迅速兴盛起来。再后来，"文化大革命"来了，鱼巷子的热闹变成了寂寥。进入80年代，又一个时代来临，岳阳人们以鱼为主题的生活，压不住的沸腾，鱼巷子自然热了起来。离生活这么近，又怎么会消退。

　　终是不见了，2018年上半年鱼跳虾跃的鱼巷子，2018年下半年，我带着学生过去，想讲讲鱼巷子的故事时，泛着波光，飘着油布的鱼巷子不见了。那条通向原生态生活的巷子，被现代鱼市替代了。

　　想起岳阳居民一代又一代行走于鱼巷子，却鲜有人对其历史深入考证。

　　史学是对过去的较劲，较劲不好，所以，史学家少之又少。岳阳也一样，寻访专家艰难。好在有文字据于清嘉庆《巴陵县志》："鱼巷，在南门外，通南岳坡，里人廖国兰捐修石道广竟，巷长一百五十步有奇。"按每步0.75米换算，约105米。光绪《巴陵县志》也载："鱼巷，自上正街西一百七十五步，至南岳坡巷又三十五步滨江，北有洗马池巷自土门街至此三百步。南岳坡巷亦名鱼巷，自北至南一百四十步通街河口。"由此可知，鱼巷子其实是鱼巷和南岳坡巷的统称。

　　巷成于何时？1746年编撰的乾隆《岳州府志》即载有鱼巷，明初即已成巷，实际成市则早至北宋时期。南门外地势平坦，呈月牙形港湾，易于泊船，便于利市。于是，各种行商、店铺、摊点、仓储纷纷建立，逐渐形成街巷。

有岳阳古地图之称的段福林先生说到鱼巷子，如数家珍。他是这样说的，鱼巷子历史久远，应该建于唐代末期。当时因乾明寺的扩大与影响，有渔民上岸来做些鱼生意，渐渐洞庭湖的渔民越来越多地来岳阳城里，形成了一个市场，经过几年的发展终于形成了一个专做鱼生意的小巷。

明清年间，鱼巷子成熟。马英开皐寺来了多年，发展了岳阳的茶业。以唐代供品君山银针与瀛湖茶（现在的北港毛针）两大茶，为本土茶品，引进外地茶品进行交易，在鲜活的鱼巷子对面，就是生香的茶巷子。茶巷子比鱼巷子稍迟，就一直名落于鱼巷子。鱼巷子的兴旺在柴米酱醋茶的排列中绝对不是时间的优势，而是人们生活主题需求的催发和理所当然。

鱼巷子

现代人走在鱼巷子，当然会以为有巷便有石，其实不然，鱼巷子的大条麻石是到了清代乾隆年间铺设的，从前只是离水不远的一条堤岸线。从北往南横向铺排在街巷中央，0.35米宽、2米长的麻石板，共有264条；两边两行竖向铺排的麻石板，有300多条。刚铺设时，麻石在上面，下面是深沟，便于排水所用，每年会揭开石条掏干沟里月积日累的淤泥再盖上。

南城外鱼巷子所处之地，真正发展起来还是乾隆以后。从前，从鱼巷子到岳州城，必须过南门吊桥，很多老人还记得吊桥的位置。吊桥北的城里均是官府衙门，吊桥南市集居多，从而形成了北雅南俗，北文化南集市的特色。

在段福林老师家，我还亲眼看到了一本泛黄的乾隆《岳州府志》，上面地图清晰可见南北相通的吊桥标志。他保留的一张照片引起了我的注意，岳阳楼下沿湖一条长街。段老师告诉我，很多人不知道当年鱼巷子的繁盛还跟另一条街有关，那就是沿湖水边南北纵向一直到岳阳楼下一排集娱乐、茶肆的木结构房。茅草的顶，低矮的木板组成了简陋的街巷，俗称茅草街。后来一把大火，毁于一旦。唯一挺立在岳阳历史长河里永远没有走远的，便是鱼巷子与慈氏塔。

很多东西，都有其独有的气质，鱼巷子也一样。走过几百年的傲立，鱼巷子，无意中刻写了岳阳的无法替代的水文化。抒写了湖与岸、岸与人、人与鱼、鱼与巷、巷与湖的长篇大著。

我就其存在价值去采访走遍了全国大部分名胜古迹的刘恪教授时，说话历来比较低沉而缓慢的他，也禁不住激动起来。

他说，岳阳比较有价值、富有地标性和象征性的特色建筑物，只有两个：一个是岳阳楼——当年的阅兵台；二是鱼巷子——居民生活需求地。

这种特定生活方式的小巷，在全国来说，是比较特别的，应该也算是唯一的吧。其独特性和岳阳楼一样。楼与当地的生活形态没什么特别的联系，鱼巷子才是岳阳人生活形态的涉入。在古代也好，到今天也好，未来也好，是集散地，也是人们一个生活通道，是岳阳人生活中必须以湖作依附的闸口。说透了，是湖与岸最直接的桥梁。几百年来，不可忽视它这个身份。它架设的是一种人与自然，自然与生活的连接。洞庭湖所提供给人们的是鱼，鱼是物质，人有需求，就是精神。

英国有个专家曾说过一句话："文化是指人的一种生活方式。"这足以证明，文化不只是歌舞，不只是文学、艺术，还是融入生活中，并能浸润、提升生活的一种方式。鱼巷子，吸取的是一个食物链，更紧密地与人的生活相关联。说到岳阳美食文化，一直致力打造湖鲜美食，鱼，是主角，鱼巷子承载的便是岸与水的一个最大的交接点，就这样把人们的生活建成一个物质的标志。说深了，从洞庭湖走向鱼巷子，再从鱼巷子迈向岳阳城，鱼巷子对岳阳人的习性、气质、性格都有密切的关系，产生了怎样深远的影响力。于是，白肉也养育了岳阳人所独特的灵秀、聪明、灵巧、温和。

作为一种生活方式，鱼巷子，是岳阳人不可或缺的。没有麻石，没有下面的水流，没有几百年形成的积累，又怎么形成地方特定的标志。岳阳，作为一个城市，作为一个有着深厚历史的文化古城，鱼巷子是作为灵魂存在的，必须有文化原型的底蕴。上千年的历史，它成了一个无法替代与无法消失的原型，是人们生活习惯与需求存在的一种文化。

连接出了产物，连接出了经济，连接出了生活，三教九流因鱼巷子的交易而云集。

全国每个城市都有自己独特的文化建筑，而岳阳人得天独厚地拥有鱼巷子，它的存在，就是水文化的一种存在，无论是鲜货，还是干货，就文化风俗的建筑来说，它是主题性的，它不需假设与创造，它实实在在地存在。

我们渴望行走于此的所有人，能看到它的价值所在，看到它的文化深度，看到它与岳阳发展的关系，看到它诠释的意义，期待它以旧的姿态，新的面貌永远站在世人面前。

古鱼巷子终于在经济浪潮中走远。2010 年开始，岳阳旧城改造被列入重要项目。2018 年 10 月，旧鱼巷子老房子正式拆除，我走进去时，除了青石板还在，好像那种味道都被干枯的地下道带走了，如此失落。其木质建筑都被青砖仿古建筑替代后的门面，豪华气派、井然有序，但好多人说，没有生活的情趣了，哪还是鱼巷子呢？鱼巷子就该脏些，就该有一定的湖泥的浓腥，一些鱼的鳞片，一点鱼的特质。

我们迎来一个地地道道的新兴买卖鲜鱼的集市。可此市非彼市，我们只需有一个巷，留住岁月重叠与温暖，印证岳阳并没有走远，如此，让一个奢望沉沉睡去。

茶巷子： 茶香戏浓留余味

茶巷子，当然也是老岳州不可忽略的一条繁华商业街。因其经营的产品与位于巷里的戏舞台，便有了更高的身份，比起鱼巷子的腥浓，它有了一份享乐的雅致。

说起来，再雅，也是从生活需要开始的。

据岳阳史学专家邓建龙介绍，茶巷子原名猪市巷，明隆庆《岳州府志》即有记载。清嘉庆《巴陵县志》载："茶巷，在南门外，又名猪市巷，通观音阁。"光绪《巴陵县志》载："茶巷，西通上正街，东通观音阁，长二百六十步。"街为青石板路面，两边为平房。民国后，一些在此经商的商人将平房改为两层楼房，用以经商与居住。猪市，顾名思义就是生猪交易市场。当时，生猪交易主要在巷东与便河园交汇处进行，猪市巷因此得名。

当时，洞庭湖区各县及湖北的商人运来大批生猪进入便河园，在此交易。随着交易的人越来越多，许多人或推或抬，往往弄得汗流浃背，口干舌燥，需喝茶饮水，以解饥渴。住在此处的市民认为有利可图，遂开起了茶馆。开茶馆需要茶叶吧？于是，在观音阁街便出现了许多贩卖茶叶的店铺，一些饭铺、伙铺与客栈也随之兴起。猪本是污秽动物，开猪市交易场所，难免污染环境卫生。且猪市与猪屎、猪死谐音，既不吉利，又不文雅。而茶叶则显得清淡文雅洁净，人所喜爱。于是，居住在此巷的人们便将猪市巷改为茶巷子。果然是见好就收，享受下就忘了初心。

所以，这就解释了为何雅致的茶巷子就位于鱼巷子对面了。本为俗汉，翻身为雅士。

猪市一脏，人们再喜欢吃，也将它推出了市井，茶市再贵也一步步壮大。从明朝开始，茶巷子逐步形成，猪就只得另择他处了。茶的名气越来越大，至今已有几百年历史，就没人记得猪市，只有津津乐道的茶巷子。可见人的喜爱不只是建立在物质的需求，对于精神的享乐始终是更高一筹，并舍得投资的。

说到茶，岳阳自古便是产茶重地。岳阳人喜饮茶，盖因地理环境及气候所致。夏季暑热需饮茶，冬季寒冷，喜食辣椒驱寒，饭后亦需饮茶。岳阳三田一洞的人，喜欢喝椒子茶，汨罗湘阴喜爱喝芝麻豆子姜盐茶，平江人喜欢喝熏茶，临湘有黑茶，君山有银针，各具特色。加之商人的外销，由此，茶叶需求量日趋增多，茶叶种植面积越来越大，至清代已达30余万亩。当然也出了数不清的名茶。君山的银针、北港的毛尖等。到清代岳州茶叶生产进入鼎盛时期，光绪年间，年产量即达20多万担。

茶巷子不只是卖茶，它的先祖是从小茶馆起步的。看过老电影的都知道，从前的人喝茶非常简陋生活化，方便才是根本。从最初街边摆几个位子到后来的店面摆几张八仙桌，放几条凳子，泡几壶凉茶热水，再加点花生糖果之类的副食。随着产业化进程的不断发展，花样也多起来，茶的花色品种增多。有芝麻豆子茶、菊花茶、姜盐茶、糖茶、红茶、绿茶、黑茶等，有本地的，也有外地的。茶馆里摆设了躺椅，顾客可坐可躺，可整天泡在里面。这就又诞生了一个副产业：说书。那些说书人口才极好，说的又都是人们最津津乐道的三国、水浒、西游记之类的英雄故事。总之，茶客在此，可吞云吐雾，海阔天空地尽情交谈，侃人生艰难、世态炎凉、时局变幻、男女风情、趣闻异事，还可听听戏，茶馆成为很多人休闲消遣的好去处。

旧时的茶巷子，长约300米，清一色的麻石板路面，茶馆就有四五十家之多。有位朋友曾住在茶巷子。他家从岳阳梅溪桥搬来茶巷子一住就是30多年。

在他记忆中，爷爷、父亲做完事都喜欢去茶馆坐。茶馆的摆设顶简单，竹躺椅摆成两大排，便于顾客交谈，中间是过道。茶馆和戏院的大茶壶都是黄铜的，分量不轻；懒人闲人可以在茶馆里混满一天，反正一杯茶喝完了又可冲满一杯，依然只收一杯茶的钱。上岸休息的船工、放排的排骨佬、商贩、没事的老居民，都是茶馆的熟客。跑堂的伙计，手脚麻利眼光犀利，总是轻言细语，满脸堆着笑意，忙上忙下不能落座，生怕怠慢了顾客，心中却是将客人分得清清楚楚的贵贱高低来。女人是从不敢坐茶馆的，风言风语会杀人。

在茶馆畅所欲言无是非，男人可以乱吹牛皮乱骂仇人，反正不收税。这就成了一个发泄牢骚的好地方。老板怕无事生非，早有警世语贴在店里醒目处，"不谈政治"与"童言无忌"是警世语惯例。但墙上标语警示它的，茶客说着自己的。偶尔说得太过了，一个人手指一竖，便马上换了一个话题。小道消息与古怪奇事，是茶馆谈论不厌的话题。躺在竹椅上闭目养神的有之；神秘地贴近耳朵讲悄悄话的有之；故作惊人之语的有之；相互划手舞脚口水四溅的有之。讲戏说白，谈今论古的，当然更多。

"休对故人思故国，且将新火试新茶。"这是苏轼的名句。在生活节奏如蜗牛爬行的年代，茶馆无形中成了民间论坛。擂茶、姜盐豆子茶、芝麻茶、川芎茶、君山银针与毛尖茶、岳阳北港茶、大云山云雾茶，组成了这条巷子历久弥香的清雅。

寻访茶巷子，一个主角是绕不开的，那就是巴陵戏。

如果说，茶巷子是靠贩茶叶摆茶摊起始的，那么，其兴旺说书、唱戏功不可没。老居民都认为，茶馆的兴隆都是伴岳舞台的福、沿戏院的光兴旺起来的，也不无道理。那时无电影电视可看，戏院生意当然好得很。那角也是苦练了功的，个个顶尖。每天白天演两场，晚上也演两场。早早挂出戏牌子：挂上名演员之名头和剧照，招引观众。热天则在露天剧场演出，观众坐简易的条凳。出了茶钱的观众，戏院里会有人送热茶或凉茶，并把热水毛巾递到这些观众手里来，服务实在很周到。当然，没有钱天天看戏的，坐在茶馆，听一天戏也乐在其中。

80多岁的徐爹称，他们那时的老屋平房早拆迁了，街巷也早变了。可少时生活的印迹越老却越清晰，无法忘掉。当年，"岳舞台"巴陵戏院，离他家不远，几脚路。巴陵戏的锣鼓闹台声一响，他就从家里跑出来了，已多少年没有听到过了啊！他笑着说，现在巴陵戏都演到国外去了，还得了大奖，这是我们岳阳人的骄傲。好东西就一定会留下来，也一定会发光。可惜茶巷子就衰败了。有人接话，没有呢，岳阳在湖滨建了一个更大的茶博城。徐爹就说："哦，哦，那是我落伍了。"

提到巴陵戏，很多人知道其声名远播，却少有人知道它保存至今走过了一条怎样艰辛的路，一代代艺人付出了怎样的心血。在长达几百年的发展中，一直演无舞台，居无定所。

据记载，巴陵戏已有 300 多年历史，最早起源于明末清初。因艺人多出自巴陵和湘阴（含今汨罗市）之故，最初称"巴湘戏"，后因它形成和流行于古岳州府，也有人沿用古代民间对戏剧团的叫法称"岳州班"。

清代中末叶是巴陵戏的鼎盛时期，曾有"巴湘十八班""巴湘十三块牌"之称。湘北茶楼酒肆，"串堂""围鼓"演唱经年不辍。当时成书的《小五义》《华丽缘》都有关于"岳州班"的描述，足见当日流行之盛。辛亥革命后的 1914 年，岳阳商会为对抗咏霓戏园的京班，改乾明寺天王庙为戏园，戏班总名之"岳阳商办岳舞台"。1919 年，岳阳商会将行头租与许升云，从此园班分开，戏园更名"岳阳大戏院"，岳舞台则成为巴陵戏班的专用名称。

1949 年岳阳和平解放，有两人合股在茶巷子将一新茶园改为戏院，作为巴陵戏的演出场所。1953 年，以岳阳古称巴陵，始定剧种名"巴陵戏"。

岳州巴陵戏创立百余年，一直没有固定演出场所。戏院的成立自此才有了落脚之地，终于在繁华的茶巷子有了一个正式演出舞台，结束了忐忑不安的流浪生涯。巴陵戏作为岳阳地方戏种，因其具有浓郁的地方特色而深受岳阳人民喜爱。自此，来茶巷子看戏的人络绎不绝，连同戏院周围的茶铺生意也越来越红火，茶馆也越开越多，这条巷子也就成为名副其实的茶巷子了。

1949 年后，在政府的关心下，艺人的经济收入得到保障，特别是 1958 年剧团转为地方国营后，政府都有专项拨款。演出与排练场地，政府也做了妥善安排，茶巷子的岳阳剧场后来还专门修建了排练场。特别是住宿方面，先是划拨公房解决青年演员的住宿问题，后又拨款划地，在岳阳影剧院、吊桥、便河园等处盖宿舍楼，巴陵戏艺人终于安居乐业了。

他们在茶巷子阵阵茶香中开始潜心创作并培养新人。

巴陵戏在茶巷子有了正式的舞台，其实也不是天天守着戏院的。一般都是一年 365 天有 200 多天在全省各县乡演出，其余时间练功，相当辛苦，很多人吵着调走。詹才顶当时孩子小没法照顾家里，请求调入了百香园任经理。

说起来，巴陵戏助了一个茶巷子经久不衰的经济，并成就了无数茶老板的飞黄腾达，也成就了岳阳君山银针、毛尖和北港毛尖的地位，当然，各县市区域在茶巷子也开辟出不同的领地，唱响了各地的茶叶品牌。后来的60年间，这段岁月，茶巷子的生意也经历了从私有到公有再到私有的过程。巴陵戏成为茶巷子的叹息时，它自己的命运也开始失去光泽。

据50多岁的张女士回忆。80年代，十几岁的她，在外地工作，有一个朋友是巴陵剧团的子弟。每次来岳阳，朋友都在上班之前将她送到巴陵剧院看戏。大大的戏院，天天有演员们在一片民乐声中开始了声情并茂的排练，她这样包场性地"偷费"，不知看过多少名家的表演。这样看了几年，不知哪天开始，再去时，开始了演电影。记忆中，李谷一在湖南的《乡恋》巡演，岳阳场就在茶巷子的巴陵剧院，不知李谷一是否还能想起这个叫茶巷子的古街。张女士说当时只记住了一个十几岁的小演员张也。看看现在的张也，便知岁月过去了多久。

很多现在还住在茶巷子，曾经的巴陵戏院工作的老职工痛惜地说，巴陵戏虽然深受民众喜爱，但后来的路越走越窄，面临越来越大的经济负担。正好当时看电影相当火爆，为了经济收入，巴陵剧院正式改成了巴陵影院。只是好景并不长，电影院一个个平地起，加上城区越走越远，巴陵影院再次迎来改制，为中外合资陵龙公司，成了当时闻名的陵龙夜总会大舞厅。卖茶的生意就受影响。如今走进茶巷子，还能见到当年夜总会的旧址上隐隐约约的广告字印。夜总会的生意非常火爆，可惜人们在茶巷再不喝茶，而是流行鲜啤了。从岳阳传统戏剧，到屏幕的电影，走向了时尚的歌舞。舞台的消失，巴陵戏的走向与没落，也隐示了茶巷子的没落。

记者在茶巷子无数次寻找当年的戏院，但都失望而归。再次寻访，有老人指着一栋隐在街市背后的院子说，这里住着很多巴陵戏院的老职员。走进他们的家，才发现此刻坐着的这栋最后开发的商品楼，便是当年经过无数身份变更的巴陵戏院原址。

巴陵戏走出了茶巷子，走到了会展中心，也走上了国际舞台，但一批老戏剧团工作者留在了这里。守着一条古巷，守着一份记忆，守着一段历史，也守着巴陵戏的根。茶与戏的韵味似乎就留了下来。

文化生态和人文精神沉淀在老街、老屋、老树、老街坊的故事里，沉在这些老人的记忆中，就像湘西蜡染布上的原真性图案，诗意盎然。

犹记当年，还有一些人义务"施茶"。一张旧骨牌凳，一大瓷壶用粗茶叶泡的茶，几个玻璃杯。1957年至"文革"浩劫，茶馆明显不景气，巴陵戏一停演，茶馆便纷纷倒闭了。茶巷子无茶馆，茶巷子便只剩几个卖茶叶的摊子了。

后来的后来，这便是一切城市必走之路。老城区开始衰退，城市建设以不可逆转的速度冲破了山山水水，将它丢在了后面。茶巷子还是在卖茶，只是已经破烂不堪。我在寻访老居民时，他们提起当年还是一脸的自豪。

巷子小了，巷子旧了，巷子身份也快没有了。但茶巷子的生意还是很好，连接着观音阁，连接着南正街，连接着鱼巷子，连接着岳阳人的生活，连接着岳阳的历史与未来。

油榨岭: 老街换颜, 油香飘远

油榨岭,听到这三个字就泛着浓浓的香味。

这个地方岳阳人并不陌生,是岳阳老街里仅存的几条没有更改名字的街巷之一。名字没变,它早已经不是曾经的老街,只是一条80年代改建后的老名新街。好在当年改建,街的走向还是如清光绪《巴陵县志》中记载的一样。"油榨岭,北自鱼巷口南行一百四十步,西有上达巷出洞庭庙;又南一百六十步,北通天岳,南通塔前。"由此可见,它曾经担当了相当的重任,从鱼巷子直通宝塔巷,连起了老岳阳人在局限区域里生活与文化两大板块。

据老人们说,油榨岭名称的来历,只是人们在生活中对当地某个特色简易叫法流传下来的。

很早以前,沿坡而上的山岭树木被砍光,仅余一些树蔸。一位经营榨油作坊的商人路过,见岭上树蔸不少,榨油需要木柴,为节省运输成本,于是便在靠近街河口的河坡下建了一间榨油作坊。榨油坊出名后人们在告之别人方向时,习惯于以那个地方最有特色的东西定位,久而久之这条巷子的曾用名便消失在榨油岭三个字里了。又经岁月,为顺口就叫成了油榨岭。自此,这条街巷便以油榨岭的名片开始见诸史志图册。

民国时期,油榨岭巷在此建了一所岭南小学。1949年后改名为天岳山完全小学,"文化大革命"时期改名为红卫小学。现在不用去寻,学校已不存在了。其次巷里为方便上岸的渔民及商人,最多的便是旅社和饭铺。据说最有名的一所叫群仙旅社,那里经常有富商光临。靠近街河口处,有座清代建成的大型盐仓。说到盐仓,就让人想起中国几千年发展历史中,出现过的几起重大贪官案。足见盐在很长的时代,都是紧需物品。当时,岳州及湖南全省的食盐,需用船舶运至街河口,再由盐政机关分发到全省各地。一克盐一克金，盐就成了相当珍贵的物质。暴利下，就有暴力争夺之战。各地盐政机关见利忘义，利用自己手中的权力以食盐盘剥居民，时间一久终激起百姓们的怨恨。

油榨岭巷

盐商与政府的勾结严重激起民愤时，大都杀鸡儆猴。据老人们回忆，1949 年以前，岳阳县工农特别法庭就曾在东门操坪将一名不法盐商判处死刑。盐商的法办，让老百姓就信政府还在作为，信了真正的法在。只可惜，后来老百姓仍然过着缺盐的日子。1930 年，红军攻占岳州后，当即打开油榨岭盐仓，将库内的食盐廉价售给了所有市民。听说当时城区和城郊的市民、商人、渔民、农民闻讯，如潮水般涌来，抢购盐者络绎不绝，将周围的几条街巷挤得水泄不通。

现在的油榨岭当然不再专门榨油，也没有了盐仓。好在下巷仍是热闹非凡，鱼鲜菜嫩，与上巷的安宁形成鲜明的对比，仿佛男主外，女主内，没有什么不恰当，一切很自然地过渡，一切合理地存在。

油榨岭巷子楼房两边很是陈旧。房子虽旧，一看就知是现代作品。询问这里住了几十年的李师傅，他摇头叹息。说这里的老房子不多了，仅存两栋还算久远也考究不出年份。前油榨岭旧貌，在80年代末全面改建时，连接鱼巷子全是青石板路面，小木楼。后建楼房，修水泥路前，全部拆了。因此，很多人去油榨岭，感觉不到历史古街的韵味，只看到一条七八十年代的旧街。从改建后，倒是几十年再没有什么变化。张娭毑说，在这里住了三十几年了，除了住的人时常变动，其他一直都是老样子。

说起来，油榨岭还是有一样真正有纪念意义的古迹的。它位于岳阳市老城区天岳山的油榨岭五号，是一栋两层老房子。当你从它前面走过时，你丝毫不会觉得它有什么特别之处。从外表看，它与这一带残存的其他老房子相比也没有区别。麻石砌成的台阶上，用水泥铺上了一条可以推着自行车或者摩托车进出的十几厘米宽的坡道。进屋的大门是两扇在老城区现在都很少看到的红漆木质大门。左边大门上一块蓝铁皮标牌显示着此处是油榨岭街五号。屋内屋外斑驳的墙皮，风化很严重的墙砖，证实年份的久远。很多人不知道这房曾作何用，感觉像官衙的办公场地。石大门的门楣上方与一般的居民住房有明显的不同。房屋的进深不长，只有5~6米，而且一楼除了进门的堂屋外，两边的房屋一看就知道原先有门与堂屋相通，进深同堂屋一样长。通往二楼的木质楼道，与民居明显不同，是在室外的。走上二楼一看，房屋的格局也是并排的三间，不同于民居的建筑风格，有些办公区格局。

后来经多方确认了解到了油榨岭五号这栋现在看起来一点都不起眼的房子，就是半个世纪前在洞庭湖区迎风斗浪、拯人救物于排空浊浪中的救助机构——"岳州救生局"的办公旧址。2012年我再去时，洞庭新城项目部以太过陈旧无法进行保护性修复为由拆除。作为省级文物的岳州救生局，风雨中存在百年，就这样毁于一旦，不只可惜两字能形容。

油榨岭也叫巷，也可称为老巷，但与老岳阳的茶巷子、鱼巷子、宝塔巷这些大型商业街巷不可同论。当茶巷子、宝塔巷都沧桑陷入危境时，油榨岭还是一直保持着活力。活力就是七八十年代重建中的重注血液支撑。更重要还得力于它占的地理位置优越。曾经岳阳人依水而生存时，它紧靠街河口，随着岁月远去，它又一直依仗鱼巷子的经久不衰喧闹，处于第从位也是生存的有利条件。

古街新样，没想到给人印象最深的还是记忆中的东西。油榨岭，很多人一直乐道的还是曾经的故事。如入口那栋让人充满疑惑的漆黑大楼，虽破烂不堪，但掩饰不住它的气派。只是，这样一栋气派而醒目的大楼，好像几十年无人问津在湖风中。后经打听才得知，这栋楼曾经是岳阳市最著名的米市交易市场。这样的市场建筑，就是站在今天，也没有落伍，足见当时的风光。一场大火，烧毁了房屋，也烧掉了它的繁荣，就这样成了街河口的一道风景，似乎要树成一块警示碑。只是疑惑，大火已过去几十年，如此建筑一直这样伤痕累累存在，其原因是不是太多太多。

我脑海中对古街的想象，就是宁静窄窄的巷子，居民坐在自家街沿上，闲聊着做着手工活，安详悠闲，与世无争。油榨岭每次来时，巷子里干净整洁，一如风韵犹存的女子，见识过大场面，再落尘埃，也保持着一份体面。淡定地细听着鱼巷子的叫卖，闻着鱼巷子的腥鲜。这两年（2012 年开始），因鱼巷子改扩建工程动工，部分鱼摊鱼贩移至了油榨岭，让油榨岭一下湿润而喧嚣起来。

很多人寻古走过小巷，一直努力寻找一些痕迹，寻回当年的旧貌。除在进入李师傅家的窄巷里有几块青石板铺在入口，再在小巷 54 号看到一排青石板楼梯，便很难寻到旧时的踪影。不禁生出叹息，叹息很多有价值的东西毁于一旦。可深居其中的人们，他们更关注自己的生活。听着轰隆隆的声音，一眼望见洞庭新城鱼巷子二期改扩建工程正进入施工阶段，他们一味打听的是自己的房子会不会改建？改建征收自己能得多少钱？新城将会建成什么样？他们会住到哪里？这是一个国与民需求不同的概念。

我的洞庭湖

洞庭湖，曾经八百里。

诗说，烟波浩渺、水天一色，如一颗璀璨的明珠镶嵌在中国的版图上。实录，引无数英雄竞折腰，引无数才子斗风骚，引无数仙道留奇巧。它实实在在是江南永远可以随意翻阅，却永远解读不了的历史名卷。很多人读《岳阳楼记》，遐想夏天那刻的气势与美妙，只可惜，如今，夏日的洞庭湖没有了浩浩汤汤，也难见鱼飞虾跃的景象。沿湖芦花飞絮间，小渔船整齐地停靠岸边，湖心取而代之的是创造不竭经济效益的翻砂船，一个比一个长的船桅，伸向天空，洞庭湖在自问自答中走过一个时代。好在，虽然少了赖以自慰的滔滔水势，却又滋生万千风情的草地，无比珍稀的候鸟。

一顷草地滋生洞庭湖完全不一样的春、夏、秋、冬。

洞庭湖从远古走来，宏观、微观，诠释不了变幻，傲然独立从不曾寂寞，更不失风采。

历史从来不能确切地考究，关于洞庭湖的历史变迁过程，就一直是学术界分歧严重的问题，在上百本有关洞庭湖的著作中，也没有确切的理论，只有记录保留了一些不同时代的样子。

有代表性的意见一是张修桂先生的观点认为，从全新世初到 3 世纪，今洞庭湖地区属于河网交错的平原；4 世纪至 19 世纪中叶，洞庭湖处于沉降扩展之中；19 世纪中叶以来，洞庭湖则处于不断的淤塞萎缩之中。二是卞鸿翔经过研究提出的大不相同的看法。他认为，全新世初期，洞庭湖区属于平原水网景观；全新世中期，洞庭湖重新扩大；先秦两汉时期，洞庭湖已形成江湖连通的浩渺大湖；魏晋南朝时，洞庭湖开始受到分割与缩小；唐宋时期，洞庭湖面积进一步缩小；元明时期，洞庭湖水面积不断扩大而湖盆日益淤浅；

清代初、中期，洞庭湖处于一个由大到小的逐渐萎缩阶段；晚清、民国时期，洞庭湖有过多次缩小与短暂扩大；1949年以来，洞庭湖面积进一步缩小，至80年代，常德西洞庭湖和益阳南洞庭湖（北部）正向沼泽化演变。唯有岳阳的东洞庭湖远有浩荡水面，其也是得益于连长江。尽管如此，我们的洞庭湖仍然一年年瘦了下去。

洞庭湖，要考证的东西太多，时间越久，价值越大，对它的研究越深，专家之争越烈。学术历来属专家使命，民间更重视眼见为实，重视其视野之赏心悦目。无论是谁的论点正确，但有一点不可忽视，洞庭湖正一边走一边丢失。丢掉了面积，就丢掉了气魄，丢掉了物产，便丢掉了丰盈，丢掉了渔帆点点，更丢失掉了况味。好在，很多人做客洞庭湖，没有寻根问底的心思，心里安放更为浪漫的传说，来演绎洞庭之美色，洞庭之奇异。哪怕看今朝满怀遗憾，却也寻得到骄傲的资本就足可以聊以自慰。可我们看到的是它背后默默挣扎的疮痍。

无论多少人呼吁拯救，无论多少人痛心疾首它的残骸，但人们只会借历史去烘托，去讴歌。他们有诗为证，美轮美奂流芳，经典在浪漫的文学里佐证它的风姿。

范仲淹《岳阳楼记》中"衔远山，吞长江，浩浩荡荡……"一个"衔"字，一个"吞"字，如此形象地刻画了洞庭湖天然具在的恢宏。唐代诗人孟浩然、杜甫的诗句："气蒸云梦泽，波撼岳阳城""吴楚东南坼，乾坤日夜浮"，李白的"洞庭西望楚江分，水尽南天不见云"描画的壮丽场景，如此的动人心魄！诗从他们那个时代断层，洞庭湖也从那些年代沦陷，沦陷入人类蝗虫般的破坏、疯狂捕捞的获利、巧夺天然资源的暴收。这个时代的伤痛也产生了一群特殊人群——洞庭湖湿地保护志愿者，一些特殊的组织——洞庭湖保护协会。

古诗词里的洞庭湖，可说是倾倒一代又一代炎黄子孙。南朝有位知名度很高的诗人，因对洞庭湖的膜拜，他引领后人从甘肃武威迁徙到洞庭水乡。婺州有名的"烟波钓徒"张志和，竟也不远万里赶到洞庭湖，只为垂钓。钓到洞庭湖鲜，芦洲上与其兄张松龄一边烹鲜，一边聆听那隐隐约约的渔歌，素月分辉芦苇荡里伴芦雀儿而卧。此中天然野趣，除却"湾湾无人家，只就芦边宿"的八百里洞庭，乾坤大地谁还拥有？

是的，从舜帝南巡时的身影，到二妃追寻君山魂断；从屈原一路悲歌一路诗的沉江；到杜甫百感交集登高；从范仲淹忧国忧民情怀挥毫，到孔子学府声名远播；从三国声势浩大点将，到湘军打响新中国第一枪崛起，一路汹涌澎湃，一湖而延伸，从而累积出了深厚而独特的湖湘文化。洞庭湖不朽的灵魂在气象万千的波涛中开始飘荡，在诗人的注脚里开始定格！历史名人的泪水一直流到了今天，流成了浩浩荡荡的洞庭湖。登楼临湖，一不留神就会跌入汪洋恣肆而又气吞山河的浩瀚中，从岁月的上游流下来的似水柔情、壮志雄心依然萦绕着，不经意间就会触到遗留的亘古不变的余温。

追根溯源，洞庭湖一直就这样带着精神意义的生命价值存在。由此，洞庭湖又怎能只定位于单纯储水的湖泊。它是一只满载的船舶，载着丰厚的水文化，荡涤一切杂质，储存精华，浩气长存。

漫步在嵌满贝石的湖岸，领略这江南第一湖的碧光水色，延绵长岸孕育勤劳民众，在深邃宽畅的水下世界，更潜藏无数的观众与听众，一代一代默默繁衍守护，创造出生命的神圣。迎风独立，极力在她的波纹皱折中和浪磨涛砺的岸垠里，读着洞庭，虽然谁也无法细说它的深邃、奥秘、包揽，却让人体味和洞察到了她的悠长和沧桑，如母亲无私博大的心胸，在付出奉献中抒发。

洞庭湖是需要细品的，它不只是以其美色征服人们的眼球，更因其丰富特别的物产，享誉鱼米之乡。采摘湖畔边，春有人参之称的堤蒿，娇娇嫩嫩的芦笋，轻盈灵秀的君山银针；夏有香甜清脆的湖藕、菱角，轻摇岳州扇，静听荷塘月色的诉说；秋有灵巧红莲，欲语还休，半遮面的含羞；冬来鱼肥肉鲜，一叶火锅煮江湖，引珍鸟栖居飞舞，看大地银装素裹。

有人称："洞庭湖边牛大八百斤，鱼大无秤称"，道出了洞庭湖之丰腴。"洞庭湖人的本事高，指甲破鱼不用刀"，道出了洞庭人之技艺，就此诞生了鱼巷子这个生活展台。

鱼鲜之美，氤氲出岳阳著名的湖鲜美食一条街，氤氲出湖鲜美食节。河蚌、黄鳝、河蟹、黑鱼、银鱼、鳜鱼等等百来种珍贵的河鲜全鱼宴，琳琅满目。独有的洞庭金枪针嘴鱼，尖针半寸来长，像一支夺命暗器，散发出剑刃的寒光，静游处，听得水响，它会像金枪一样射向目标，找回它闯荡江湖的日子；白玉银簪银鱼，像魔咒显灵，眨眨眼，活泼乱蹦的玻璃鱼就在你手掌心变成银白色，点石成金一般，点鱼成银，以最为珍稀的身份赢得了尊贵；凤尾飞刀毛花鱼，全身长有薄而透明的细圆鳞，似一片刨木花或薄柳叶，有了诗意，飘于浓汤，飘没了人的方向。300多种鱼类的游弋，游出洞庭的灵气，更游出食饮文化。只是，我写下此文时，洞庭湖渔民上岸，最后的守护者将湖变成了非法者掠夺的天堂。矮围、电网、迷魂阵，层出不穷的技艺，将一湖生灵涂炭。其上几种洞庭湖特有的珍贵鱼类，濒近灭绝。被高收入的龙虾替代。

大多数人是冷漠的。他们永远是环境的享受者。湖鲜不再，他们又有冬季到洞庭去看鸟的浪漫，沉浸洞庭之风韵。几十万只水鸟，从遥远的西伯利亚飞来，成全了湖的动感与立体，解说洞庭生态。从2002年冬，首届洞庭湖观鸟大赛开幕，观鸟比赛，这种高雅的体验自然的户外运动，第一次走进中国大陆，中国野生动物保护协会，正式授予湖南省岳阳市"中国观鸟之都""世界湿地保护区"称号。从此，人们对洞庭湖的认识从鸟类因湿地，多了一份亲切。只是，蜂拥的人群就此涉向更深处。

洞庭湖，曾在丰富收藏的演练中，得到了人文提升。也许，在后来的破坏中将成为历史书中追忆的标本。

治理洞庭湖，成为万千人们的心愿。2015年，岳阳有一队团伙因毒杀天鹅，采取毒、贩、销、食一条龙一级保护动物违法而被抓捕。岳阳楼区法院审判了首例洞庭湖环保相关的大案。

从2000开始，有关洞庭湖水质的保护提上议程，大型厂矿排污开始全面制止。长达近20年对洞庭湖从风景到地质到水流存在巨大破坏性的挖沙船，在严格追查中，基本停止作业。

提到洞庭湖，不能不提到祖祖辈辈漂泊水上的渔民们。在风雨变幻无常的湖上，曾生活着这样一些人：以船为家，无房无田，靠捕鱼为生，甚至不知身份户籍为何物。自古以来，凭着"一张网、一条船、一家人"的古老而传统的生存方式，长年漂泊在无根无依的湖面上，在风雨飘摇中，艰难地生活了一代又一代。

2007年，湖南省政府出台了关于鼓励渔民上岸定居的惠民新政，第一次给无根的渔民们带来了"家"的概念。"渔民上岸"，如一石落湖，在八百里洞庭掀起了波澜。几年时间，相继已有上万户洞庭湖渔民上岸定居就业，从此告别"白天一张网，晚上七尺板"，居无定所、长年漂泊的生活，"家是温暖的岸"的梦想终于成真。上岸意味着有了安稳的家、舒适的生活，更有了下一代开始全面系统地进入义务教育体系，预示着下一代渔民，将告别"一根布绳拴腰间、两眼不识字半边"的苦境。

离开赖以生存的水，改变，也让他们满怀迷茫。不可否认，结束祖祖辈辈水上漂的生活，终于有了固定的家，有喜；突然面对一个全新的生活方式，其心理的恐慌与失落，不知所措，有忧。现实很残酷，上岸渔民普遍存在收入不太稳定，缺乏生活安全感。除了捕鱼，没有其他劳动技能，打工转型较困难、顾虑重重。但不上岸，仍然面临生活无着的困境。"春撒一碗仔，秋收一舱鱼"，然而东洞庭湖沿线，禁渔期禁而不止，加上电网打鱼猖獗，洞庭湖浅滩矮堤越围越多。以上种种，导致洞庭湖鱼量一年不如一年，长此以往，渔民将无鱼可捕了。

为了保护洞庭湖物产、保障渔民生活，渔民上岸，乃大势所趋，洞庭湖禁渔也势在必行。随着现代设备的增加，渔民收获越大，鱼类减少速度越快，尤其涉及珍稀动物灭绝的可能。江豚，洞庭湖的"微笑天使"便遭遇了前所未有的伤害。为保护这群"微笑天使"，一群渔民冒着生命危险开始了为期十几年的义务日巡夜行。

渔民何大明祖辈三代都是以湖为家的渔民，洞庭湖的一水一草，一鱼一物，无不让他熟悉而深爱。2003年的一天，何大明承包了一块水域，因退水太快，有一对江豚被困在圈着的芦苇里。江豚无鳞，很容易受伤感染死亡，何大明不知如何处理，便报告了有关部门。当时正是酷夏，不适合人工搬移，只能等天冷一些再想办法。这样，何大明便与这对恩爱"夫妻"一起生活着，深刻感受了江豚相互依靠的情谊。4个月后，在有关专家的协助下，何大明将这对"夫妻"送至江中。两个小天使绕船久久不去，恋恋不舍地表情深深地刻在何大明的脑海。

后来，何大明像所有渔民一样，离水靠岸，以小生意度日，却不断看到那一群群的微笑天使，被湖中的迷魂阵憋死、被船桨打死、被滚钩挂死、被毒药毒死，更多是被电击死。何大明看在眼里，无比痛楚，自发组织了十几个上岸渔民，开展了一场野生动物义务保护风暴。他们的行为也促成了岳阳创历史纪录以最短时间成立的协会：岳阳市江豚保护协会。

2012年1月8日，岳阳市江豚保护协会的隆重成立，会长徐亚平那声泪俱下的号召让与会人员久久难忘，不仅将这十位一直默默义务保护江豚的民间志愿者推向了前台，更将洞庭湖江豚保护推向了全社会关注的焦点。随后，会长徐亚平任职的 9年时间，全身心投入到抢救江豚的工作中，呼吁全世界动物保协人士，关注这即将遭遇灭绝的洞庭湖独有哺乳类动物"微笑天使"。被别人尊称为"江豚妈妈"。一场迫在眉睫的保护战拉开了帷幕。

洞庭湖，因人而延伸生命。孕育的不只是丰富的物产，还有勤劳善良的品质，构建了湖湘特有的精神内核。

当然，不容忽视的洞庭湖还有最为艳丽而情怀的美色。曾有古人早就诗意地给予过总结："洞庭秋月""远浦归帆""平沙落雁""渔村夕照""江天暮雪"等，以及"日影""月影""云影""雪影""山影""塔影""帆影"

"渔影""鸥影""雁影"，呈现洞庭湖不同季节、不同角度的画面。洞庭湖不分季节不分时段每一刻的景色，以其奇异之美动人，以其变幻莫测之惊心动魄，再多的笔墨，也描不出一个完整的洞庭，一个湖完整的水影。

无论怎样，岳州人对洞庭湖的依恋，难以稀释。于是，惠民政策工程全线开启。沿湖各城市的观湖长廊应运而生，夕阳下，倒影水中漫步的身影，剪出一幅生活安乐图。湖面宽广，湖外有湖，湖中有景，渔帆点点，芦叶青青，烟波浩渺。夜幕降临，西边的天空被染成了淡淡的七彩，水连着天，天连着水，漫步于湖畔，每个人的心灵都被神秘的美景洗礼得洁净无比。

随着旅游热潮一浪高过一浪，洞庭湖最先成了旅游爱好者追逐的地方。"洞庭天下水，岳阳天下楼。谁为天下士，饮酒楼上头。"古诗《岳阳楼》表达了古人对洞庭的赞誉，前一句更是成了岳阳多年来的名片。

2000 年 11 月，洞庭湖大桥，一座全长 9963.5 米，宽 20 米，双向四车道，连通鄂西、巴东和湘北地区的当年国内里程最长的公路桥正式通车，这是岳阳也是浩瀚洞庭湖划时代的时刻，结束了走遍天下难过洞庭的历史。这给岳阳旅游行业带来了巨大生机。

2010 年 11 月 17 日，"放飞梦想，放生祈福"岳阳市楼岛湖旅游资源整合启航暨岳阳市旅游发展有限公司成立授牌仪式在"岳阳楼一号游船"举行。从这一天开始，原本处于分割经营状态的岳阳楼、君山岛、洞庭湖整合成一家，成了洞庭湖最大的旅游航母。楼、岛、湖景区也升为 5A 级景色。

"好风凭借力，送我上青云。"

中华山水之神秘，因为旅游的发展而揭开面纱；

中华山水之美丽，因为旅游的加入而更加多彩。

游山玩水是中华旅游的开篇之作，更是永恒的主题。

山水是旅游的基石，旅游为山水注入了活力。都说，五岳归来不看山，五湖归来不看水。"五岳""五湖"是中国山水画廊中的璀璨明珠，是华夏山水文化的不竭源头，是令人无限神往的精神家园。为推动环洞庭湖旅游经济发展，打造环洞庭湖旅游品牌，探索环洞庭湖旅游经济发展之路。2010 年 3月 12 日，湖南省旅游局、岳阳市人民政府、中国旅游报社在北京举办了"首届中国环洞庭湖旅高峰论坛暨五湖牵手五岳旅游同盟大会"新闻发布会。首次全国联手发起的"五湖牵手五岳"活动，旨在促进名山名水牵手结盟，整合名山名水旅游品牌，共同描绘中华山水"最美画卷"，共同开辟中华旅游的"黄金线路"，共同建设中华景区的"旅游航母"，共同打造世界一流的旅游度假目的地，全面激活了洞庭湖的旅游航程。

随着湖南省"4350工程"的推进，退田还湖，平垸行洪，移民建镇等重大举措的实施，不久的将来，洞庭湖一定会再次成为全国的第一大淡水湖。"湖光秋月两相和，潭面无风镜未磨。遥望洞庭山水翠，白银盘里一青螺"的洞庭湖区，留给子孙后代的必定会是一幅蓝天碧水绿地组成的美好图景，也一定能够建设成为世界著名的风景生态群落和优美生态风景旅游区。

2018年10月，洞庭湖杭瑞高速桥胜利通车，打开了东西公路提质提速的大格局。2019年，蒙华中铁洞庭湖铁路大桥也将迎来全面通行。一湖水，三条彩虹，不知是美丽还是破坏，不可言论，历史自会有结论。

读着洞庭的深沉，领略到了她那充实的情感；读着洞庭的博大，体味到了那崇高的母爱心胸；读着洞庭的刚毅，捕捉到了那象征着力量的刚毅自信；读着洞庭的谦逊和真诚，感觉到了她的大气和纯洁。而听一曲古琴之《洞庭秋思》，感动旷古静美中的悠然……

我们在《岳阳楼记》368字里为洞庭湖找到了灵魂。如今，当我们用"忧乐"二字来回望历史的时候，便会恍然大悟：原来在范仲淹之前，这一湖碧水早就已经留下了许多忧乐的印迹。这不是岳阳楼记撰写的口号，是洞庭湖贮藏岳州人民千千万万年来的情思与义胆。

洞庭湖，人、物、景、事，一路奔涌，一手长卷，诠释了古与今，水与岸，其厚重、其韵味、其曼妙。

洞庭湖，浩荡八百里。

汩罗江：流不尽千古诗魂

"路漫漫其修远兮，吾将上下而求索。"

诗，寄予了诗人的情怀，抒写了人文的精神，更无意中揭示了汩罗江水之魂魄。很多人站在汩罗江边，总是不由自主怀想着那个人，迎风吟诵诗作以寄情。很少有人追问江水的历史，溯源江水的底蕴。汩罗江不仅仅是屈大夫那一跃而千古。千百年来，它以水与日诠释生命的意义，也孕育了生命的精彩，孕育出厚重的文化，形成了独特的风土人情。某刻，当人与江融合，当江与诗重组，从容平静中的激发，更赋予深远的意义和无限的影响力。

汩罗江，从此，不再只是水流动的灵秀，而是有了深邃的质感。

溯源，追究的过程，一路引发思想家、哲学家的拷问。

汩罗江的溯源，不需你追寻的脚步多少跋涉，如此简单到让人失望。站在黄龙山东麓的一条涧谷，一处拳头大的泉眼，毫不经意地挂在陡峭的石壁上，一线似乎永不枯竭的泉水，顺着山势左冲右突出没潜行，再与千万条汇合化成渐宽渐深的山溪。经大坪与虹桥水合流而下，从龙门镇注入汩水，而最长远最顶端的那几处泉源，就被人们称作源头。据说汩罗江从源头到洞庭湖，共计汇合140多条大小支流。如人身体的血管流图，奔腾出生命的轨迹。

源头，位于湖南、湖北、江西三省交界处的黄龙山，属于战国时楚国"南楚"地域。清代乾隆年间，江西著名学者王谟曾在《江西考古录·卷四·川泽汩水》中考证："《荆州记》云：罗县北带汩水。汩水源出豫章艾县界，西流注湘，沿汩西北去县三十里，名为屈潭，屈原自沉处，是曰汩罗。"据专家介绍，修水古称"艾邑"，是江西历史上最早的政治文化中心之一。

这条全长只有250多公里、流域面积只有5540多平方公里的小河，为什么会叫她"汩水"呢？这里蕴含一个饶有趣味的文化命题。"汩"：从水，从日。水与太阳，自然界一切生命的起源和补给。它所揭示的关于生命的密码，两者融为一体。不难想象，和煦的阳光落入激流的江水，仿佛寻找到了生命的意义，那一江水，洒一身鳞波，仿如披上彩妆的新娘，天地间舞动的那条绵延不绝的绸带，注入了活力，增添多少璀璨，世间就空灵起来。

因此，它拥有足够的资本，成了一条清绝孤傲天下不二的河流。从她破壁出世便不同凡俗。当神州大地的地势西高东低，千万条江河水无不归之东流奔入东海。汨罗江水则反其道而行之，冲出大山的合围，百折不回孤傲地自东向西流而去。追日，暗含了汨水从日的另一种含义。她是一条追随着太阳东起西落的河流。太阳是永恒的真理，汨罗江如同夸父逐日的执着，明知关山千万重，逆行千里义无反顾，汇流成河。

这也是一条和一个人的名字一道载入史册的河流。

公元前278年，楚地汨罗江畔，走来一袭青衫的屈原。他曾在这江边徘徊又徘徊。爱国有心，回天无力。当一次又一次被奸佞排挤，当一次又一次强国策略付于流水，他全部的希冀，他毕生的心血都像沉入江底的石头，他只能追随它们而去。

五月初五，风吹起汨水皱褶。他站在岸边，吟诵屈辞，激昂痛苦。青山无语，汨水无声，屈原悲怆中毅然投入江中。那一刻，永远地定格，定格在公元前278年的汨罗江。他用自己的死昭示着一颗赤子心的永生，他用自己的死昭示着一个强国梦的永存，最后铸就了一条江的灵魂。他诞生了一个节日的国际性，他活在千万人的怀念里，他的魂魄已融入源远流长的江水，用生命写出不朽的诗章。

解读屈原前因后果，读司马迁《史记·屈原贾生列传》，便知他走过了怎样的困扰。在最后的岁月：屈原至于江滨，被发行吟泽畔。颜色憔悴，形容枯槁。渔父见而问之曰："子非三闾大夫欤？何故而至此？"屈原曰："举世混浊而我独清，众人皆醉而我独醒，是以见放。"渔父曰："夫圣人者，不凝滞于物而能与世推移。举世混浊，何不随其流而扬其波？众人皆醉，何不哺其糟而啜其醨？何故怀瑾握瑜而自令见放为？"屈原曰："吾闻之，新沐者必弹冠，新浴者必振衣。人又谁能以身之察察，受物之汶汶者乎！宁赴常流而葬乎江鱼腹中耳，又安能以皓皓之白而蒙世之温蠖乎！"

清者难入世，醒者难入眠，智者难入流，何其苦也。乃作《怀沙》之赋。"于是怀石遂自沉汨水以死"。

天意之为，汨罗江拥有一个诗祖屈原，让她的文化含金量，足够傲然江湖。一千年之后，偏偏还有另一位伟大的爱国主义诗人，"语不惊人死不休"的诗圣杜甫，追寻屈原的行迹，将一叶孤舟永远停泊在汨罗江边。位于汨罗江畔小田村的平江杜甫墓，诗圣遗阡，一抔黄土草草安葬了忧国忧民的诗人。有唐诗说得好："远移工部死，来伴大夫魂。流落同千古，风骚共一源。"诗祖和诗圣，两个伟大的爱国诗魂，一个在水里，一个在岸边，将一条汨罗江辉映得流光溢彩。然，汨水是诗的归宿地？

于是乎，当现代诗人余光中站在汨水边，再也控制不住自己的激情赞叹："蓝墨水的上游是汨罗江。"其文、其景、其深、其远一语概之。

自此，汨罗江从《诗经》和《楚辞》里发源，从《离骚》和《天问》里发源，流入厚重的中国文化史。自宋以降，惟楚有材，于斯为盛。岳麓书院第一位山长周式，便来自汨罗江畔。朱熹传道潭岳，平江弟子誉称"九君子"。元代著名诗人胡天游，一身傲骨吟啸幕阜山野。明代五朝重臣夏原吉，两袖清风执掌大明财权。清末湖湘名士左宗棠、李元度、郭嵩焘、凌容众，他们都曾在中国政治与文化舞台留下历史的足迹。其实，汨罗江的历史、文化、意义，远不只是屈原迎风一跃的成就。它千百年来，孕育了无数子子孙孙，孕育了蓝墨水上游深沉的文化底蕴，孕育了无数的文人志士。

正如清代李元度撰写的楹联：

江上峰青，九歌遥和湘灵曲；

湖南草绿，三叠重招宋玉魂。

公元前278年的那惊天一跃，汨罗江畔古老节日的内涵也从此"拐点"，改写。

流行在江南水乡一带，作为荆楚文化源流之一的端午节，隆重的节日活动和民俗庆典，都因人们对屈原的崇仰和爱戴，从此忘记了最初的愿意，忘记了曾有过的意义，全交给了屈原。古老的民间活动以新的文化内涵，让这个节日和节日里所有的活动、民俗都追赶着屈原的魂灵。

端午节从此由祭龙到了祭人，由纪念虚无缥缈的龙转为纪念实实在在的人；由纪念寄予风调雨顺希望的龙转为纪念爱国爱民、上下求索的屈大夫。由"乐龙"到了"乐人"，如此"长乐"。原先一切崇龙的礼仪、一切从心的习俗都献给了那个不屈的灵魂，献给了永远活着的屈原；一切只为让屈大夫在天灵魂安宁，无声的告慰，有声的呼唤。

泪罗江

端午，因为屈原更庄重！

说起来，端午这个中华民族重要的传统节日，关于它的起源，因地域和民族而异，竟多达十多种，而纪念的人物或祭祀的神灵也不一样。只是，不知天意如此，还是这方水土有幸，当她以博大的胸襟，接纳了一个被流放的伟人，见证了伟人生命的最后一瞬，从而她便真正成了凝聚伟大民族精神的一个平台。继而一项民间竞渡游戏也发展成人们挽救屈原生命的活动，派生出其独特的国际运动，衍生出越演越浓的"端午文化"。几千年来传承发扬，融古纳今，成为泪水沿岸文化主旋律。更是以其江水之经脉，布局泪罗经济的源头，赋不尽文化的博深。

每年的五月初五，沿泪罗江穿行，展现的满是端午文化元素。这些元素引导我们穿过2000多年的时光隧道，让我们看到了一部端午文化发展史，也让我们更加体味到"端午因为屈原更庄重"的意境。

现在，"端午节"已进入国家级非物质文化遗产名录，散发传统文化魅力的"泪罗江畔端午习俗"是其中重要组成部分。

说起来，端午文化最鲜明的元素，最重装着墨的还是龙舟竞渡。

也许正是屈原完成那"惊天一跃"后，将龙舟竞渡推向了社会，推向了世界，推出了品牌。每年，当龙舟下水时，沿江两岸的人们都会同喊这首号：

"端午竞渡吉祥歌，汨罗江里龙舟梭；屈原本是神仙辈，大显威严保山河。哟……"朝完庙，开始划舟后，舟上人齐唱："可叹楚王是昏君，划"（咚咚锵）；"听信谗言贬屈平，划"（锵咚咚锵）；"千古忠魂留饮恨，划"（咚咚锵）；"万代儿郎祭阴灵，划"（锵咚咚）……

鼓声愈演愈烈，情绪愈来愈高，龙舟飞一般而去。

小舟，简单而普通，行于江水，如浮叶轻飘，制作却有着颇多的讲究。汨罗江畔，汨罗人造龙舟及竞渡中有着独特习俗。偷神木，龙舟底那根主木一定要是偷来的，偷来的木才叫"神木"，造出的舟才划得快。当物色到哪家贮藏着木材时，造舟者

汨罗江　冷望华摄

在夜间的上半夜，四个人一组，待主人不留神时两个人猛地将木头扛上肩，第三个人即迅速在木头中部拴上一条红布，表示这木头是拿去做龙舟，躲在屋前的第四个人等前面人走了百余米后，则点燃手中鞭炮，激起主人家来追赶。主人家知道自己的木被偷去做龙骨木，心中暗喜，跑几步也就不追了。

龙船制作雕龙头、关头、亮舟、下水、赞龙舟、回赞、朝庙等一系列"程序"。而所有细节的讲究都是中华传统工匠精神铸炼。在雕龙头中，要选一根优质樟木，首先由两名成年未婚男子用手抬起高过人头，寓意高人一等，再放在指定的两条木马上，然后，龙舟首司请来的雕匠沐浴焚香，对空朝拜。念罢，雕匠反身用力将斧头劈在树上，设一香案，插三根香，作三个揖，就完成了雕龙头的第一个仪式。再选一个黄道吉日雕刻龙头。在场的只有三个人，即雕匠、首司、办茶饭的，不得离开现场半步。每天必须有酒，意思是无酒不成礼仪。当然，雕龙头的地方也属于禁区，不准任何人偷看。有着严格的三不准，尤其是不准与女人同房。龙头雕好做油漆时，不准直述"干了又涂"，而要婉转"官得又加"。待小舟龙头完工，那都是巨大的事，必须举

行庆祝仪式，仪式也有规整的一套礼仪。首司招集全境人员设香案、摆果品，以茶代酒，大锣大鼓，铳炮喧天，由四个儒生，俗称礼生，举行一堂儒礼，称之为行黄龙礼。庆祝龙头完工仪式之后，由首司负责敬奉龙头，摆设茶酒果品，一天到晚不断香火。等到端午那天下水，龙舟竞渡便拉开了帷幕。

> 杉木船子溜溜尖，
> 我和你来划龙船。
> 龙舟划向前，
> 河里捞屈原。
> 三闾大夫是屈原，
> 粽子撒向深水渊。
> 投江在今天，
> 捞了两千年。

好不容易盼望到一声令下，江中龙船金鸣鼓响，吼声震天，桡桨齐拨，船如箭发。

经过几千年民间的演练，龙舟竞渡走到今天，它以国际性的大型文化、体育节目，给沿江人们带来了文化、经济的鼎盛，也让玉带般的一江之水随着现代的鼓点更掀起激情昂扬。

汨水江畔，从此也确定了一个国际性节日：国际龙舟节。让端午节，让屈原，让湘楚文化更上了一个台阶。2010年，屈子祠也建起了"屈子学院"，更让汨罗江边，多了琅琅书声。

汨罗江，就着一江书意，一路流淌到了今日，并流向未来。

6501：解密临湘人工洞

　　2011 年 3 月 21 日，烟花三月，草长莺飞，春意盎然。临湘 6501 群峰叠翠，山峦起伏，飞瀑高悬，流水潺潺。在这样一个无比美丽的季节，在这里隆重举行毛泽东铜像揭幕仪式典礼，在这一刻，标志着 6501 具有历史性意义的时刻。6501 迎来了令人振奋的一天，从此，对外开放，揭开神秘面纱。

　　6501，不仅有特殊的历史意义，也因秀美的自然风光一直养在深闺人未识。文化是旅游的灵魂，是民族的胎记，是国家的指纹，6501 以特殊的军事工程记载了一段特殊的历史文化，其价值不可轻视，其意义不可忽略。"深挖洞、广积粮、不称霸"是当年毛主席提出来的指示，要求中国走自强不息、和平建国之路。

　　在后工业时代，谁拥有大片的绿色，谁就拥有了一座金库。文化与自然的有机结合，融为一体，更能相得益彰。6501 风景区以两者兼备的优势，为临湘的旅游业未来发展提供了有力平台。而毛泽东主席铜像的落成，在 6501 风景区的历史上留下了浓墨重彩的一笔，也由此将这个神秘而隐蔽的历史性遗留基地地下洞推向世人面前，它将以独特的魅力展示其独特的内涵与神奇。

　　很多人知道，酒香不怕巷子深，这句已远远不适应时代的发展了。一切都在于你怎样推广，怎样策划，让人发现并趋之若鹜。无论是物品还是食物，或者是旅游点，同样的市场运作。

　　有例为证，婺源因为一个摄影师图片的美丽，在短短三年时间，成了世人春天"寻花踏青"所行之地。张家界，因两个写生学生的画笔，这颗明珠成了湖南的招牌。同样有着历史厚度，有着美丽风情的 6501 风景区，经过临湘市的打造也引起社会各界的关注，也引起了旅游者的注目。寄远情无极，搜奇事转新。他们有信心也有实力让 6501 踏着历史的足迹走到世人面前。

6501 风景区是于 2000 年 10 月 1 日对外开放的新景区。它位于有"湘北门户"之称的临湘市忠防镇镜内，距临湘市区 15 公里，距京珠高速桃林出口 23 公里。融山、水、洞、滩于一体的 6501 风景区，由"6501"地下军事工程、江南大漠、龙潭湖和三段锦瀑布以及周边一些人文景观组成。这里洞穴神奇，沙滩戏马，湖光山色，流水飞瀑，处处成景，还有响山狮子山、南山自然景观、新田百米瀑布和千岁槐树等秀丽自然景观。景区山清水秀，人杰地灵，文化底蕴厚重，是一个资源品质独特，融山水、人文为一体，不可多得的旅游休闲目的地，更是周末休闲的好去处。

2007 年 9 月，通过"6501 景区红镇项目"规划评审。目前，景区已经由省市领导批准，进入"十二五"计划，列旅游开发的重点建设项目。经过精心规划和倾力打造，6501 景区将成为湘北风景亮点，跻身全国风景名优行列。

6501 洞口

很多人特别奇怪，这个景点为什么没有名字，而是一个代号？是的，这正是它的奇特之处。该景点是根据中央军委 1965 年一号文件精神而兴建的地下工程，为保密起见，简称"6501"工程。也许还会问为什么选址在这里？虽然这里现在很繁华，过去可是"麻雀飞过不拉屎"的荒山野岭。但荒凉的山间，却有它的独特地理优势。地处湘、鄂、赣三省交界，地势险要，符合地下工程隐蔽性强的要求；同时，这里群山起伏，林荫覆盖，自然环境十分优美，而且地质结构稳定，整座山都是花岗岩结构，适合挖洞。该洞分为上、中、下三层，洞与洞之间有明洞或暗道相连，置身其中如入迷宫，迂回曲折，深险莫测，方位难辩。洞的结构采取"长藤结瓜"的形式，共串有 25 个厅（室），17 个天井，总长度 17000 多米，洞穴面积 80000 多平方米，大洞设计可通火车，小洞可通汽车，它是目前世界上最大的人工洞，所以被誉为"天下第一人工洞""中国的地下长城"。湖南省政协原副主席姚守掘来此参观后，深有感慨地说："我到了30多个国家，还是第一次发现这么大的人工洞。"

这项工程于1965年动工，到1973年停建，历时8年，工程浩大，却只是一个半成品。那以历时如此之久，耗资如此之大，规模如此宏伟的地下工程到底因何而建？又因何停建？更引起了人们探秘的好奇。对此，30多年来人们众说纷纭，莫衷一是，至今还没有一个权威的结论，这便给"6501"蒙上了一层神秘的色彩。要想领略洞窟的深险莫测，扑朔迷离，还有更多更有趣的谜等着大家去解，等着亲历所见的解读与诠释。

其山其水其文，造就了6501风景区开发潜力。山、水、洞、滩四大特色。有号称"天下第一洞"的6501地下指挥中心，有山水共长天一色的龙潭湖水库，有被誉为"江南戈壁"的银沙滩，有令人惊奇的万米矿井，有三湘第一漂的龙潭湖漂流旅游，有地下通道与6501地下工程相连，有遗存百年的老矿工业遗址，还有铁路和内燃、蒸汽机车串联利用，将众多景点连为一体，将让人乐不思蜀。

滩：人行沙上见日影，舟过江中闻橹声。

江南大漠是1958年由原冶金工业部直管的亚洲最大的国有铅矿企业——桃林铅锌矿50年的尾砂沉积而成，绵延数公里，是迄今为止最大的人工沙漠，有"江南戈壁"之称，成为景区一大独特的奇观。因砂粒银白细腻，颜色更接近银色，沙滩在太阳光的照射下，银光闪闪，故又称"银沙滩"。由山、水、沙组成，沙的边缘是水，水的尽头是山，既有海滩浴场的秀丽，又有大漠戈壁的雄壮。三年困难时期，日本人由于资源短缺，曾向中国政府提出，用一斤大米换一斤砂，遭到了周恩来总理的拒绝。正是如此，后人才有机会在江南欣赏到"大漠孤烟直，长河落日圆"的雄伟奇观。

水：仁者喜山，智者喜水。

走进6501风景区，各取所需。而水的柔美，让智者寻到无限的诗情画意。龙潭湖碧镜般的清丽让你产生迷幻的感觉。龙潭湖面积约3500亩，湖长8里，宽2里，水深处约50米。相传湖中藏有蛟龙深不可测，当地有"龙锁龙潭寺，龙藏龙潭石"的传闻。湖中盛产鲜鱼、米虾和螃蟹，是临湘有名的美味佳肴。龙潭湖漂流时间约2小时，河长4.8公里，水位自然落差约124

米，河道大小落差十多处。两岸忽而悬崖陡壁，如刀削斧劈，忽而奇峰怪石，迎面耸立，苍松古柏傲立岩崖之上。全程水流量大，时而奔腾直下、激流澎湃，时而回旋幽谷、心旷神怡。景区内群峰叠翠、云缭雾绕、绝谷幽岩、仙壁神石、奇花异木、珍禽灵兽，漂流河道途经多个自然景观。沿途树木扶风相掩，深邃的峡谷奇石星布成趣，高含量的负离子幽谷空气清新，清澈的溪水散发着自然灵气，让人置身于仙境一般，将让您领略"激情穿越、仙境畅游"的独特神韵。

山：水光潋滟晴方好，山色空蒙雨亦奇。

五尖山森林公园前身是 1958 年建立的五尖山林场，已经被批准为国家森林公园。公园属幕阜山脉、江汉平原过渡地带，是一座突出于丘陵的大山。公园由轿顶山、鹰嘴山、周家山、望城山和麻姑山五个山峰组成，故名五尖山。整个山脉呈东西走向，最高海拔 588.1 米，有 300 多公顷松林，形成了多层次的立体结构，集成了一片绿色的莽莽林海。

五尖山森林公园分为四大景区，即望城山、花岗楼、柴家冲、百步梯景区。36 个景点如颗颗珍珠散落在公园的角角落落。

在柴家冲景区，有一条约 3 公里长的山谷，两岸山势陡峻，密布 200 多公顷天然次阔叶林，林中古木参天，千姿百态，飞禽走兽出没于沟谷，整条山谷弥漫着原始野味，柴家冲内有大小瀑布 10 多处。三叠瀑布从陡崖上溅玉飞雪般直落而下，沿着石壁，一跌又一跌，共分三跌而下。滴水岩瀑布，在雨水多的季节，瀑布从壁立的山崖上倾泻而下，涛声如雷，气势磅礴。

洞：水是眼波横，山是眉峰聚。

走出神秘莫测的 6501 地下长城，让人不再拘泥于往事。让人豁然开朗的是，从往事的接口处，遥望五指山头，一冽清泉，飞泻山涧，这是一条飞流直下的瀑布。当地有句俗话说得好：到北京，不到长城非好汉；来临湘，不看三段锦瀑布真遗憾。因为三段锦瀑布传说中为玉女遗纱而成，从山顶绵延到山脚约 120 米，蜿蜒在绿荫之中，终年不断，依涧而下，形成三段，犹如三段绫罗飘泻而下，因而得名"三段锦瀑布"。瀑布位于五指山主峰和二峰之间，依山涧而下，蔚为壮观。春夏雨水丰盈之时，悬泉瀑布飞漱其间，惊涛拍岸如雷贯耳，天地间浑然一体，置身其间，有如"雷霆万钧"之感。即使秋冬枯水季节，洞水也终年不绝，涓涓悬泉，飞珠走玉，七彩繁生。置身其境，如"轻撩丝弦，喃喃吟诵，鸟语花香，沁人心脾"。

和谐天然的组合，既是天成，也是人工。6501风景区必将带着封存了的记忆，封存了的历史，在新的召唤声中，走出大山，走向世界。

旅游资源是指自然界和人类社会中凡能对游客产生吸引力、可以为发展旅游业所开发利用，并能产生经济效益、社会效益和环境效益的各种事物和因素，包括已经开发和尚待开发的自然和历史景观。就其客体属性来说，可以分为自然旅游资源和人文旅游资源两大类，前

6501 内部

者主要指山水名胜、自然风光，如风景区、珍贵动植物的生息地、特殊的地质构造等；后者主要指历史古迹、文化遗迹，以及文化艺术、民族习俗、城乡建设等。旅游资源整合即对一切自然的和人文的旅游资源进行综合开发利用，使之成为一个有机体，从而吸引更多游客。

只有资源整合才能更好地激活。借助6501的文化历史性和重大事件性，形成一个月亮效应的旅游圈，而6501将势不可挡。

6501景区位于湖南北端，处于长沙—武汉之间，是两个两型社会圈的中心地带，襟洞庭而带长江，控湘北而引鄂南，距武汉154公里、长沙161公里，周边中小城市也不少，是华东、华中客源进入南的咽喉，是洞庭人文旅游圈、三国文化旅游圈的交集点，是未来湘鄂旅游黄金线的桥头堡。

景区的主要景点大都是五六十年代兴建或遗留而成的，虽历经时间长，但其主工设施、基本面貌、生态环境都保存很好。6501工程洞口的水泥碉堡、岗亭、弧形洞顶上醒目的橘红色字体"6501"，及那个时代的标语、语录，都保持着几十年前的本来面目；洞内的老式放映机、遗存百年的老矿区遗址，

还有铁路和内燃、蒸汽机车基本上得到较好的保护，在景区随时都能感受到一个时代的痕迹。景区旅游资源丰富，植被茂盛，树木葱茏，交通方便，气候宜人。

随着对外宣传力度的不断加大，并成功举办崔健演唱会、大不城市自驾游、百对新人集体婚礼等大型活动后，以6501景区为代表的旅游市场吸引了周边的省市大批的游客。经过这几年不断向省外市场的推广，已产生了一定的影响。加速了景区在海内外的影响扩张。近年来，前来视察、指导工作的领导也越来越多，层次越来越高，社会各界对景区的关注度节节攀升。这些积极因素都极大地提升了6501的知名度，也引起了外界强烈的好奇心。

临湘市委、市政府在总的指导思想上，在尊重历史的前提下，突出怀旧和体验两大主题上，围绕"体验红色激情的历史伟迹，追寻猎奇、塞外风情"两条主线，让不同年龄段的游客都能找到自己的需求。还原一段历史，回忆一段往事，充分利用临湘湘鄂游黄金线桥头堡的优势，将6501景区打造成为一个包含经典的怀旧、时尚前卫、度假休闲为一体的、最先锋的主题公园型旅游休闲地。

6501风景区，其魅力将在世人面前一揭面纱，露出其美丽容颜！

俏也不争春，只把春来报，待到山花烂漫时，她在丛中笑。

小乔墓： 岳阳楼下佳话传

每每陪伴外来客人前往岳阳楼，除主楼外，我都会常去三个地方。楼下铁剪、吕仙祠，再就是小乔墓地。

听得最多的就是：这是真墓？是衣冠冢？还是纪念墓？这就真是不太好回答了。想追究还得自己来溯源。

寻找小乔墓不难。沿岳阳楼北面左侧的石梯下去，映入眼帘的是一块巨大青石板的照壁，绕过回廊，进入宽敞的后院，一座墓静静地坐落在繁盛的树荫下。这就是三国里最著名的美女小乔的墓地。看过《三国演义》的人，都知道里面有一对经典女主角，同胞姐妹大乔、小乔，其传奇爱情故事，更让人津津乐道。而妹妹小乔，因嫁与帅公子将军周瑜，留下佳话。

小乔墓

小乔何许人也？她是汉太尉乔玄的次女。汉末建安三年（198），东吴名将周瑜（字公瑾）率兵攻克安徽皖县。当时乔玄携二女——大乔、小乔避乱至此，被周瑜"俘获"。二乔姐妹美若天仙，堪称绝代佳人。当时周瑜24岁，尚未婚配，郎才女貌，堪称绝配，遂娶小乔为妻。赤壁之战后，年仅36岁的周瑜病故，葬于故乡安徽庐江县。此后小乔的后续资料不详，至于何时辞世，更是无法考证。无从考证生死，都有实墓存在，这也体现了中国特色，更令人惊讶的是小乔墓还有三处：一是湖南岳阳市，二是安徽庐江县，三是南陵县，自古历史人物总会留下或多或少的疑团，小乔便留下了墓地这个疑问。较真起来，世界上不知道有多少人为的谜团。

说起来，岳阳小乔墓也并非现在的地方，原址在离岳阳几百米远的岳阳市一中的后花园内。旧墓址坐北朝南，坟前竖着一块高约1米的石碑，上书"小乔之墓"。据地方志记载，其墓曾于嘉庆二年（1797）和光绪七年（1881）两度重修。墓园曲径迂回，卵石铺路；四周柳绿成荫，间杂松柏，景色幽静宜人。当时墓地北面还有一小庙，供奉着小乔的塑像。后来在日寇的炮火声中，庙毁树枯，仅存一墓。

1992年，岳阳市决定重修小乔墓。因在学校，故决定迁入岳阳楼景区。一直到1993年8月8日完工，就有了现在岳阳楼东北隅的小乔墓。此新墓占地1400平方米，墓园里立有照壁，正面为苏东坡《念奴娇·赤壁怀古》，背面刻有由李曙初、方授楚、年茂松、秦子卿、

小乔墓前的雕刻

熊楚剑等集体讨论，由王自成执笔的《重修小乔墓记》。虽然今日小乔墓已非旧时面貌，也真假未辨，但"天涯胜迹"风韵犹存。

小乔墓冢为圆形封土堆，重刻墓碑，上书"小乔墓庐"。墓前建有"欢轩"，轩内立小乔塑像，陈列有关小乔史料及书画艺术珍品。整个小乔墓公开向游人开放，是岳阳楼公园的一大景点。

想小乔伴着周瑜在三国点将台的后花园，花前月下的好时光，也许，小乔惟有在岳阳楼才是那段佳话最好的诠释。

因小乔墓有三地，因此，岳阳楼下墓地就无法确定真假，但游至岳阳楼下，看到小乔墓的人，同样会驻足停留，不由让人想起三国的传世佳话。

君山二妃墓： 华夏第一妃陵

二妃因爱情扬名，

斑竹因二妃名贵，

君山因三者而得道。

说起这些典故，还得追溯于远了又远的古代。中华民族人文始祖尧帝两女，舜帝二妃娥皇、女英。当年，为追寻夫君而泪洒君山葬于此地的凄美爱情故事，不但被代代称传，更让国家重点风景名胜区、国家 5A 级旅游景区——岳阳楼君山岛 5A 级景区的二妃之墓与斑竹闻名于世，成为 4000 多年来历代君王祭祖朝拜，文人骚客题赋赞美，华夏儿女寄托情思的圣地。近几年，君山岛更演绎了柳毅传书和湘妃泪竹中国古代一喜一悲的两大经典爱情故事，被赐予"中国爱情岛""中国情人节十大爱情圣地"的美名。

2015 年 5 月 28 日，"舜帝湘妃情，九嶷君山亲"首届两地联手祭拜活动在九嶷山拉开帷幕。29 日，万千华夏后代齐聚君山岛，在"华夏第一妃陵"前祭拜娥皇、女英二妃。君山二妃墓作为两妃合葬的陵墓，在中国陵墓中有着不可比拟的优势，有着博大精深的中国陵寝文化，更是对中国传统爱情文化的诠释。无论是二妃的真实身份，其中演绎的爱情故事，还是盛誉的传统美德，都是当之无愧的"华夏第一妃陵"。

如果传说为真，那君山岛之名更应谢二妃之行。

二妃墓全称虞帝二妃之墓，位于湖南省岳阳市君山斑竹山西头。

相传 4000 多年前，二妃日日思君不见君，经年累月后闻逝，泪洒洞庭哭断魂，二女携手辞世间。而葬于洞庭湖山之东麓。先人为真情感动纪念二妃特改洞庭山为君山，并在山上为她俩筑墓安葬，造庙祭祀。

二妃墓历经沧桑，多次修葺。至清光绪七年（1881）九月，钦差大臣、太子少保、兵部左侍郎兼两江总督彭玉麟，在巡视长江时，来到君山，捐款进行一次大的维修。

名气大，墓陵简陋。墓前立有大书"虞帝二妃之墓"的墓碑。墓前有石级，石级下一条用麻石铺砌的甬道，两旁石碑上刻二妃画像和历代诗人的佳作：北面是屈原《离骚》中的《湘君》《湘夫人》篇，南面则是唐宋乃至近人的咏叹诗词，盛唐之李白、常建、刘禹锡，清代的赵嘏，直至近人鲁迅也有"不知何处吊湘君"之句。唐高骈有诗咏"帝舜南巡去不还，二妃幽怨水

云间。当时珠泪垂多少？直到如今竹尚斑。"1961 年，毛泽东在听取故乡湖南的同志汇报湖南生产建设情况后，兴奋之余，挥笔写下《七律·答友人》的光辉诗篇。开头就借舜和湘夫人的典故抒发情感："九嶷山上白云飞，帝子乘风下翠微。斑竹一枝千滴泪，红霞万朵百重衣。"

1966 年，二妃墓被掘毁，挖至 3 米多深时，发现有一条七寸长的空心金龙，造型美观，百余克，后经专家鉴定系明代之物。现存放在湖南省博物馆，为我国珍贵的历史文物。但为什么会有金龙？好像没有人去追问，因为我再没有查到相关史料。当然，从二妃墓挖出来就再也不会埋进去了。

有错就改，声势浩大的重建风又起。现在的二妃墓就是 1979 年改革开放

后的产物。湖南省人民政府拨款修复。墓为圆形石砌,前立石柱,上雕麒麟、狮、象,中竖墓碑"虞帝二妃之墓",其字系清两江总督彭玉麟手笔。碑前置一石刻香炉。由香炉走下几级台阶有一条1.5米宽的祭道,祭道两旁石碑上刻有东汉刘向"印心石屋"文。二妃墓前20米处的一对2.8米高的引柱上镌刻着民国七年(1918)舒绍亮题写的一副对联:"君妃二魄芳千古;山竹诸斑泪一人。"联语巧妙地嵌入了"君山"山名,更对二妃追随舜帝,忠贞于爱情倍加赞颂,世称妙联。

后来,为祭祀舜帝二妃娥皇与女英,二妃墓旁还建有湘妃祠,又叫湘妃庙,三进山门庭院式。一进正面悬一长篇楹联,即清朝张之洞撰写的著名的君山湘妃祠联;二进两厢立护神;三进正殿供奉二妃塑像,每年成千上万的游人前来祭拜。

说到二妃,不得不说舜。舜乃传说中的父系氏族社会后期部落联盟首领,历来被列入"五帝"之中,奉为华夏至圣。

有文献记载,"有虞二妃者,帝尧之二女也。长娥皇,次女英。舜父顽母嚚。父号瞽叟,弟曰象,敖游于嫚,舜能谐柔之,承事瞽叟以孝。母憎舜而爱象,舜犹内治,靡有奸意。四岳荐之于尧,尧乃妻以二女以观厥内"记载了舜的孝与大义;"二妃死于江湘之间,俗谓之湘君。君子曰:'二妃德纯而行笃'。颂曰:元始二妃,帝尧之女,嫔列有虞,承舜于下,以尊事卑,终能劳苦,瞽叟和宁,卒享福祐"传承的是二妃的德与大爱。

相传舜在20岁的时候,名气就很大了,他以孝行而闻名于世。因为能对虐待、迫害他的继母及兄长坚守孝道与亲情,故在青年时代即为人称扬。过了10年,尧向四岳(四方诸侯之长)征询继任人选,四岳就推荐了舜,舜被万分器重。遂将两个女儿嫁给舜,以考察他的品行和能力。舜不但使二女与全家和睦相处,而且在各方面都表现出卓越的才干和高尚的人格力量。"舜耕历山,历山之人皆让畔;渔雷泽,雷泽上人皆让居"。只要是他劳作的地方,便兴起礼让的风尚;"陶河滨,河滨器皆不苦窳",制作陶器,也能带动周围的人认真从事,精益求精,杜绝粗制滥造的现象,从而体现人格高尚者的感染力与带动性,尧得知这些情况很高兴,决定传位给舜。

舜帝时代,更开启勤勉亲为之风。相传湖南九嶷山上有九条恶龙,住在九座岩洞里，经常到湘江来戏水玩乐，以致洪水暴涨，庄稼冲毁，房屋冲塌，老百姓叫苦不迭，怨声载道。帝舜闻之大为震惊。历来关心百姓疾苦的他得知恶龙祸害百姓的消息，饭吃不好，觉睡不安，一心想要到南方去帮助百姓除害解难，惩治恶龙。

娥皇和女英虽然出身皇家，又身为帝妃，但她们深受尧舜的影响和教诲，并不贪图享乐，总是关心着百姓的疾苦。她们对舜的这次远离家门，也是依依不舍，但是，想到为了给湘江的百姓解除灾难和痛苦，她们还是强忍着内心的离愁别绪，欢欢喜喜地送舜上路了。

帝舜走了，娥皇和女英在家等待着他征服恶龙、凯旋的喜讯，日夜为他

祈祷，渴盼早日胜利归来。可是，一年又一年过去了，燕子来去了几回，花开花落了几度，帝舜依然杳无音信。她们二人思前想后，决定双双前去寻找。于是，娥皇和女英迎着风霜，跋山涉水，到南方湘江去寻找丈夫。翻了一山又一山，涉了一水又一水，她们终于来到了洞庭湖畔。大水阻隔间，突闻帝舜为了帮助永州人民，斩除了九条恶龙过上安乐的生活，鞠躬尽瘁，淌干了心血病死在那里了。娥皇和女英得知实情后，悲痛欲绝，二人抱头痛哭。这

一哭就是九天九夜，她们把眼睛哭肿了，嗓子哭哑了，眼泪流干了。最后泪干血流，洒在身边的竹上全染成了斑点。最后终因悲伤过度崩于洞庭东君山岛。

这个悲伤的爱情故事几千年来一直流传，君山岛上二妃墓几千年来也成为华夏子孙们祭拜的圣地，更是远道而来的客人必去之地。

任何一个纪念地的扬名，任何一个活动的火爆，必须有其重大的历史渊源、社会意义。2015 年，君山岛与九嶷山联手的舜帝与二妃同祭活动，同样不只是华夏儿女对先祖的缅怀，更是对中华传统孝德的呼唤。

"华夏第一妃陵"的打造，诠释的是中华女儿的贤淑美德。从此，默默守护洞庭湖青螺君山岛的二妃，将揭开神秘面纱，谁人不识君，天下共敬重。

是的，一直以来贤淑的二妃是中国传统妇女的优秀典型代表。

刘向的《列女传·母仪传·有虞二妃》明确点出了她们舜妃的身份："有虞二妃者，帝尧之二女也。长曰娥皇，次曰女英，尧以妻舜于妫汭。舜既为天子，娥皇为后，女英为妃。"最先提出了二妃以帝舜妻子的身份成为为妻的典范。自此，始以文学的意象将湘妃由历史带入文学的是屈原的《湘君》《湘夫人》，由此便形成了以湘妃意象为核心的文学专题，此文学专题的生活背景就是二妃与帝舜之间所发生的凄婉的爱情故事。而一曲《湘妃怨》，更叹为古琴经典曲目。君山岛成为大家追随之地，当之无愧。

追索汤尧虞舜时代，其是以天下为己任的父系社会，即英雄辈出的时代。他们身边的女人们也都是以江山社稷为重的巾帼女杰，她们与男人们一起舍小利益顾民族宏图大业，长幼得教，妇贤夫德，是中华民族优秀传统的源头，是最具风范、最值得忆念的好时光，也是受中华全世界人类敬仰的本根。

祭拜二妃墓，为向往先人们保有的那份高贵的人性，重拾那种纯美的品德，为天下女人们树起一座不朽的精神丰碑。

娥皇与女英，成就了舜的大业，也完美了自己的人生，更彰显了尧的教育有方。她们即是两片绿叶，映衬着舜帝的璀璨，更是两朵鲜艳的红花，渲染着上古先人的辉煌。她们是舜帝生命中两片绚丽的色彩，也是飘扬在帝舜身后的两缕千秋流芳的、缭绕不去的香魂。她们用生命彩绘了华夏民族，在历史上留下一道缤纷。

南正街： 演绎巴陵商业兴衰

写岳阳，寻老街，南正街是绕不过的点。承前启后，连南通北，接官融民，雅致丰商。

南正街，曾经岳阳唯一的主街。距今已有几百年的历史，在岳阳城市东移变迁的发展与扩大中，虽渐渐退隐，但不可否认其历史地位。一路走来，商业鼎盛的厚积，街虽归于一个"旧"字，却还是没有走出商业重地，如今仍是湘北最著名的小食品批发市场。同样是小商小贩充滞，同样是市民各种节日争相采购的地方。

南正街，退出了主街的繁华，退出了社会的焦点，终没能退出历史舞台。这种顽强得益于及时随大市场经济的变革而改变。

无论去哪里，我一直喜欢走访老人，从他们那里听曾经发生的一切。走访南正街的老人，同样听到很多的传说与历史，虽然令人遗憾，每个人的答案各不相同，倒也增添其丰富。无论是远古建立的时间，还是近代发生的事件，或是七八十年代岳阳城市中心东移后的变化，老人们的回忆里，每个故事的版本或多或少都有差异。岳阳史学专家邓建龙先生的古街史记，最为详尽，记载了南正街经历的过往，却忽略了健在的人们最真实最亲历的记忆。

南正街，原名南十字街，明清以前不足百米的一条通道，至今已有六七百年历史。清乾隆《岳州府志》载："南十字街，在南门外，西通街河口街，南通天岳山街，东通旧县前街，北通吊桥街。"有老居民回忆，十字往西叫街河口，往河边没有路，有码头，还有一个很出名的庙，叫洞庭庙，是八百里洞庭最著名的四大庙宇之一。传说是专门审判妖魔鬼怪的地方，当时深得靠天开恩的渔民的敬畏。被毁后，新鱼巷子后来打建挖地基挖出大量石柱石座等得以佐证其言。北面是著名的鱼巷子、茶巷子。吊桥街构成十字街，南面与天岳山街、旧县前街（今竹荫街）、街河口街构成十字街。南正街纵线，是历史上最负盛名，集各种宗教最多的街道，奠定了其文化地位。巴陵乾明古寺就建在此。东汉时期，寺名为"永庆寺"，当时住持慧觉和尚以佛教"乾元永盛"之意将其更名为"乾元寺"。宋太宗太平兴国四年（979），皇帝赵光义颁诏，将"新开寺"更名为"乾明寺"，并亲笔御书"乾明寺"金匾。中国的历史大到朝代变迁，小到名字更换无不跟领导人有关。乾明寺与慈氏塔，在南正街的南面，几乎占了大半边江山，后来几经变迁，当然已不复当年。

现在的年轻人要寻到乾明寺难，就是寻到南正街也不容易了。这也情有可原。我走遍了南正街，除了正十字路口有一家"南正街百货商场"的醒目招牌，还有往南一面墙上"南正街储蓄所"几个隐隐约约的字，再没有南正街的名片。20世纪60年代，北正街与南正街连成一体，合称南正街。70年代后，改称洞庭南路，现在的所有标志就是洞庭南路。80年代后，城市建设的提出东移北扩，南正街就归隐于城市后园，其厚重的历史文化底蕴与商业经济的积淀，至今影响着整个岳阳的经济与发展，更是大多数居民寻找生活必需品的地方。

说一千道一万，主角还是商业。如此，有关商人的历史与典故，就数也数不清。岳阳水陆便利，千年兵家重镇，各宗教文化圣地，吸引的不仅仅是文人骚客，更有来自五湖四海的业界精英们。

1889 年，岳州开埠后，就有英、美、日、德、俄等外商纷纷在岳开设各种公司。据 1926 年有关资料统计：9 家外商公司，设在南正街的有 3 家；24家外商代销店，位于南正街的有 16 家。1938 年，日军侵占岳阳后，外商公司不得已全部撤离，日商顺理成章垄断了市场。1945 年，抗日战争胜利后，岳阳结束其外商公司及其代理商号的商业历史，自家人各自开起了店铺，卖起了形形色色的商品。

好吧，命运多舛，一难一难又一难。到了民国时期，北洋军傅良佐部在全城放火，南正街、竹荫街等繁华地段，大都焚烧成灰烬。其状自不堪言，不久，南（湘粤桂）军进城后，岳州再遭洗劫，南正街更是首当其冲。岳州商业遭此三番两次的抢劫，损失之惨重，为历次军阀混战中最重的一次。

到了 1938 年，南正街商业再次迎来繁荣时期并产生岳州很多著名商号，手工品、美食等各家各品名企，南正街的顽强可见一斑。其间，享有盛名的有严万顺启记老药号、谢天吉药店、戴豫康绸布店、毛华盛绸缎匹头号、永泰和布店、宝成银楼、周德馨酱园、味腴酒家等。南正街不但商业出名，其各家门楣上方悬挂的，由书法家用各种字体书写的黑底金字匾额也是一道特色风景。当年，能在南正街经商站稳脚跟的个个都是精明人。不但要资金雄厚懂管理，还要会经营情商高。自古商场如战场，要想在南正街商业重地长久站稳，也不是一件容易的事。各商家之间，互不相让，特别是同行间，更是水火不相容，其不亚于《三国演义》精彩的故事不断上演。铁打的营盘，流水的兵，商业的残酷，让商家们你来我往，你盛我衰，你方唱罢我登场，却不知下回分解。南正街无意间成了人生百相大舞台。那时做生意，没有现在的广告口水战，要想做大做强做稳，一点招都不能乱用，惟是诚信赢得回头客，建立客户网，也就越集越多。品牌店自然几年下来就积累一批固定客户。商品经得住精挑细选，货真价实，职员也都锻炼出一技之长。

各行业的店员练就的绝活，现在还被人津津乐道，"啧啧啧"赞不绝口。这绝活一直到七八十年代的新社会，还会进行各行各业的技能比赛。例如布店店员，只需随手一比，撕开的布料保证与你要的不差一点尺寸；食品店的斤两"一抓准"，银行点钞"飞快手"，茶楼长嘴壶滴水不漏，无不让人称奇。随着科技的发达，这种技能久不用，就此失传。

现在走在南正街，没有青石板发出清脆的声响，没有木门开启"吱呀"的歌声。林立的店铺，统一的门牌，一色的灯火通明。所有传统古老产品的传人，都退出了"古"字木制房屋的风格。钢材水泥现代装饰覆盖了岁月的雕刻，寻到的只是一个数字的表示：××年老字号。物品早变，人已非，感觉荡然无存。

说到南正街的故事，是不可能不说到当年出名的小吃的。满街弥漫的香味，很多人回忆里总有一种抹不去的浓重怀想。

71岁的文爹，细数着南正街曾经让岳阳人流连忘返的小吃。他说，有种桂花汤圆，一个小碗，四个玲珑剔透、白白的汤圆放在甜甜的汤里，咬一口，黑芝麻流出来，香软可口，是他儿时最爱吃的早点。

他说，在"南正街商场"对面有家工农兵（名字有时代感）饭店，里面的小笼汤包，皮薄透明却不破，小竹蒸笼蒸几分钟，一股浓浓的香味便飘出来。蘸着麻辣配料，一口下去，再一吸。面软、肉嫩、汤鲜，那滋味、那感觉自不待言啊，回味无穷。

味腴酒店的阳春面，每天排起长龙，先排队后买票，再排队端面。就是这样烦琐，为等一碗面，很多人还每天乐此不绝，个个耐心排队，亦步亦趋。终于端到手，那脸上的幸福感，就不是现在"三高"人可想得到的了。

往街河口的十字路口有一家小五金店，店面一看便知是旧街的建筑。50

多岁的老板告诉我，那里曾经是一个很有名的老字号酱园铺。几易其主，当年酱香园，成了现在的五金店。酱园的主人早不知去向了。现在你走进超市，几千种酱料，狠狠将你"酱"到不知所措。

还有一种市场绝迹的面食，就是他小时候常在岳阳饭店吃的炒面。那是先用油炸出来，再配料，盛一碗汤，面的香酥，就着汤下去的香软，他一直不曾忘记，现在早已失传。我听了半天，感觉熟悉，细想极恐，难道这才是快餐面的先祖，这是错失商机啊，多么大的专利。

提到南正街的小吃，还有一样东西的地位是不可轻视的，那就是南正街的冰棒，在整个岳阳地区相当有名气。冰棒不但受到了岳阳人的喜爱，还远销广州等地，有红豆、绿豆、菠萝、香蕉、牛奶等几十个品种。坐在冰厂开的冷饮店里，或喝一碗冰水，或吃一口冰糕，其感觉肯定胜过现代酒吧。虽然它早已在市场上消失，但那沁凉的甜味却深深地植在了人们的记忆里。

唯一还有正宗传人在经营维持的是南正街那外焦内软、实惠而可口的糯米豆皮。当年，岳阳饭店买豆皮的每天到底有多少人，没有人认真统计过，很多人提到豆皮就仿佛香飘眼前，瞬间洒口水。想到排队便摇头，可一边摇头一边又控制不住去买。现在，很多岳阳人，还是会不顾路途远不方便，寻到这家小店去买一袋提回家。

南正街老去，南正街驻扎了几十年的政府各级机构也相继撤走，自然，当年红极一时的曙光照相馆也不在了。一切依附也渐渐消失。

踏着雨雪走在街道上，它久远的样子我只能想象。透过拥挤的车流，匆匆的人群，喧嚣的环境，努力寻找自己七八十年代看到的真实。一切似乎消失，老街人的记忆如此深刻，能深得过几代？

南正街不是走远而是走深了，就这样一步步沉入历史长河，作了岳阳一个归隐的高僧，淡然时代变迁中自己的大势已去，坚守，守着最后湘北小商的批发市场的阵地。

街河口： 惊涛骇浪中的历史演变

　　我经常去街河口，从南正街直走或鱼巷子左转，或从天岳山下来油榨岭右转都能到达。街河口对于很多讲究的人，肯定不喜欢，一天到晚泥泞不堪，腥臭难闻。河岸边，渔民的交易日复一日，我喜欢，是因为站在高处，洞庭湖全景可一览无遗。还有风带来的泥腥，这让我安全。有次在外旅行，那里并不吸引到我，突然闻到熟悉的味道，有人掩鼻而跑时，我笑了，一下子对那个城市亲切起来。当然，我最爱的还是走下去，我这样走着，似乎可以走到洞庭湖的心里，走向无限深处，直至大海。每当我站在街河口，从走神中醒来，只要听到市场沸腾，看到老船停舶，一浪一浪中就自在了。

　　洞庭湖久远沧桑的船工号子，早已沉淀在街河口肥黑的泥沙里。那条从泥泞到水泥修建的水道，穿过高高的岩石防护墙，默默诉说着从前。诉说它伸向八百里水泊，通向外面世界，激活岳阳曾经的繁华，也激活鱼巷子一片生机的荣耀。时代发展，必须有很多东西作出牺牲，才可吐故纳新。街河口千帆竞发的景象随着现代大型港口的建设，悄然退隐。退隐于老城居民的平凡生活中。

　　街河口，临湖而立，湖风吹拂，望波涛汹涌，君山岛远山含黛，让人由衷生出大丈夫的豪迈与激情。一曲船工号子，就从心里不可抑制地甩向湖中。

　　据传，街河口三个字是由宋代古乾明寺的老和尚睦禅师依据"天河天街皆在口，即心即佛便为道"的意趣而特为此处冠名，即刻得到了当时民众和官方认可，便一直保留至今。是真是假不重要，重要的是，从宋代以来，僧侣信众修心拜佛、文人墨客登楼怀古、商贾渔夫牟利求生，皆从街河口上岸进入巴陵城。更有无数岳州才子怀着满腔的理想、希望和追求从这里登船走向九州，走向世界。千百年来"一口吞下三江水，街在水中河在心"。街河口街以河作通道，河以街作依托，留下了"走江湖"的传奇，留下了巴陵城辉煌的一页。

当然，现在的街河口，好汉不提当年勇。走了几百年，谁走得出岁月的侵蚀？低矮的房屋，风烛残年，拥挤的巷子里，一年总有200天湿湿地蹭在污水里。沿坡而下，左边破旧的厂房飘着几件衣服，右边新修的花园，茶花开得正艳。这受恩于沿湖风光带建设，两边形成了独特景观，仿如两个时代以那条水道对接。

入口处，一对石狮子气势非凡，街沿上，手工修补钉鞋的工匠低头忙着。上街，街边的门市守着几个邻居的生意，过着悠闲的日子，祖传房子夫妻店，成本不大，倒也混得去。因油榨岭与鱼巷子热闹的媒介，让街河口这一小段如一个小舞台，展示出曾经的影像；下街，临巷的几栋房子，古老而寂静，少有人住。一家酿酒房，酒香随人流飘来飘去。37号房外，一个只剩半边的牌子，门市部三个字，显然是60年代的作品。人去楼空，墙面有些倾斜。左边有一条小巷，叫不出名字，陈旧却干净，阳台那里透出浓浓的生活气息。

随着洞庭新城鱼巷子改扩建二期工程的动工，街河口似乎也唤起了复修的希望，充满期待地伫立于风中，再去时，街河口旧貌换新颜，新鱼巷子建的仿古建筑高大气派。

历史不容忽视，厚重的历史，才是古街巷的价值所在，街河口再有气势，也不可免俗。重提，只是让更多的人了解，它经历过怎样的演变，也延伸了多少故事。

据史料记载，宋太宗时期，因他御笔一挥而乾明寺更名，规模因圣恩更为宏大，成为当时江西"开元寺"和南岳"南台寺"两大著名佛教道场的桥梁，也由此街河口成就了佛家弟子们"走江湖"一词。

"走江湖"只是一个小小的作业,街河口重要性远远不止于此。岳阳城当时因受地理位置限制,主要货物的吞吐和人员的出入通道只能依靠舟船。北城坡度高,城南虽是高坡山岭,而街河口一处与湖呈缓坡,人员、货物可直接上街,街河口理所当然地担当了洞庭湖连接岳州城的重大使命,自宋、元、明、清就成了整个巴陵地区人员、货物聚集、疏散的重要港口。到了清乾隆年间,巴陵县署从内城南迁至城南竹荫街后,街河口就变得日盛一日。

街河口真正意义上的繁华是从明弘治年间开始,最鼎盛时期是清乾隆到同治年间。街河口港口的两旁自然就建起了许多贸易商行。清嘉庆时,街河口已经有了上街和下街之分。上街两旁设置的商行开始分工明细,大部分是前店后作坊的经营模式。挂牌的商行有鱼行、猪行、粮行、油行、茶叶行、木作行(以小型家具和棺材为主)、干果行、木炭行等。主要经营的是巴陵、临湘、平江、湘阴、华容以及湖北监利、石首等湖区和山区生产的土特产品。尤其到了清代中期,上街还出现了"牙行"经营人。所谓"牙行"就像我们今天的经纪人,或"皮包公司"。1899 年,岳州府开阜,在城陵矶正式设置中国内陆第一个海关后,一些外国的代理商开始进驻街河口。现在,在街河口上街两旁的古老房屋建筑中,还能依稀寻觅到那一丝丝当年的韵味。

街河口的下街就是另一番景色。原本是渔民和码头搬运工的临时歇脚之处。后来,许多渔民和码头搬运工因家境困苦,迫于生计,就在湖边临时搭盖了一些棚子房,有的则举家迁居在此。到了清中期,慢慢演变成了一条"茅棚街"。由于下街靠近大湖,离船登岸或等候上船的客人可在此小憩片刻。还有的渔民和苦力者,为了寻找一时的快乐,便在此寻花问柳,俗称"穷寻乐"。不少渔家的女孩子为了生活不得不走上妓女的生涯。下街的苦楚在物资和金钱上的贫乏能克服,最为恐惧的是湖水的浸泡。每当洞庭湖涨大水,下街大部分茅棚子便泡在水中,居住在下街的贫苦人只得以乞讨为生。茅棚街成了当时贫户的一个缩影。后来,被大火化为灰烬。

今天,走遍街河口,很难再寻觅到往日的繁华,又怎么能想象得出下街的苦难?街河口,虽从繁华中消逝,曾在千年的历史中给这个城市带来的无穷张力,留下了深深的烙印。

没有街河口的过去,就没有今天的岳阳,这句话不算夸张。街河口,从远古到 20 世纪 50 年代，就一直是岳阳人趋之若鹜，集交通及商业为一体的街市。直到 80 年代，随着岳阳县迁移至荣家湾，新城大势东移，街河口才渐渐落入寂寥，走出它的重要位置。据 1981 年大批招工去汨罗纺织印染厂的人回忆，当年，他们几百人就是在街河口右边一栋三层楼里参加岳阳县组织的招工考试，通过后，由街河口坐一只小帆船去的屈原农场。那时，街河口还车水马龙，县一级很多政府部门办公处都在南正街、竹荫街、天岳山、鱼巷子等。

作为曾经的交通要道，街河口不仅仅演绎商业交易，也曾因迎来送往留下了难以诉说的民间悲欢离合故事，更留下了很多文人学者的佳作佳话。如明代著名才子马戴，当船泊街河口时，便写下《夜下湘中》："洞庭入夜别，孤棹下湘中；露洗寒山遍，波摇楚月空；密林飞暗狄，广泽发鸣鸿；行值扬帆者，江分又不同。"明朝正德甲戌年（1514）的进士薛蕙，官至吏部员外郎。本是春风得意之时，却风云突变，得罪皇上，获罪下狱。虽不久复职，但他还是于嘉靖十二年（1533）罢官回家，乘船经岳州。傍晚，船靠街河口，听到岸上阵阵幽怨的丝竹之声，便留下了"巴陵西来沱水深，水边楼阁长阴阴"之感叹。面对此情此景，想到自己不知该何去何从，他抬头问天："卜居何日从公去？拟向桃花处处寻"。诗人远去，诗篇还在，街河口老去，记忆仍旧，给人以无穷的回味和念想。

有人说过，"怀化是火车拖来的城市"，"岳阳是街河口运来的城市"。运来的城市，有水质的深底，有水质的透亮，有水质的清雅。街河口，从远古走到今天，这个曾经岳州唯一的大型港口，承载着巴陵古城千年的重托。虽因时代的进步，使命完成，退出了历史舞台，走出了人们的视线，但永远走不出记忆，更走不出史册。

北门渡口： 卸任的 "三湘第一渡"

2019 年的今天，我站在洞庭湖，湖上已有三座桥，2000 年建的公路大桥，2014 年开建的高速桥和铁路桥。

桥让天空变通透，桥让深水变彩虹。桥的建成通车，适应现代汽车蜂拥的社会，也让人忘记了。河中几千年走来。从小木舟义渡，到大木船统一过渡，到大型轮船，到船载车载人过渡历史演变的长卷和不可忽略的一部分发展史的真实撰写。2000 年前，我曾经历了十几年的每月过渡前往婆家的经历。那实实在在是一次又一次的修行。

回顾过往，十多年前的北门渡口，曾是连接市区和君山区乃至湖南湖北省区的主要交通枢纽。人类进步，时代前行，在这个发展过程中，都会经历一路建设，一路淘汰的必然。很多在人们生活中起主宰地位的存在，都会在不知不觉中为满足社会的需求而退出舞台。号称 "三湘第一渡"，民间戏称 "三湘第一堵" 的岳阳北门渡口，无论当年多么风光，多么举足轻重，还是必须顺应时代的需要，从热闹喧嚷走向了沉寂。渡口在百年历经中，从木筏到机帆船，从汽车轮渡到洞庭湖大桥，巨大变化清晰地折射出岳阳发展的轨迹与速度。

2000 年 11 月，这是岳阳也是浩瀚洞庭湖划时代的时刻。随着洞庭湖大桥的全面竣工，一座全长 9963.5 米、宽 20 米，双向四车道，连通鄂西、巴东和湘北地区的当年国内里程最长的公路桥正式通车。横跨云梦，天堑变通途。百年风雨的岳阳北门渡口从此刻起 "光荣下岗"。胜利完成了它的历史使命。随之被更名为 "岳阳战备汽车渡口所"，洞庭湖上南来北往客也从此告别轮渡。

一个四面环水的城市，离不开穿梭往来的舟楫，离不开对接两岸的渡口。

岳阳境内河流密布，港汊纵横，津渡设置久远，这个众所周知，查出具体数据，我还是睁大了眼睛，吃惊于这是怎样的交通布局。原来，岳阳有各类渡口457个，渡船500多条。陆路止处，是水路的连接；水路的尽头，是陆路的起始，这就是渡口。据记载，位于岳阳楼与洞庭大桥中间的城西北门渡口，古称大江渡。最早文字记载于明弘治年间《岳州府志》："巴陵有大江渡。"清朝康熙二十四年（1685）的府志更清楚地注明了此渡的地理位置："郡城北门外，通华容路。"此处是洞庭湖入长江的狭长地带，水流湍急，江豚出没，盛产银鱼。因这里水域不宽，与河西洲地径直相对，是最佳的摆渡口，便成了连接鄂、川、豫、陕的交通要冲。

据岳阳市水运总公司一些老船工回忆和有关资料记载，20世纪中叶以前，岳阳北门渡口是由"渡口帮"十几条木筏子在此沿湖接送旅客和货物。一条木筏子一次装载5到6人，往返河东河西。河西的人过河主要是到岳阳城里以自种的土产换回生活所需。一天不到几百人过渡，由于过河船只太小，仍然无法满足需要。加之遇上风浪、雾大、雨大，还得停渡，再急的事，也只能望湖兴叹。

1954年，岳阳帆船社建立，接管了北门渡口。有了一条由救生局的救生船改装的木帆渡船，一次能渡80人左右，比起木筏子进了一大步。理想很丰满，现实还是残酷。这也只局限于有风张帆，无风摇橹，靠的是船工的体力。加之，这种渡船是全敞篷式，夏季头顶毒日蒸烤，冬天受寒风刺骨，条件十分艰苦。

多年过去，曾经的老船工们回忆起来仍感叹连连："那时真难啊，拼力气不怕，最主要是担心安全。往往一个浪头，一个旋流，都有可能让这种小船面临灭顶之灾！"条件有限时，面对天灾人祸，人类都会摸索出一些自保的方式。洞庭湖跑久了的船工们，在风浪里也慢慢总结出一些经验，常常靠背记谚语和观察自然事物的变化来防风防浪。如"三月三，九月九，无事莫到江边走"；如江豚在水浪里出没时，头朝上，则北风将至，头朝下，则南风将临。很多年轻人对老人谚语的一套套不以为然，却不知道那都是生活经验的总结和记录。反正按经验来，总好过一顿乱碰。小心驶得万年船。

时间到了60年代末，岳阳地区河西开垦荒芜的湿地，围湖造田，建立了几个大的国有农场。河西人口从四面八方涌入，迅猛增加，北门渡口的旅客流量不断上升，每天达到 2000 多人次。1957 年，岳阳北门渡口的木帆渡船改装上 20 匹马力的机器，终于结束了靠人工张帆摇橹摆渡的历史。渡口船只的机械化，大大提高了速度，增加了安全性，真正方便快捷了很多。可现实问题再次来临，以前只有人，现在有了车，又大又笨重，却只能无能为力了。

轮渡 （杨一九 摄）

一切建设，顺应需求。1970 年的 10 月，北门渡口离人渡往北几百米处，开始试营运汽车轮渡。首先试水的一艘汽渡，马力很小，吨位也不大，一次只能装两三台车。好在那时汽车也是稀罕物，每天渡运一两次，也还顺畅。进入 20 世纪 80 年代，全国经济迅速复苏，岳阳经济保持着持续增长的良好势头，岳阳北门汽车渡口往来汽车急剧增长。为了方便运输，轮渡短短时间便增加到了 9 艘。可惜的是，渡船配备争不过汽车增加的速度，再者，湖里往返也无法运行更多的船只，每天从渡口过往的车辆达到了 3000 多台次。岳阳北门渡口成了全省乃至全国最大、最繁忙的汽车渡口之一。"三湘第一渡"的辉煌才过去几年，就成了闻名天下的"三湘第一堵"。

无论当年堵得多么窝火，但人们也不会忘记。30 多年来，曾有一支风里来雨里去的汽车轮渡大军，付出了无数的艰辛。正是因为他们顶狂风，战恶浪，为南来北往的司乘人员驾起了一座水上桥梁，谱写了一曲曲感人至深的时代乐章。尽管随着社会发展，北门渡口遭遇了必然的淘汰，但曾路过岳阳，有着过渡经历的人们，都不会忘记这支队伍的功绩，也不会忘记北门渡口它曾肩负过的历史重任和它在岳阳经济建设中的巨大贡献。

说到"第一堵"，真不是徒有虚名。

湘运岳阳车队的刘师傅，天南地北跑遍了。他谈起 90 年代开车跑河西华容的时候，烦意还有些挥之不去："我那时经常跑河西拖粮食、拉棉花，跑河西就得凌晨两三点钟起来，但还是莫道君行早，更有早行人，过湖的车辆已排成了一条长龙。车队排到了岳阳楼门口是常事，市内的公共汽车都怕往岳阳北门这里来。要是碰上大雾停渡或遇到大风大浪缓渡，排队的车辆更吓人。南延伸到了南正街，北延伸至城陵矶了，最长一次等了两天，车上有货，又不敢走开，硬是坐在车上苦守了两天。"

老家华容的刘先生笑着说："因为交通不方便，我十几岁了还没看到过火车。考上初中后，父亲说奖励我一下带我去一趟长沙坐坐火车。很记得那天，母亲大清早帮我换上一套干净的衣服，跟着父亲赶到华容汽车站，好不容易等到汽车开，我的心情特别激动。谁知到了君山渡口，因风大，当天停渡，只得作罢。尽管过去了十几年了，我现在还记得当时懊恼的心情。"

家住钱粮湖的黄女士说到当年过渡，笑言，自己身材不好，就是因为过渡造成的。她说，每次回家要看天时、地利、人和，现在一个小时不到的路途，当年可是最短也得三小时，她说最长花过一天。有次春节上午 10 点赶到渡口，全家等她吃年饭，却被困在渡口，一直到下午 5 点多才到家。那时，哪怕去君山，也会在上车前自备很多零食，应急渡口遇滞留状况出现。应运而生，两岸就诞生了一支提篮小卖的队伍。黄女士说，有一种沿湖渔民自制的麻辣油炸鲫鱼，特别好吃，每次回家，一边等过渡，一边吃，便吃成了这样子了。

"三湘第一渡"的美誉，被"三湘第一堵"替代，司机们编了一句顺口溜："走遍天下路，难过岳阳渡。"饱受过渡之难的司机和岳阳老百姓，最大的期盼就是希望洞庭湖上建起一座跨湖大桥。

世纪之交，洞庭湖大桥全线通车，司机们的愿望得以实现。自古只闻新人笑，哪听旧人哭。北门渡口从此无人问津，迅速沉寂下来。我几年前路过时，看到当年的汽渡一排靠岸，甚是斑驳，透着大江东去，时光不再豪迈后的悲壮。这次再度寻访到当年的渡口时，看到它又恢复了热火朝天的兴旺景象。造船厂的工人们，正在紧张地忙碌。北门渡口，在经济大潮中，及时转换身份，迎来了它另一次腾飞。

龙窖山： 古老瑶址堆砌的历史

有巨壑，云气常聚。

几个字精辟描述了世界瑶族祖居地岳阳市临湘龙窖山的神秘与秀丽气质。

龙窖山遗址位于文化古城岳阳市，它临湘羊楼司镇境内。根据十几年来史学家及考古学家的不断考证，它是瑶族先民南下迁徙留下的早期千家峒；更是全球300多万瑶胞魂牵梦萦的先祖聚居地；是我国南方地区唯一的、以石构筑物为特征的大型古文化遗址。面积约180平方公里，现已发现52处文化遗存，500多个文物遗迹单位。具有独特的历史文化地位、鲜明的民族文化个性和不可估量的文化价值。

一步步发现，一步步发掘，一步步整理，工程浩大，价值更大。发现龙窖山遗址规模庞大，遗迹众多，为我国少数民族已消逝的石文化传统提供了唯一的、仅存的、最原始的佐证。据《瑶族通史》记载："龙窖山是瑶族历史上早期的千家峒。"中南大学博导、瑶学专家吴永章指出："瑶族成为单一民族后，龙窖山是有文献记载，且经过调查、论证的瑶族历史上最早居住过的最北的地方。"2001年，中国（广西）瑶学学会出具了《龙窖山千家峒认定意见书》，认定龙窖山遗址是西晋——北宋时期瑶族先民南下迁徙留下的保存最原始的早期千家峒。龙窖山遗址似一个谜团隐于竹林深处的迷雾中，深藏千年后，如今得到了有效的保护。宜人的气候，如画的景色，天然的风光，仿如世外桃源。成为集休闲、养生、娱乐等为一体的文化旅游胜地，更成了众多的户外爱好者攀山、野营、探古、穿越的天堂。

2012年年底，龙窖山被认定为国家级文物保护单位。

龙窖山又名药姑山，民间更多人愿意使用这个名字。属幕阜山余脉，地跨湘鄂两省的临湘、通城、崇阳、赤壁四县（市），在湖南、湖北相当有名气。其山林面积占 10.5 万亩，最高峰海拔 1261.1 米，山势高峻、洞深洞长、蜿蜒百里。由此环境就可看出在古代是最佳避难秘地、世外桃源。在和平年代的物丰质高的年代，就理所当然地成了旅游溯溪登山的理想之巅。作为一名旅者，每一个地方的行走，风景可看一次，而文化才是走不厌，读不倦的根本。龙窖山是瑶胞们在这里留下的令人叹为观止的石文化遗迹，就是吸引远道而来的探古寻幽者流连忘返的吸盘。

走进龙窖山，哪怕经过几千年的演变原迹已损坏，但仍然是步步踏着掩映于崇山峻岭之中形状各异的古老石文化。眼及所处，看到的全是遗存，石屋、石门、石桥、石洞、石墓、石器、石窝、石级，遍布于高山密林、大小村落。特别令人称奇的是那些巨大的石块，没有任何斧凿锤錾的痕迹，搭建得如此精细。据说皆是运用最原始的木尖火燎的方法采集垒砌而成，这个词分成字知道，但成词，组成工程，我永远想象不出具体的动作和工程的浩大、繁重。

我去过多次，这次冒着秋雨再次走山涧，顶着满山雾气走进了青石寨，仿佛走进了一个古老的部落。青石寨隐于临湘梅池竹林深处。沿溪而建的居民房，溪流中远古堆砌的石墙与现代居民家中仍旧的堆砌，不只是

龙窖山景区碑

惊叹于瑶胞先民惊人的毅力和创造精神，更是感叹于一种文化的延伸。堆砌建筑文化的精湛和深远影响，这里新旧堆砌，几千年未变。行至朱楼坡马颈港，越来越进入石砌的夹道中。山溪两侧全用天然青石块堆砌得刀削般整体的青石洞边，让人不由停步。青苔的生命点缀，我伸手触摸不到几千年的余

温，但听到他们的恐慌和防备。由此，创造了智慧。不用任何黏合剂，高 10 米，顶覆长 4 至 5 尺的青石 4000 多块，形成长 1500 米的人工石洞，无疑也是了解古代天工技术的史料原本。洞边石壁每隔一段建有一个埠头，平时供人上下挑水洗衣，战时封闭，作为防御工程御敌"燔山火攻"，以保存实力和生命财产。这点可从石洞下游拱桥内设置的石门遗迹得到印证。石洞上的两边留有不少石屋、吊脚楼遗迹，说明此处原为"千家峒"的政治中心，曾经是热闹的街市。人的群居的最大成就就是处处留下研究史料。

那天后，我连着又进入梅池、老屋湾、胡家屋场等荒僻山岭。随处可见石块砌成的石墙屋，少则一间，多则十余间，大都排列整齐。畲家山原始次森林中也有部分此类建筑，据考察这乃是瑶族先民最原始的居屋形式。如果不怕路险艰难，不怕疲劳，再往深探寻不只是眼福其间，必定是一堂瑶族文化课。进入"无人区"，在近百年来无人居住的大山深处，溪流之上居然到处建有石桥。石桥建筑也独具特色：在两边条石砌筑的桥墩上端，垒积木似的相向窜出两三条条石，以拱托桥身重量；桥面用两块宽约 0.4 米、长 6 ~ 8 米不等的条石铺成，结构简单科学，可谓瑶胞的一大创造。我们一路探寻，我们一路惊叹，我们也被山民的眼光探寻。

对于这里的村民来说，山不足为奇，祖祖辈辈的居住，从小所见之物伴着下一代又一代成长。惊奇的是不断闯入的陌生人。走进农家，这里家家日常所用石器都是城里人正疯狂收藏的珍稀。石碾、石拳、石钵、石磨、石香炉、石升子，琳琅满目，古雅朴拙。箭竿山老屋组刘姓村民面对对门山上无数的石堆、石台、石墙，祖辈在此居住了 500 多年，也弄不清其中有什么好看的，有什么奥秘。他们习惯地称之为"石窝"。经过专家们为龙窖山解谜之后，始知这儿是瑶胞祭天祭祖的祭祀台，他家也算是一个历史的守望者。祭台坐西朝东，石堆、石台、石墙沿山腰排列有序，中间空地竖有一根石桩，上有残存的长方形凿痕，似为图腾柱础，或者为树祭旗的石桩。说到生生息息，就必定说到中国人绕不过的民俗文化重墨的婚丧习俗。这婚只能想象或去现在的瑶家感受，但葬还可据可考。龙窖山石墓是有其特色的。同样的石，同样堆砌，但又决然不同。一堆石板的特殊堆砌，理应是解开它身份的最有力佐证。

龙窖山，漫山遍野，无处不在。以山为书，以石为字，清晰地记载着瑶民的生活点滴，刻录着他们的生活轨迹。

中国，是一个多民族国家。瑶族一枝花，是世界民族之林中一个颇具影响力的少数民族。它有近300万人口，分布在中国、越南、美国、法国、加拿大等10多个国家和地区。多少年来，瑶族同胞为寻找他们最早的故乡"千家峒"，而演绎出一曲曲心酸动人的故事。21世纪的第一个春天，基本确定他们的期盼与希望得以实现，瑶族理想家园的"千家峒"，就是岳阳市临湘龙源乡的龙窖山。

瑶族沿革没有文字记载，在中国传统文化叶落归根的情结里，他们祖祖辈辈的漂泊是生活期望的撰写。而其走过千山万水，走过千万年的岁月，依靠着生活的习俗文化特色与留存，让我们开始了为他们寻根问底的长篇。

瑶族的《盘歌大王》中深情的吟唱总让人心痛而心生责任感："细声问，千家峒口在哪边？云雾纷纷起眼照，青山石岭路难行。云雾渐暗千家口，石岭脚底是峒头。"透着他们深深无限的无奈与伤怀，对故土的追问与追思。千家峒成了瑶族人心中永远的一个点，一个远古的点，一个黑色谜团的点，一个心中解不开的结点，一个难以圆满的梦点，一个永远呼唤他们的基点。

2000年4月9日，这是一个让瑶族人永远记住的日子，也是一个破解岳阳临湘龙窖山遗址之谜的开始。一位瑶族老人（湖南省政协原副主席邓有志）与一位瑶族学者（湖南省民委古籍办原主任李本高），背负着历史使命来到了临湘市高山丛林，根据《岳阳甲志》上一句"龙窖山在巴陵北，山实峻极，上有雷洞石门之洞，山徭居之"，开始了实地考察。走进来，他们才发现，《盘歌大王》的描述仿佛就是龙窖山的写生。

他们与临湘市政协、民宗局、文广新局对龙源乡辖区进行调查。短短时间收获颇丰，发现38处古文化遗存。又经过5个多月的考证，初步得出药姑群山就是《岳阳甲志》中提到的龙窖山，并进行了瑶族千家峒是否在龙窖山的考证。

一周年后，他们与广西省人民政府原副主席、瑶族通史编委会主任奉恒高等一起再次深入龙窖山。考察得细致、全面，让他们如获至宝，万分惊喜。经查后专家一致得出结论，于2001年，中国（广西）瑶学学会出具了《龙窖山千家峒认定意见书》，认定龙窖山遗址是西晋——北宋时期瑶族先民南下迁徙留下的保存最原始的早期千家峒，是瑶族同胞称之为理想家园的"千家峒"。

说起来，最早有文字记载关于瑶胞居岳州境内的资料，首见于唐代《元和郡县图志》："潭州，春秋时黔中郡地，楚之南境……自汉至晋并属荆州，（晋）怀帝分荆州湘中诸郡置湘州，南以五岭为界，北以洞庭湖为界。汉晋以来亦为重镇。今按其俗，杂有夷人名徭。自言先祖有功，免徭役也。"其次是范致明《岳阳风土记》："龙窖山在（临湘）县东南，接鄂州崇阳县雷家洞、石门洞，山极深远。其间居民谓之鸟乡，语言侏离，以耕畲为业。非市盐茶，不入城市，邑亦无贡赋，盖山徭人也。"一路翻查资料，这样的记载就多起来，后来的府县志书记载皆类似。诗人杜甫也在此留下了"岁云暮矣多北风，潇湘洞庭白雪中。渔父天寒网罟冻，莫徭射雁鸣桑弓"的诗句。如此，可以证明瑶民曾在此已形成非常完整的族群生活。至元末明初战乱，没有具体记载何时、何因，突然群迁出境，漂洋过海，即渡洞庭湖南徙。正好，就与明隆庆《岳州府志》"宋以前有之，今不然矣"的记载吻合。

得到确切的认可，虽远了千年，作为无文字记史的瑶族人民来说，这无疑是一个最让他们欣喜的论证。2012 年 10 月 16 日，广西南丹县白裤瑶民俗文化保护与发展协会黎世忠会长一行 5 人来临湘寻根问祖。当他们看到龙窖山堆石遗址后，激动自己终于找到了瑶族先民迷失的家园，那份心情无以言说。

发现，考证，确定，有欣喜，有价值，就有了责任。

为保护此珍贵遗址，2002 年 5 月 19 日，经层层报批后批准为省级文物保护单位。

2003 年 6 月 1 日，岳阳市文物处组队对龙源乡进行考古调查，并对石窝山堆石遗存进行全面专注的实测。通过试掘解剖两个堆石遗存后，推测出其为堆石墓或石冢墓。2009 年 6 月，经国家文物局批准，岳阳市文物处对临湘市龙窖山瑶族遗址进行区域调查与抢救性发掘。人类史迹的追寻，大都离不开一群执着的发掘者。没有他们孜孜不倦，不畏艰辛，不怕失败的精神，就没有今天华夏五千年之说。龙窖山也一样，不实地去调查，就不能有新的发现。对龙窖山区的石窝山、打栗坑堆石遗存再次进行考古调查与测量。新发现不断，其中13处堆石墓群，计348座墓葬。墓群主要分布在山坡一面、山脊两侧或两山之间的山坳沟溪两旁。

考虑到其历史文化价值巨大，2012年年底得到国家文物局批准为国家级文物保护单位。

随后省文物局组织的"湖南发现之旅"大型考察宣传报道组抵达。新华社、光明日报、中国新闻社、湖南日报等20家中央和省市主流媒体一起聚焦临湘，重点对龙窖山瑶旅石文化等独特的文物景观进行了采访报道。时任省文物局副局长江文辉，湖南大学建筑学院党委书记、副院长、博士生导师柳肃教授也随团进行了考察。在座谈会上，柳肃教授认为龙窖山堆石遗址是南方罕见的石构遗址，非常难得。他激动地说："朱楼坡青石沟遗址太有建筑学研究价值了。"江文辉考虑到文物价值和文化价值，表示省文物局将联合湖北省文物部门扩大范围调查龙窖山遗址，并邀请专家对遗址进行再论证。说到这里不得不提龙窖山另一名贵品黑茶，千年商贸历史，也留存了龙窖山南方茶古道，申报世界文化遗产的行动也开启。

科学是严肃的，历史是不容马虎的。2014年5月至8月间，岳阳市文物处与临湘相关部门再次对龙源乡四合村、梅池村、幸福村辖区内的龙窖山瑶族遗址进行全面的考古调查、勘探。记录龙窖山瑶族遗址区内的遗存类型、数量、保存状况、价值、各遗存分布状况，分析各遗迹点之间的关系。对龙窖山瑶族遗址的各遗迹点数字化的勘测，使整个龙窖山的瑶族古文化遗址以及考古发掘的位置清晰地通过地形图展现出来。从而，让人更科学全面地了解了龙窖山的整个文物现状及分布图。

这一惊人发现及考证，带给了人们巨大的震动。岳阳临湘龙窖山也被推上了历史舞台，如一颗明珠引起了各方学者与专家的探访，也引发了瑶民的追祖，更引发了一场访古文化旅游热。

龙窖山深厚的文化底蕴，神秘的堆砌文化，瑶族古址的遗留，现有的生活方式，为临湘旅游事业带来了新的浪潮。

现在龙窖山附近的村庄及民众，如余家山、古塘、龙须港、车里尖、朱楼坡、箭杆山、幸福、洞瓦钩、牛须井、望地坡等自然村寨，至今仍保留着瑶族的习俗。"早吃挂灯饭，晚闭山门关""日出而作、日落而息、山地耕作、林地狩猎、养猪养羊、采药伐木"的传统模式。80多个自然村寨均在龙窖山腹地，村寨的瑶族民居主要包括石板街、青砖瓦房、彩绘门楼，尽管由于年久失修和缺乏维护特色等正在不断消失，但走在龙窖山的每个地方你都感知到瑶族文化的存在，镶嵌在每块石头间。

龙窖山石砌

有文字记载的历史都有无数遗憾，何况无文字史口口相传的瑶民，很多具体的东西再也无法考证。从龙窖山大迁，具体日期不知，具体原因不知，具体多少人不知，具体迁往何处不知，具体怎样迁徙的也不知，他们仿佛一夜之间从这里消失。可无论过去多少年，他们生活过的痕迹永远在，并一直影响这里人的生活，也将永远影响下去。

陆城：三国水战中的陆地之城

一个小镇为何称城？这就追得远了。既有地方特色又有起各时重大事件的引义，也有地理结构之总结，更有各人之纪念，陆城称城结合了以上所有点。相传三国时，关国将领陆城屯兵于此筑土。

走陆城，对于重文化、爱旅行的岳阳人来说，是不可错过的地方。它是岳阳仅有的两家省级文化古镇之一。

在我未走进陆城时，就对其做了些许功课。历史的城图里，其街市纵向两公里之远，而其古三国之战的范围，更是方圆几公里。如此占地，成就了陆城的气势、地理，成就了陆城的优势。古代运输，除了徒步便只有船只，一切繁华村镇都依水而生。陆城恰临长江，且有了小武汉之称。任何东西，任何人越久经历越多，磨砺也多。日侵时的烧毁，"文革"时的阉割，开放后的迎新，这个曾经一条街光寺庙便有4座的古镇，终在一场场浩劫中剩下残痕余片。青石板遭遇了时代无法逃避的命运，成了水库的堤坝，百年老房也一栋栋在大家钱包逐渐鼓起来后被拆。陆城，一个穿着新装的古镇，我们每眼看到的都是新，可我们每一脚都走在古字上。每家门口的断石板，路边的小雕件，新楼房门口断臂的狮子，每隔几米一栋百年老屋，都陆陆续续地提醒你，或告诉你，它曾经的鼎盛，它走得留恋与不甘。

中国从奴隶制开始，就是占山为王的搞法。割、合，合、割，每人占地就称城，自称王。

陆城都是战地。

陆城地处湖南东北角的长江之滨，与湖北监利、洪湖隔江相望，自古为湘鄂咽喉要津，为历代兵家必争之地。从岳阳出发，开几十分钟车便停在江边。据载，早在三国时，蜀章武元年（221），吴国辅国将军陆逊屯兵筑城于此。从古至今，历数英雄壮山河，其山秀、水美、人善、物丰，也吸引了历代文人骚客吟风情。这是一个文武载道之地，在漫长的过往里，我们当然再无法解读它的全部，但它留下的种种，以一种暗示的方式，一种暗语的诉说，让你去寻觅它的密码。临江而立，登高而眺，既让你豪情万丈，也止不住吟诗朗词。一种荡气回肠，一路苍凉悲壮，一声历史的叹息跌落滚滚长江东逝水里。历史是一面镜子，既要拿得起，又要放得下，更要进得去，还得跳得出。

是的，"大江东去，浪淘尽，千古风流人物。故垒西边，人道是，三国周郎赤壁。乱石穿空，惊涛拍岸，卷起千堆雪。江山如画，一时多少豪杰。"

回放陆城的历史，那才是真正的豪杰之地。这段历史再不是靠传说，陆城历经宋、元、明、清、民国，先后为王朝县与临湘县的政治、经济和文化中心。自宋为临湘县治，达1110年之久，依山带水，风光旖旎，城内、城外古迹甚多。

1110年之沉积，自北宋淳化五年（994）建王朝县，北宋至道二年（996）改为临湘县。其县名历宋、元、明、清、民国，民国十九年（1930）县治迁往长安。陆城为临湘县治从公元996年至1930年，历934年。陆城城外因宋仁宗嘉祐皇帝私访陆城，御笔亲题"陆城八景"。相传陆城八景因御幸而更名扬，其代代也就足够有勇气传承至今。

时间进入新的时代，1952年陆城设镇，属临湘县第六区，次年改为县属镇，发展越快宠幸越多，最后划为岳阳市云溪区。98平方公里的面积，临水居地多。长江边，清光绪五年（1880）古建大矶头，就位于陆城镇新设村马鞍山西北面、长江南岸。据考察，是长江流域至今唯一保存完整的古石矶。由此，不可否认它对长江流域的水文、水利、航运史等提供了极高的历史研究价值。沿江而行，我迎风站在大矶头上，曾经作为防护栏的青石虽然只剩余几块，余下虽没有了当初的作用，作为此引寻古的考据，也不失它的身份残缺的尊贵。

陆城为城，自然城墙是中国历史建筑史上无法忽略的部分。我努力寻找拼凑在不足 300 米的痕迹，陆城原有古城墙 2500 多米的壮观。我只有脑海那铺展的想象，剩下的这段残垣，当然不再是曾经城池的防御边缘，如今就在现陆城镇政府大院西面围墙和镇敬老院围墙下面，它成了一道标志，它也无力到只能作为一块标志了，标志着陆城的历史烟云，当然，也足以撑起陆城古文化镇的有力证据。想 90 年代，岳阳文庙被保利集团作为房地产开发，而拆掉翰林街围墙，给岳阳文化名城带来黄牌警告。古墙的标志，就如此重要。陆城城墙上下分为两层，断层印迹明显。下层为巨大条石铺筑，上层为青砖砌筑，经多方考证分别属于明清两代修筑遗存。城墙青砖上还发现有"地字式号"字样。懵然而来，迷糊而去。想找个一字半文的解读，还真是难事。

陆城戴冰仙老人有诗"千里荒原扑鬼火，伤心湖广绝人烟"。为何有此感叹？让人想起陆城 600 余年走到今天漫长的景象。

说起来，山有起伏，历史更有起伏。早在元末明初，湖广地区已是百里无人烟，千里无庄稼。原因很多，在那场元兵杀戮汉人血流成河，加上瘟疫不断，一个村一个村几乎人绝。版本不可能只一个，另一传说乃朱元璋得了天下后，痛恨敌手陈友谅和陈的故乡楚地人众同他为敌，血洗湖广。传说，万口添味，一经年久，总是有越来越多的精彩。但有一点不可否认，陆城人多为江西人氏。查之本地族谱上大多记载为江西迁徙而来。外籍人的迁入定居有先有后，那时还没有先办土地证，再房产证之事，占山就为王。诞生了一个新词"标业"。何谓标业？就是人们初至无人区，先来者插标划界，其地域便归你所有。

这一特色匪气十足，让三国之战地有了特别的文化标志，占地为王，划地为界，无不形成其独有的生活特性。只是时间匆匆，没来得及细究现代陆城镇人，是否还在某地某时某物上保留了这种霸气与匪气呢？如果有，倒也不失为一种遗志与遗风，更是另有一种超越中国百姓懦弱的气概。

一行人走在陆城时，我们只能从偶然遇见的幸存的一栋老房子里，寻找到旧城旧街的影子。两公里的长街，在三国年代，那是一个大城了。当时很多村因经济繁盛建得一定规模，开始称为村、市时，它直接便是城了。

此行，81岁高龄长期研究陆城历史的李亚文老师讲解。记忆力惊人的好。正遇闷热高温，老人一路同行，我还只能依靠耐心支撑耐力时，老人看不出半点劳累。老人笑着告诉我们，还能担100多斤东西。这刻感受到陆城曾经的英雄气概。路过一栋旧屋，李老先生介绍，这是黄兵生活旧居。上面一块古建筑保护牌，标明建于晚清。三栋相连，组成一排，青砖，翘角，既有徽派建筑的风格，又有湘系建筑的特色，迁徙文化给建筑学改良带来的融合，这里就是印迹。

再沿坡而上，一个山头，一栋独屋。李老先生告诉我们，那里曾经是文庙。宋朝而建，毁于"文革"。现存的是2000年镇里在原址重建的。门口两个门当，一看便不是现代产物。李先生笑着说，好眼力。这可是明朝的，从陆城中学移来。既然是从中学移来，那么中学一定是一个重要的地方。我们决定再去中学。果然不失众望，这里留存了很多棋盘一样分布的石板、雕刻件、碑石。被学校重塑座子树在路旁。一块光绪元年（1875）的告示碑特别醒目，上面字迹清晰可见，条条告示，缩写着当年政府的管理方式，从生活规范到社会治安到城里管理。说起来，它们留到现在并非易事，也经过如此不同的岁月，经历本就是一本书。

学校左边山上，一条道直通山顶，一尊雕塑威武虎视远方。终于触摸到

陆逊其人的具体。新鲜的泥土及水泥梯级显示出雕塑刚伫立。两边竖着的、倒着的各种碑石，吐古又纳新。左边一堆石头横卧草丛，我们仔细探究才发现，一大块青石板上书写着下马石，还有一些字迹模糊的石鼓。说起来，它走过了千百年，风尘仆仆到今天，应该算一件文物了，却只是弃于草丛。好在，两边还有几块碑石碑文上残文少字，已重修底座立于两边，护卫着陆逊。

下马石不是一个石头，而是一个标识。洪武十九年（1386），陆城学宫岭上重建学宫，经几番扩建，终于形成了完整的学府。前厅、大成殿、崇圣祠、月拱桥、照壁、外泮池等一应俱有。此外，照壁附近大路边临近学宫前，树一石碑，上书"文武百官至此下马"八个大字。坐轿的下轿，骑马的下马，不可不敬儒家圣贤孔大夫。从这里可见，古代从官到民对文化的尊重。

走在中学，不得不提陆城古井。陆逊井就是其中最为有名的。它位于陆城镇陆城中学院内，传为三国时名将陆逊所掘，故名陆逊井，未得确切证据。井上圆下方，井砖一横一竖砌筑，井口直径 0.41 米，井深约 30 米。井水清澈透亮，水质优良，至今仍作为陆城中学的饮用水源。据学校年老的老师介绍，在大旱之年此井都不曾枯竭过，实属罕见。

说到古井，李老又将我们带至一户民宅。有一位老人正在晒谷子，听闻我们是在寻古迹，非常热情地带我们来到他家房一侧，指着一堆杂物下面一块铁板，对我们非常得意地说，这是一口古井，是以前女监里犯人所用的。边上一个旧屋，正是当年女监用厕之地。揭开铁盖，井水清可见底。说起来，陆城这样的古井以前大大小小有 48 口。镇敬老院内外的几口古井也年代久远，保存完好，也是难得一见的古代遗存。从庭院到天官司祠堂的铜底井，从圆形到方形，从深井到浅井，都冬暖夏凉。现在，整个城区还幸存下了 18 口古井，但也不大用于生活。

走完陆城，其实不是一件容易的事。贯通东西太长，横切南北很宽，而离保留最好的省级文物道仁矶更远，可我们兴致越来越高，高到午时，热度未能击退我们的脚步。

赶到江边，看水涨船高，不能远距离看到整个全貌。但我们从心里发出一声："哇，好地方。"沿江边古道而行，临水边有一排60厘米的石墩，对于怕水又有恐高症的我，这是有些安全定心作用的。这个官方曾叫临湘矶，又叫道仁矶，也叫白马矶的地方，在民间一直叫作寡妇矶。1949年后，改成大矶头，意思不明。大矶头的石碑高大新地竖在江边，心里感觉到哪里的不对。它曾经别来名称多，未心碑石无一块。我们不死心地在草丛之中，几个来回，终于在深深的乱草中，发现一块半隐半露刻着寡妇矶三字的石碑时，才总算放了心，对民间亲切的称谓有了交代。

大矶头，我还是叫它寡妇矶吧。建于清光绪五年（1880）五月，岳州府罗氏府台亲自撰文立碑。清光绪三十年（1905）四月，杨林临湘救生局、岳州府临湘县、巴陵县在此树"渤临湘矶晓谕"碑，禁止在矶头搭架攀罩网鱼，以免过往船只触撞石矶误事。这才是真正的落到实处。新中国成立后，大矶头的建筑、环境引起重视。1988年3月，岳阳市北区（现云溪区）人民政府发文公布大矶头为区级文物保护单位。2004年1月，岳阳市人民政府发文公布大矶头为市级文物保护单位。2006年5月31日，湖南省人民政府发文公布大矶头为省级文物保护单位。

到陆城无论怎样必须去铜鼓山遗址。铜鼓山遗址位于陆城镇新设村塘湾组。靠近长江中游东南岸，为江边丘陵地中顶部稍平缓的山头，面积约3万平方米。陆城铜鼓山的商代遗址和西周古墓群，乃是长江以南，时代最早的、唯一的一处具有商代早期文化属性的盘龙城类型文化遗址。1987年，省、市文物考古部门对该遗址进行过考古发掘，出土了国家一级文物青铜鼎、青铜瓿等，印证了陆城远古时人类生活的基本年代。这处古遗址是1982年4月云溪区文物普查时发现的，当时探明这里属于商代遗址，并在遗址附近发现有东周古墓群。1985年全国文物普查时，再次复查了铜鼓山商代遗址，并登记造册。2006年5月被湖南省人民政府发文公布为省级文物保护单位。

陆城处处是古迹，古迹处处有文物，文物处处显底蕴。

随着经济的提升，文物价值也大起来。云溪区文物管理所就古城的保护与开发开始投入大量工作，铜鼓山商代遗址、清代古遗址大矶头成功申报为省级文物保护单位后，组织人力将部分石碑、石雕、石鼓等古文物构建收集起来，进行重点保护；2007年4月，迎接了国家文物局，省考古研究所领导、专家对长江中下游云溪区境内的古遗址、古建筑进行环境整治检查，为陆城现有的两处省级文物保护单位申报国家级文物保护单位奠定了基础；特别是

2009年6月，正式启动陆城镇境内大矶头申报第七批国家重点文物保护单位工作，12月通过省文物局审核并报国家文物局最后审批批准。

陆城古城历经千年沧桑，文物古迹损坏较为严重，保护工作确实刻不容缓。我走在古镇里，遇到的古迹都在抢修进行中。

陆城的生命远没有结束，陆城的辉煌也远没有了结，随着新一轮文化旅游热的来临，陆城的历史身份，历史厚度，良好保存，都将引发陆城新的生命力与活力。旅游将带动陆城拥有更广阔的前景与风光，如果运作得恰如其分，适应市场的需求，无疑也将带来文化产业的大开发时代。

陆城，从战地走来，走出了一种文化，未来，你将走向哪里？古镇沉默的背后，时间是它永远的密码。

陆城不但是鱼米之乡，三国之重地，更是礼仪之乡。自古人才辈出。迄今，不但有众多人慕名前来陆城安家立业，更有世居陆城的子孙代代从这里出去打天下。为官、为文、为军，各行各业都造就了丰功，为陆城的历史及发展建功立业，兴邦撰文，更是陆城永远的骄傲。

杨柱朝，字石林，号娲宫，祖长籍白荆桥，居陆城。清顺治年十一年（1654）中举人，十六年中进士，官居四川平武知县。为官时，大力招抚流民归乡，垦复田园，制订法规，严加约束。后辞官还乡，平武县百姓闻之，夹道相送，依依不舍。杨退隐后，潜心于经史研究和地方史料的整理。康熙年间参与编修《湖广通志》。后应岳州知府李遇之聘主纂康熙《岳州府志》。并参与《临湘县志》编纂。杨柱朝学识渊博，著作颇多。有《印庄笔秋堂文集》《诗经订伪》《广法言》等。

吴獬（1842—1918），字凤荪，祖籍临湘桃林，居陆城。光绪十五年（1889）中进士，先后任广西来宾县、荔浦县知县。1895年，因该县发生贩卖人口出洋一案牵涉洋人，朝廷不敢办理，他愤而告假还乡。后聘为临湘县培元掌事，光绪丙申年（1896），部选沅州府学教授，兼任敦仁书院山长。续修《湖北通志》。先后于岳麓书院、金鹗书院、莼湖书院、湖南高等师院、南京三江高等师范处讲学。他广集民俗谚语，编纂有《一法通》三卷，又编《獬录宣讲》一书。并亲笔撰写过《临湘塔记》和《创建临湘矶头记》。去世后，有人收录其遗作，汇编成了《不易心堂集》三卷。

陆城八景原为湘湄八景，最初之说始于明代。当初八景实实在在，只是历尽千年后，很多难觅踪迹，但史记还在，人们经常提起还津津乐道，更是以幸存下来的几景作为代表，证实了当初八景名不虚传。

1. 教广春水

教广桥横跨于白沙港上，历来两岸洗衣女捣衣声，说笑声与时起时落的船工号子，千年来组成了一幅生活画卷。传说五代后期，陆城桥头肖家出了一位美女名叫宛珠。有一天，楚王马殷骑着高头大马路经桥头，惊见貌若天仙的宛珠，顿起爱慕之心。于是，传人做媒结为伉俪，册封为肖妃。桥因人著，水因人美。"教广春水"一景缘此而出。现教广桥几经重建易名为"陆城桥"。

2. 鱼梁晴霭

鱼梁山，面江带湖，双峰巍巍，雾霭晴岚，袅袅不绝，远观近看迷蒙深邃，令人叹为观止，故被人称为鱼梁晴霭。山下滨湖人民依山势水滩筑梁子而撑起大罾捕鱼。明代成化初年，知县徐义重东麓创建鱼染亭。西峰之巅有真武祖师殿一座，极其巍峨。

3. 马鞍落照

马鞍山，天工开物，形似马鞍，故为名。

据传，西蜀名将关公因失荆州遭擒而亡，他的坐骑赤兔马恋主，终日悲嘶不食。某日，它终咬断缰绳，奔至江边，跃入怒涛漩涡殉了主人。它背上的雕鞍抛落地上，化成现在的马鞍山。此山终年苍翠碧绿，尤其是夕阳西落，遍地飞霞扬辉，实为古邑胜景。

4. 嘉祐晚钟

嘉祐寺系宋仁宗嘉祐五年（1060）僧大宛奉旨建造。寺内有幽冥大钟，清韵梵响。传说明代有位官吏来陆城办事，单人匹马行至荒无人迹的道人矶时，天晚迷路，官吏心急如焚。恰好，古寺钟声隐隐入耳，循着钟声而寻至古邑。从此，这一奇闻造就了嘉祐晚钟奇景。

5. 莼湖夜月

莼湖在陆城古邑东门外，一碧万顷，波光粼粼，仿如一面光洁的宝镜。传说大灾之年有仙女曾在朗月之夜下湖采集物品给老百姓。美丽的传说给美丽的莼湖增添了更美丽的情感。莼湖，白日美，其月夜更是魅力无穷，为古邑绝景。

6. 西湖莲芳

处古邑西门外二里马鞍山下，湖面不大，却天生一个荷花池。夏秋之季，碧玉荷花分外香。相传楚王夫人宛珠肖妃来自陆城水乡，珍爱莲花，喜采莲子。人面相映，宛如仙境，故有之称。现在成了长岭炼油厂在湖畔江边的油船码头。

7. 杨林晚渡

此乃马鞍山主峰的大矶头。北岸隐矶，又称杨林矶。大矶砂峰龙王庙与杨林矶山顶的天妃圣母殿分别掩映其间，相得益彰。江边两岸遍插杨柳，浓荫遮日，夕阳西下时，朝晖映天，杨柳倒影，天成画面。

8. 儒矶渔唱

古代称为渔矶，后雅称为儒矶。矶下滩浅水暖，鱼虾聚集。渔民喜庆丰收时，都呷酒尝鲜，击桡高歌，河州唱和。至清光绪七年（1881），任台湾道台的刘傲在矶头捐建一座高33米七级八方的实心塔后，唱和之举，更是吸引了八面来客。儒矶的渔歌，号子的特色文化，造就了一景：儒矶渔唱。

聂市：沉默在大山深处的古镇

一河、一茶、一道，一名镇。

一俗、一人、一宅，一名街。

聂市，岳阳仅有的两个省级历名文化名镇之一。

黛瓦白墙翘翘角，屋里房外少人过，曲折宁静小街巷，青石板通茶马道，一江碧水绕古镇，烟云诉说兴与衰……初夏，我沿国道穿行在大雨中前往临湘聂市，探寻这座隐匿在临湘大山中的古镇，一个黑茶重要基地，一条通向经济繁茂的茶马古道造就的传奇。在几位代代生息于此的老者的诉说中和岳阳史学专家何培金老师的介绍下，遥远的岁月在这里复活，一路的变迁在这里再现。

聂市古镇，位于长江三江口之下，京广铁路中段之北侧，临湘县北部，全长约两公里。自鄢家桥至王爷庙湖坪，如同一小舟泊于聂市河西侧。走在这个曾称为"小汉口"，今称为"湘北凤凰城"的地方，小得勉强，也体现了浓缩是精华。在这里，一座山，一种香，一种味，一条路，就足以撑起它的气势。经济决定上层建筑，品牌激化经济腾飞，黑茶成就了聂市的大名鼎鼎。

雨太大，大到自己都听不见自己说的话了。古镇仿佛走进了历史深处，深不见人。转眼一身湿透，走在聂市古街，唯有一种静穆撰写着过去岁月的风尘，一路檐下雨帘，诉说着它的沧桑和破落，还有我雨中突然而至的清宁与兴致。

拍照时，雨让我动作困难。古镇的建筑，最早有明代的，后又于清代延建，到民国年间继续，再到现在的乱建，形成了似乎一街却又如此异样的风格。古街，尽管是岳阳市仅有的两大省级文化名镇之一，可民居的住宅，保护得很是随意，规划也是民意而为，保护太多，就在跳跃式中抵旧插新成了不能遇到的刺。尽管众多学者与媒体热心地一再呼吁保护与修缮，真正实施起来一直在计划中。古街不时被一栋突兀而出的现代红砖建筑拦截。近几年，通过一批人，特别是从小在聂市长大一直致力于岳阳文史调查研究的何培金多方努力，四十几栋清朝民国古建筑，总算进行了挂牌性保护。

聂市古镇古街

正走着，眼前出现一栋旧屋，努力在雨中挣扎，我观望半天，走了进去。红泥的墙壁，纯木的楼层，青灰的瓦片，宽大的天井，显示曾经的繁华与富裕。这就是当年最有实力的同德茶行。已有百年了，风烛残年，岌岌可危。雕梁画栋，青砖灰瓦，木屋楼阁，处处显示着富贵与繁华。陪同的聂市镇政府的工作人员介绍，此栋楼正在组资保护修葺。一笔不小的开支，危险困扰着古宅，经济困扰着新生。不知它这样的老态，这样的山雨，是否等得到重生的那一天。出门的一条右转的窄巷里，青石板中间有一线很深的印痕。那条印痕像手掌中断纹深而波澜。古代茶行运货靠的是独轮车。木轮子的独轮一天一天承载，坚硬的麻石上，刻下这么深的断纹，要承载多少的来来去去？当年的盛况可见一斑。

说起来，聂市得其名有着悠久的历史，可追溯到三国时期。从老人们的传说及 1983 年编印的《临湘县地名志》记载，聂市原名接驾市。相传三国时，吴国孙权赴黄盖府官绅在此"接驾"，古称为"接驾市"。后演变为聂家市，最后简称为聂市。从宋代起，聂市便开始在中国历史上崭露头角。据载，聂市古街南端张家门的张尚祖，系临湘县的第一名进士，其弟张尚阳，庆历初年被选为驸马，与仁宗之女升平公主结为伉俪。此后，张氏兄弟的儿孙曾孙辈有九人连登进士。张氏兄弟之父张实万的墓葬、墓碑和宋仁宗皇帝的告勤、祭文碑，至今保存于荆圣村八屋姚家后山。至清代便有了"五里一牌坊，两里一进士，隔河两驸马"之说。

穿过古镇，绕坎而上，河边有石桥在风雨中守望。站在桥上，河水、古镇、远山、烟云含黛，透出江南的柔美。桥建于 1973 年，它有着渊源与来头，曾建于清康熙十七年（1678），1967 年大水无情冲垮，才有现在这座旧位上的新桥。遗憾的是，有一座真正的古桥朱贝桥，听说是聂市境里通联县城的第一桥，也是聂市文字记载里一座最古老的桥。大雨之下，我此去只能盘旋小镇之中，而不能前往还有些路途的朱贝桥了。无缘前往，朱贝桥会一直在。

天公不作美，当然除朱贝桥还有众口夸耀的聂市八景：金竹晓岚、高桥烟雨、双洲明月、陡石清泉、康公古渡、九如斜阳、渔舟夜游、茶歌晓唱，同样看不到全景了。

聂市始建于何时，具体时间跟所有名胜古迹一样，当时的无意所为和微小，至扩大时，历来是无法确切考证的。好在明代中期有文字记的地方便呈现了聂市成为全县七"市"之一的"高大上"。

聂市的商品经济最早记载起源于明代，当时集镇已初具规模。这不是建设论载，是规模名声下的论载。就只能从它晓有名气的历史段开始。清代及民国年间迅速发展，人口也增得快。民国年间，这个"微型汉口"常住人口5000 多人，大小店铺 200 余家。最为神奇的是，据说当年有十多家商号印票子。除有的在临湘通行外，有得甚至通行于湘潭、益阳、长沙、武汉等地。

这是什么样的财力与背景呢？显示气派的还有，短短的石板街，虽不长，却分上、下街，街道四五米，现在看来并不宽敞，在当时，一定是算得上档次了的。大雨一直下，以倾盆之势，伞只是一个无用之物。我低头时，发现如此却没有积水。遂想起城市水患时，很多古镇都畅通的现象。聂市古镇石下同样有下水道，并且雨天无泥泞，晴天无灰尘。

1949年后，集镇成螺旋式曲折发展，聂市好像就进入了冷眼中。再经过一场文化的洗劫，扫四旧扫得断壁残垣。改革开放后，聂市一切历史都只属于陈旧而不属于文化。很多古街遭遇抛弃或全盘毁灭重建时，聂市古街有着同样的命运，幸运中万幸的是，它诞生了一个新兄弟。虽然相隔了几百上千年，但新老街这样平行着相安无事。古，流于居住、游览、怀想；新，喧于商业、更新。这是我首次在很多古镇中看到这种规划，体现了聂市人的文化意识与眼界，新旧并肩而行。

聂市古镇古运输河

雨停，走过小巷，见废弃的聂市河边码头还在，没有了当年黑茶运输的高峰，只有居民担水、洗涤，充满了生活趣味的画面。眼中小小精巧的码头，我一直无法与书中记载的现象拼到一起。聂市巷中间醒目的是一个贞节牌坊。黑石，厚重，千斤鼎般透着一种力量，一种压抑，结满青苔厚重在风雨中伫立不倒。

走过千年，聂市古镇经历过无数的劫难。在日军入侵一把火烧掉了半条街400多栋房屋，后来遇特大暴雨，老街又浸入洪水中，冲垮半数以上房屋。它能在风雨中走到了今天，成了岳阳最后留存的文化古镇，得力于它沉默在大山深处，深处好躲事。

聂市镇党委书记、岳阳市人大代表张韧告诉我，他已经几次提案关于历史文化古镇保护性建议。他说，聂市古镇走来不易，保存至今更不易，所以，未来的命运，不是在民众手中，而是在一级政府手中。聂市镇的影响不只是一条古商业街的吸引，更多是与茶马古道，与茶文化的交融，还有地域产业楠竹的有机结合。怎样保护、完善、开发，将一个古镇以点扩大旅游产业，达到文化的传扬，是他们一直致力的工作。聂市，除留下了建筑形成的古镇硬件，还有一代留下的文化软实力。

据记载，聂市茶业，源远流长。北宋《岳阳风土记》载："龙窖山，晚清称药菇山，距聂市镇不到十公里，聂市镇周边山峦即其余脉都是茶树。"临湘市文化局原副局长汪桂松曾专程与何培金老先生两进龙窖山，作实地考察。所见真是"七十二峰多种茶，山山枥比万千家。"山民种茶做茶的小木屋密集排列。茶成了龙窖山的主题。

早在唐末五代，聂市输出的"湖茶"就已名扬于茶市，并作贡茶随文成公主走到了藏区销往了吐蕃。宋、元、明三代，官府实行"茶马政策"，以两湖茶与蒙古人进行茶马交流。清咸丰年间，临湘茶叶贸易量上升，有茶庄40余家，其中聂市、白荆桥28家。清康熙年间，聂市砖茶制作茶行开始盛行。1949年后，聂市茶业一落千丈，古镇也随之衰败沉没。改革开放后，随着茶市的兴盛，聂市镇再次兴办了青砖茶厂，恢复了传统商品生产。祖传的主业终于得已继承发扬光大。现留存下来的茶歌还有几十首，细致描绘了当时采茶、茶乡、茶户、茶栈、茶庄、茶坊的景象。

既有茶又有铺，就应有茶马古道，既然叫古道，沉没在现代的快速飞行后，聂市茶马古道永远在过去的历史里辉煌。当年聂市晋商在此办厂的很多，以制作砖茶销往游牧民族的西北边区及蒙古、俄罗斯等。聂市茶凭借聂市河运的便利，多用船载。由老街方志盛、方志昌、土地巷、康公庙、大桥等11个码头下到聂市河，经黄盖湖入长江，再经汉水至樊城老河口上岸。在樊城上岸转陆运。万匹骆驼和车辆，逶迤五六千里，穿河南至山西大同，然后分两路分销。再北运至外蒙古，西路运至新疆乌鲁木齐等地，形成了当年盛极一时的茶马古道。

茶是好物，自是雅致，就讲究礼数。这里就是一个讲究礼数的地方，也是讲究热闹排场的地方。过年，"初一子，初二郎，初三初四女拜娘"。初三"送年"后，开始了热闹非凡的各色闹春活动。从大年初二到正月十五，越闹越开心。多艺者为头，玩龙舞狮、玩竹马、唱戏、耍采船、打地鼓。居民分上下街组织，一趟接一趟到镇上贺新春。狭长而光滑的青石板人头攒动、水泄不通。抬故事、出天心、赛亮、打地花鼓、玩龙、舞狮、划龙船、打击乐《十样锦》、山歌、茶歌、夜歌等。当地曾经独特的风土人情，共同编织出近千年历史的聂家市文化的古朴风韵。而让人遗憾的是，随着现代生活的侵入，年轻一代参与者越来越少，如今的闹春便只是过去传统民俗的余韵，没有了浓度。

聂市除了茶的不可缺，还有一样东西伴随接驾市到聂家市，最后到聂市逢年过节，红白喜事都不可少的，那就是"十样锦"。据《临湘市志》所载，三国接驾孙权的盛况产生了聂市的地名，也萌芽了"十样锦"。后经不断改良，提升了"十样锦"的音乐特色。到明朝时期，因为"十样锦"用于每年新正期间迎神请驾奏乐，于是"十样锦"再次融入了边走边奏的"行进乐"。"十样锦"中，锣、鼓、钹、钲之属齐声振响，乐章的体式也形成了三部曲结构，即第一部的接驾（迎神出庙），第二部的进城（巡游布福），第三部的驻跸（保境安民）。如今，聂市"十样锦"得到大家的重视，培养了一批新一代传承人，正式列入临湘市非物质文化遗产保护项目。

聂市，作为当年名震一方的商贸重镇，后来全国出名的黑茶交易集镇，其人，其事，其物，远远不是这三言两语可概论的。这一切，留待后人，留待聂市人去慢慢发掘、发扬。

张岳龄故居：

百年建筑今犹在　雕龙石狮容已改

一个地方出名有很多因素，但如果出一个名人，那就不可抗拒地让一个村再深的山也藏不住。

平江翁江镇，我就是因张岳龄这个名人而识得。张岳龄故居百年在山村田野间坚持，就更有了经传的理由。久闻其名，2012 年终于有缘前往。从岳阳出发至平江，高速在通平江处下，沿着水泥道前行。"张岳龄故居"的蓝色指路牌就那么高高悬在树枝上。一条光亮鲜活的水泥路抛下弯弯问号，引导我们拐下平伍公路，左转沿山道而上。山山重叠，曲曲弯弯，一路风景独好。半小时后，下坡，一条小溪泉水奔流，远处，一栋青灰色的古建筑镶嵌在碧绿中。前面田野葱郁，背枕茂盛大山，实乃历代文人雅士梦想之所。随行的岳阳市作协副主席潘刚强指着那栋灰白的古建筑，非常自豪地告诉我们："这里便是清朝著名学士张岳龄的故居。"

史料记载：张岳龄（1818—1885），字子衡，一字南瞻，晚年自号铁瓶道人。他生于书香门第，其父张瓒昭，道光年间举人，著述颇丰。

提起张岳龄或许会感到陌生，不像李元度那样大家都很熟悉。其实张岳龄和李元度都是晚晴时代的两位才子，一同成名在镇压太平天国运动中。两人都能文善武，也同为平江的文化教育、历史文物保护做出了杰出贡献。

张岳龄幼承家学，从长沙城南书院肄业，本是科举博取功名的好料子。咸丰二年（1852），太平军的冲击撼动清朝，时势造英雄，张岳龄与左宗棠一起，响应曾国藩在平江、浏阳招募团勇组建的湘军，就此踏上仕途。

他当过知县，署赣南兵备道，左宗棠驻督陕甘，特荐他担任甘肃按察使，曾因功赐号策勇巴图鲁，后来又授从一品的荣禄大夫。功名利禄似乎都有了，于张岳龄来说有多少特别意义？在后来的行为中，佐证了他的困惑。光绪三年（1877），张岳龄到60岁，果断从福建按察使任上借病告老还乡。告老还乡到平江山水中的张岳龄如鱼得水自由自在，自号铁瓶道人，组建诗社，成天与一班文人奔走乡野，吟诗作联。好好享受了一地风花雪月的风流与不羁。自从，他非常关注文化与公益事业，给故乡保留下了许多珍贵的文化遗存。别的不说，知道平江天岳书院吧，知道平江杜甫墓吧，这两处国家级文物保护单位，都是这位退居二线的荣禄大夫张岳龄执行策划兼主力所赞助而得以建成，真正为平江留下了宝贵的文化遗产。其间，他还对分布在平江山里很多大大小小的庙宇亭阁捐建无数。

凝视故居，深觉奇怪，张岳龄官居高位，却名沉深山，低调隐身。这样大张旗鼓荫护一方民众，关注文化、民生、公益事业，做到风生水起，又似乎不低调，也不是真心隐者的风范。这就破解了他放弃官场的个人，投入民间大众利益的转变，才是真心的大彻大悟。

这样的人，人们不能忘了他，历史远去，功名永在。

张家名门望族的荣耀与张岳龄英名像雾一样隐没于杨梅江畔的小山村。村前山虽不高，有个大气的名字——英集岭。张岳龄故居百年来，背靠青山，前景开阔，看上去像一座易守难攻的兵营。如今站在那里硝烟尽散，安宁平静的小山村里，跑马练兵的大操坪开满紫云英，溪水边水蓼丛生，山风吹过，绿浪翻涌。

在故居，张岳龄早已远走。但他在平江县瓮江镇英集村的故居，百多年后，却越来越受到大家的关注。前几年，经鉴定被定为省级文物保护单位。我被山峰洗涤，我万分欣喜，以为真保护了，待再去，已危在旦夕。

这栋古建筑，于辛未年落成，距今已有 150 多年了，外看，风韵犹存。据现住在张岳龄故居的张氏第 5 代人张灿星先生介绍，原来建筑面积有 4 亩多，现在 3 亩不到，现存的房子还有 40 多间。面对残痕败壁，让人沉重，对它的保护有些迟了。门前两边石刻的守狮没有基座，据说是被抬去修了水库。圆鼓的眼珠被砸得只剩半只，雕屏格窗很多不翼而飞，楼板毁损殆尽。经过无数战争，无数烽烟，再因百年风雨，长久失修，这座恢宏而有其特别风格的清朝建筑，只剩下一个衰老的躯壳，不得不令人遗憾与叹息。门首"平江县文物保护单位"青石碑，上书 1987 年嵌入，它的潦草与简陋令人惊讶。墙壁两个普通的小镜框，简单的说明文字，一个写着张岳龄的简介，一个写着故居的简介，简介实在太简单，连张岳龄画像都没有，实难证明其文物价值。好在藏书楼"味蓼书屋"匾额，为曾国藩手书，一声"子衡仁弟"，足可证明老主人的身份，也可证明其故居的不同凡响。

屋里屋外墙上，巨大的粉刷字，历次政治运动留在墙壁上的标语口号，还记载着政治痕迹，一条条标语虽陈旧斑落，但字迹清晰。与当年题匾一样，如今也算是珍贵的历史印迹。文化内涵始终一脉相承，只不过它记载的是另一段历史。既然是子衡仁弟属书，"味蓼"的书屋名号，很多人推测应该是岳龄先贤自拟。"未堪家多难，予又集于蓼。"《诗经》句中辛辣苦涩的大意，依然以先忧后乐的精神传承后世。

从正门进去，张岳龄故居光一个横厅便有 80 多平方米。堂中，两边各有天井一个。横厅西边的厢房因为有后代长孙张曙光住着，相当爱惜，保存相对好很多。东边一部分，分给了另外的村民。村民长期在外，处于无人居住状态，相当破旧。我站了一会儿，太阳出来，从三角形的顶层一束光落下来，落在长满碧绿青苔的天井，黛蓝色的雾霭，让雕花隔门有了一些动感，恍惚隔世。

我这样失神站了一会儿，张曙光引领我从堂厅往西走。穿过庭院，杂草丛生，抬头门庭处曾国藩题写的"味蓼书屋"，木板字迹清晰，但材质经岁月后有些斑驳。待后来，我 2017 年去时，张岳龄的后代已搬走，故居因无人居住，拆的拆，倒的倒，已完全不成样子了。当然，那块挂了 150 年的"味蓼书屋"题匾也不知去向。

　　拾木梯而上，一路吱吱呀呀，一路谨慎脚步，不敢用力。到达藏书楼，存年的灰尘已掩盖了曾经所有的画面。腐朽的木板更承载不了张岳龄百年留下的殷实。踱到凉台，低头，一泓绿水正在楼下。站在藏书阁的栏前，可望见其池水清澈，只可惜，藏书阁的扶栏破损不堪，不胜其岁月侵蚀，腐败断裂多处，不敢近处而望。就体验不到当年张岳龄坐拥万卷书屋，窗下池水荡羡的惬意。藏书楼下，池塘四周，有房绕成"U"字形，池塘便包在房屋中间。下楼梯、绕到后门，沿青石板铺的小道往山边走。山脚有一口小井，成"刀"字形，与山的弧度自然形成，泉水明净，山形倒映，供当年的生活用水。张的后代介绍，以前井边还有很多房子，已倒塌，现在成了菜园。

　　异常珍贵的是，青砖、青石板、雕梁、天井整个故居格局一直没变，也没经过任何改动，都是当年的原型与原材料，尽管留下来不到原来的三分之一，还算是保存较好的一处上百年建筑。

　　原貌无法复原。据载，故居落成当年，张岳龄著有《英集里宅第记》，光绪三年秋九月岳龄记。其中记载着，正厅有左宗棠题："慎思堂"；左宅胡文忠题："抗心希古之室"；右宅刘达善题："检书看剑之室"；西屋曾国藩题："味蓼书屋"；后花园左宗棠篆曰："澹圃"，楹联由张岳龄撰、左宗棠篆："一方坐对流杯处，百战归来种菜时。"

张岳龄故居

　　一栋深山老屋，集当年所有大家名家的题字，我虽寥寥几笔记载，但囊尽万般气势。只是现在走在这里，一切都不见踪影，唯"味蓼书屋"几个字，在上圆下方的西屋门厅墙上，还能认出当年的手迹。岁月无情，不只是人的故去事的遗忘，更有物的遗弃。让人匪夷所思的是失踪多年的左宗棠的"澹圃"题匾，前几年却出现在中央台来湖南的鉴宝现场，再出来，它不再只是以前的身份，还有了文物的身价。

五六十年代，作为张岳龄第四代传人的张运安，在鱼江教书的他，一直居住在古宅。但土改时，全家迁出，故居就归政府所有了。当时，故居的一部分办了"和平小学"，还有一部分作大队支部办公用。

到1978年时学校与大队部因另建新址搬走。张家后代并没有获准住进来。并且有一部分分给了别的村民。时间到了改革开放，全面落实政策，直到张岳龄的第五代张曙光、张灿星才得以重进祖宅。

据统计，张岳龄后裔六代现约100来人，分布在平江、长沙和重庆。其孙辈创下三兄弟都在长沙当厅长的传奇。不同的见识，不同的学识，不同的眼光，不同的格局，张家后代远走发展较多。故居之地的英集村1500多村民，80多户人家，姓张的人已不多了。数字之大可以想象其村之大，却难见人影，这是改革开放后中国的特色。绕山而行，寻觅汨水之源，一路总在不经意间，看到几栋房子静立在山林中。坡上村民，摘着茶叶，剥着竹笋，一片安然。张岳龄本不是这里出生的，老家乃县城，当年行走于平江各处的他，以其慧眼识得宝地，安居于此，行于诗文，过了几年陶渊明的生活，可见其眼光与胸襟。

尽管这个故宅落于深山老林，但还是有慕名前来者。有一群长沙口音的游人，他们一边穿行残垣断壁，一边议论叹息。面对这些，作为后代的张灿星，一直以来特别期待省级文物保护单位挂牌，文物价值期待开发。期望这座故居能得以维修，永远传下去，而不是让它毁于一旦。可惜2019年我再去时，所见已面目全非，房屋里东西荡然无存，墙体也坍塌得没有多少了。

张岳龄故居，作为平江旅游开发资源，其旅游价值是不可估量的，更应以新的精神面貌迎接每一位客人的来访，让人识得其庐山真面目。

走访张岳龄故居，就不得不访平江英集岭驿站。

这里曾经是平江县城通往省城的必经之官道，处于崇山峻岭中的英集亭驿站，是100多年前张岳龄修建供路人休息的。

寻找它很是费了一番力气，因环城公路修通，这条山道慢慢荒废。进山的路已被杂枝掩藏。除了偶尔伐薪烧炭的打扰，英集岭长久地寂静，枯叶铺地，落英满径，蓬勃的春意在山野任意滋长。如果不是张岳龄留下石板蹬道，树深茅乱我们将寸步难行，很难踏入盘山小径。沿着层层青石板登上去，路边的映山红正开得灿烂，行走于山林间，上一步，被积厚的落叶滑下来几步。真找到了寻古探幽的感觉。爬出一背微汗，终是望见凉亭当路而立。滑滑溜溜踩着樟树积叶爬上最后数十步陡坡，气喘吁吁正该歇脚的时候亭就到了。此亭修得合地合理。

张岳龄故居英集岭驿站

抬头，"英集亭"三个雕刻在青石板上的字在太阳下反着光。

英集亭，从两头圆拱门上的石匾斑驳字迹可知，它于咸丰四年（1854）由张岳龄捐建，光绪十年（1884）重修。亭内长条歇凳已成朽木，墙倒屋裂尽现倾圮败象。黄蜂趁势往横梁钻洞筑巢，地上光鲜的碎木屑堆，如同工匠拉锯所为，很难相信竟是虫蚁的杰作。亭内还有永远让虫和风雨无可奈何之物，就是8块石碑。现已属珍贵文物，因山高路险物重，不需任何保护地露天。

进入英集亭最大的收获是石碑。凉亭仅存的三面墙体，嵌镶有大小碑刻8

块，尽管有好事者恣意挥洒"到此一游"的豪情，碑文依稀可辨，如一部册页，刻录从咸丰到光绪年间屡次重修的善举。有一块特别的碑刻，录的是咸丰元年（1851）平江知县所立的奉示永禁碑，细心便会找到张岳龄的名字。碑文前段刻着事情起因，后刻十条处罚规定，结尾是："咸丰元年四月十八日告示，英集岭晓喻，毋损。"

事因是英集岭、陈家坊、凌苏洞、画眉岭等处地方，经常有不法之徒勾结贼匪为害闾阎，民不聊生。张岳龄与几位乡绅向县府请求立碑示禁。张岳龄的身份是"廪生"，廪生是清代科举制度中生员名目之一，应考的童生经岁、科两试一等前列者，州学或县学按月发给银米补贴生活。说明其时张岳龄还没有出山，由此推算应当是他参与地方公益最早的记载。

绕过英集岭驿亭，山脊古蹬道旁，有一株合抱的古松，亭亭冠盖如青翠的孤峰耸立很吸引人眼球。松树虽不是张岳龄手植，却是他当年花钱买下来，让它留着，替行人遮阳避雨。一两百年风雨霜雪，老树成精，留下雷击烧黑的伤痕，依然坚挺繁茂，继续庇护着过往行人。蹬道、凉亭，还有"岳龄松"，应当属于故居的重要组成，但遗憾的是，没能纳入文物保护范围。

凉亭虽小，并且随着岁月，功能远去，但曾经过往漫长的步行岁月里，此亭不知荫护过多少在陡峭山路，上七里、下八里，行于官道的茶马、推车与行路劳累之人。功过几世，功就几代。张岳龄捐资修建蹬道建此凉亭，其功德永留天地间。

曾经的小山道，现在已是硬化公路，英集村的老百姓看到了新农村建设的巨大变化，张氏后代却看不到这座故居的希望。走过 150 年的坚强，这短短几年时间，便破败得已不成屋了。

站在老屋里无处不在显示有关张岳龄的记忆，建筑以特殊的方法永远记录了当年的历史，并将起着传承的重任，平江当重视。

向家镇：一栋百年砖屋的史诗

自古通城之要，必是商贸之地。平江向家镇，历史渊源深厚，从古至今就一直是岳阳至长沙的必经要道，也是曾经的商贸重镇。

向家镇最早叫向家巷，一个"巷"字画面逼仄，可千位朴实居民，千米青石板，承载了9省12县的商人与商铺。山清水秀，交通便利，商贸发达。更承载了烈士杨开慧的外婆家那栋曾诞生过无数英烈壮士的砖屋。这栋由48间房构成的古屋，隐藏在深山处，历经140多年，于2011年被列入湖南省重点文物保护单位。向杨两家、向家镇与板仓的传奇，老屋如一部史诗留存记载着曾经的过往。

向家镇，我与市政协一行人前往时，看到的已是一个新兴现代小镇，那条传说中青石板巷在拆旧建新中痕迹无存。

作为历史上的商贸重地，它不是浪得虚名。忆起古街，从一个点扩大，以星火燃起，与所有古巷经历区别不大。起家只在三个铁匠的营生，不够气势，不久，棉花、布匹生意迅速繁盛。后专营行都是一条整街。最著名的有木材一条街、冰冻板油一条街等。说起来让人惊叹，光冰冻板油，一天可销100多吨。1985年，改革开放后，更是整个岳阳乡镇第一个设立家用电器商铺的。优美的环境，优越的地理，优质的商业，吸引了无数外地商人。他们来到向家镇后，祖祖辈辈留在了这里。有容乃大，纳古吐新，尽管是一个山村小镇，外来人口却占了三分之一。多处生活人情世俗的融合，完成超越了山村原来固有的概念。

现在看到的景象显示，向家镇商场交易已进入现代楼式，一切现代到似乎过去都不曾来过。住下来，你会惊异地发现，很多东西，是人骨子的习俗，不需要明显摆放。例如千年来的赶集交易习俗的保留。每逢赶集也是向家镇商贸集市的亮点。来自四面八方的商人与村民带着自家商品或自家产的特产，野味、腊制品、花卉、野菜、野果、野菇等，注满整条街的热闹氛围。都相互问好，谈定生意不在交易多少，更在意来与不来，集市是要的。

2012年，时任向家镇党委书记潘闪闪介绍，现在的向家镇，载着厚重的历史，更具有前卫的开拓精神，早将古与今、文化与商业结合在一起，诞生了一个新型繁华现代小镇。镇里率先实现城乡一体化建设，将文明程度无差距、经济收入无差距、生活水平无差距、文化建设无差距作为未来发展目标，达到"天下潇湘向家镇，美丽新村后花园"。

自古好山好水出佳人。

向钧故居

据说向家镇曾出过无数名人，高到皇后，武到将军，文到笑笑生，书到岳麓书院主讲、著名的出版家钟叔何，这些都是无限记忆。而更让向家镇人引为自豪的是那栋一直保存完好，实实在在存在于眼前的古屋，杨开慧外婆家，即烈士向钧的故居。

沿公路溯溪而上，青山绿水，宁静雅致。我们离背靠高山，前绕碧水的石陂村还很远，便看到一座恢宏大气的青砖老屋，安然在阳光下。一行陌生人的到来，并没有惊动它半分，淡然迎来送往。一百多年沧桑风雨，曾经经历过太多的来来去去，还有什么能让它喜形于色？踏着干净的青石而上，迎面扑来的是古朴典雅的气息，使人感受到一种厚重的肃穆氛围。一百多年来，就是从这里走出了众多的民族精英，我站在这纯粹的湘居土屋建筑前，肃然。这栋外面看起来普通的乡间平房，进入堂屋，才知内藏乾坤仿如走进了一座博大精深的历史博物馆。一间间房子，陈列着曾居住人的详细资料，其屋、其人、其事无不让人起敬。在 48 间造型各异的房间浏览，迷宫般不知身在何处。它虽历经百余年，经几代人的扩建修缮，后来的保存风韵犹存。穿梭，我们一行各自绕来绕去，只闻其声，不见其人，跌入不同时期。

墙上的史料记载，砖屋最初是向家二十四世祖，乾隆六十年（1795）中进士，曾任嘉庆帝师，著有《鲁斋制艺》《爱古堂全集》的向曾贤，1872 年购地 1580 平方米建的"福来庄"。

建成后当地人习惯称它"砖屋"。向家为何不选择在向家镇正巷而是选择在石陂村安居教子，我们无从寻究，大有一隐到底的况味。像满世界古建筑一样，里面总存在各种谜团。站在屋外，放眼一望，砖屋坐落在层峦叠嶂之中，在满山翠绿和蓝天白云的映衬下，显得格外庄重、典雅，依山傍水，谜底尽释。作为当时蜚声全国的诗词和教育界的学者，向曾贤选择此地，隐于山水间，似乎只是致力于宋明理学，笃守程朱之道，用他的才华横溢著就《爱古堂文稿》。

向曾贤不但学富五车，其家风甚严，他的遗训："忠厚传家久，诗书继世长"，对他的弟子及后裔影响很大。成就了儿子，孙子、曾孙也都代代辈出。

到了二十七世祖寿吾（杨开慧的外祖父）时，寿吾公终身不入官场，坚持以教育济世。在家乡设馆授徒，开启民智。在闭塞的环境里，以开明的胸襟资助女婿杨昌济出国留学。杨昌济学成归来，不但接任岳父的教育事业，更承载岳父之德，不负期望，培养出毛泽东、杨开慧、杨开明、向钧等人。从而让向、杨两家英才辈出，开启了中国历史大篇。

说到砖屋，不得不提到一位伟大的女性。寿吾公次女向振熙（1870—1962），也就是杨昌济的夫人、杨开慧的母亲。她幼时在砖屋上私塾，后在隐储学校毕业。作为一个旧时代的女性，与杨昌济结婚，丈夫出国留学一走 10

年，她抚养儿女，毫无怨言，等待丈夫归来。后女儿杨开慧长大与女婿毛泽东从事革命活动，她也全力支持。1927年大革命失败，毛泽东上井冈山，杨开慧以板仓为基地，组织长沙、平江、湘阴等县边界的革命斗争。她以向家砖屋为开慧提供了最好、最安全的活动地点。

向钧墓

当然砖屋还走出了著名烈士向钧。

向钧当时通过杨开慧认识了毛泽东，读到毛泽东的许多文章，受到革命的影响，决定跟随，1923年春加入中国共产党。向均以满腔热血，曾参与领导长沙学生和革命群众开展反帝斗争，声援上海五卅运动，掀起衡山农民运动的高潮，对全省农民运动的发展影响很大。革命是残酷的，1927年冬天，叛徒告密，向均被敌人逮捕惨遭杀害，年仅22岁。短短时间从这里走出去，又回到了这里。向钧烈士的陵墓在屋后竹林松柏间守着这方水土。

我静静穿过砖屋所有房间，那一幅幅历史照片，记载了曾经的一切。历史沉默，已然发生。

站在屋前池塘边，阳光满目，倒影重叠。影出砖屋非凡的经历，影出无数英烈走过的足迹，影出向家镇未来的重任。

文昌阁： 云气蒸云梦　文光射斗牛

金鹗山，岳阳城中一座不大却道不尽故事的公园。

公园正门分东、南、北，四通八达，人们似乎一直认可东门乃正门地位，这主要是因文昌阁之故。

当一轮晨曦直照文昌阁，金鹗山就从这一刻醒来，岳阳的一天就从这里开始。文昌阁，不再只是金鹗公园最大的景点，而且已经成为岳阳城内一个地标性的建筑。它依山而立，迎日而傲，一览城池，如一高僧，笑纳天下事，如一长者，宽厚人间态，如一诗人，洒脱临风吟。每个登山之人，每天无不是踏着109步依山铺就的厚重青条石阶梯，层层叠叠，仰望着高耸云霄流金溢彩的文昌阁而步步高升。直到进入阁内，一阵凉风袭来，绕梯转上三楼，"孔子"静静等待你的到来，突有茅塞顿开之感。踱至长廊，迎着初生曙光，绕阁一圈，整个岳阳城尽收眼底，生出"扩我胸怀，壮我胆魄"之气势。天时、地利、人和，这座重建于1995年的年轻楼阁，背负深远的历史，如今它以其独一无二的雄姿，增添了岳阳人自古就已经形成的文化自豪感。

重访文昌阁，刚到三楼，遇一中年男子带着一个十几岁的学生在游览。从两人的交谈中，略知一二，原来是小孩即将中考，父亲领着他前来拜谒孔子。尊师也好，祈高中也罢，心中的寄愿是读书。没想到，文昌阁在市民心中，还有如此的意义。

说起来，现在的文昌阁重建不久。追根溯源，史料记载，"文昌"文化的起源本出自楚文化之中。"文昌"即指"文运昌盛"的意思。到了元仁宗延祐三年（1316），皇帝敕封晋蜀将张亚子为"辅元开化文昌司禄宏仁帝君"，后被历朝历代帝王和民间尊奉为"文昌帝君"，成了北斗七星之左"文曲星"的化身。在那"万般皆下品，唯有读书高"的封建时代，文昌帝君成了所有人的希望之神。不仅民间祭祀文昌帝君，到了明洪武年间，皇帝还正式以"御旨"的形式规定京城及各州府地必须尊奉祭祀文昌帝君。

皇帝的命令哪敢不从，百姓要拜哪能不建？巴陵郡都在小也不怕找不到地方。据传，洪武初，巴陵知县郎子文在城南梅溪桥东南一处突兀的山岭上（旧时称"学道岭"，后改称"学坡街"）建了一座文昌祠。清初，文昌祠经历战争兵燹，遭到毁灭性的破坏，城内再无祭祀文昌帝君的场所。建筑不在，但人们心中的文昌帝君一直在。乾隆十四年（1749），岳州府通判李寿瀚捐献自己的俸禄，以有限的资金在金鹗山东麓山顶之上修建了一座很小的"文昌亭"，以延续原来城南文昌祠的香火。

光绪十三年（1887），巴陵知府刘华邦在金鹗山创建书院时，顺便将残破的文昌亭建成了两层阁楼式建筑，与书院相呼应。金鹗山文化从那刻开始浓墨弥漫开来。每到"乡试"期间，即八月初一到九月初十，大殿内必添设大灯一盏，通宵明亮。知府亲率金鹗书院及州府学宫的所有学员及本县生员来文昌阁虔诚膜拜，以祈求文昌帝君的庇佑。凡取得功名的廪生、秀才、举人，皆在知府、知县的带领下恭拜文昌帝君。每年二月初三是文昌帝君的诞辰之日，知府和县衙还会经常组织当地文人学士在此吟诗作文，举行"文昌会"。

云气蒸云梦，文光射斗牛。整个岳阳城的翰墨之香，因老区的文庙、新区的金鹗山的文昌阁和金鹗书院的熏染越来越浓郁。

再珍贵的东西都难经岁月的侵蚀，随着时代的变迁和朝代的更迭，历史的演变和战争的洗礼，文昌阁久经磨砺，最后崩塌到荡然无存。一种建筑的来来去去，是无数朝代时局与格局的标志。消失的是建筑，留下的文化底蕴与重要身份沉淀隐含于此，只待时日。

时间到了1995年，文昌阁终于迎来了它的重生。岳阳市政府专项拨款240余万元，在原址上重建了这座高24米，建筑面积达1040平方米的新文昌阁。为使它再现宋代文运时期的繁华，烘托出北宋时期滕子京修造岳阳楼的文化氛围，均采用了宋代的建设风格，与岳阳文庙的大成殿及岳阳楼形成了南北呼应。

现在，我们看到的文昌阁，其内部的门窗雕刻工艺精细，屋内楼顶的彩画按照宋代"营造法式彩画"样式，以蓝绿红三色为主。"其色之深浅，则用退晕之法"，极富变化。廊柱之间错落有致，三层房檐曲直相合，伸展自如。在楼阁周边山坡之间，大树环绕，生机盎然。夜幕之下，彩色的霓虹灯将文昌阁勾勒得美轮美奂，熠熠生辉，使整个建筑显得更加庄严宏伟，古朴典雅。

有一位老者说过一段精辟的话："一个古老的城市在恢复古建筑上，如果没有失掉自己的艺术特性，那么，必能唤起人们沉睡已久的纯净心灵，必能达熔万化于一炉，纳众妙于一门，诚宇宙空前绝后之大文章。"中国著名建筑大师梁思成先生曾说过："在城市街心如能保存古老堂皇的楼宇，夹道的树荫，衙署的前庭，或优美的牌坊，比较用洋灰建造卑小简陋的外国式喷水池或纪念碑实在合乎中国的身份，壮美得多。"再造文昌阁风格贯古今。文昌阁的重建，正是岳阳经济腾飞的时期展现给人们的最佳珍品，也是岳阳文化中兴时期的代表作。

如今，文昌阁安然矗立在金鹗山东侧之巅，处在繁华的南湖大道旁。古老的建筑造型融合在现代城市之中，显得十分祥和。他像一位巨人，北携火车站，南接邕湖水，给岳阳城增添了无限的情趣，足以显示出岳阳的文化身份。

自20世纪90年代中期文昌阁重建后，就一直成了岳阳人及全国各地游客瞻仰留恋的风景胜地。虽说目前全国不少城市都保留和修葺了自己的"文昌阁"，并成为当地人的精神支撑。但，岳阳的文昌阁自古至今却独占地理优势，形成了独特的风景与气魄，虽远离岳阳楼与文庙，但它居高而驻，与其遥相呼应，形成了岳阳三个文化重大板块，无限地彰显出北宋时代的特征和湖湘文化的精髓。这些，无论是在古老的巴陵城，还是在今天的岳阳市，都是如此地相生相契，源远流长。这不可多得的画卷，别人无法模仿，也无法抄袭，更不可替代。

今天，当我们站在文昌阁楼顶，北眺岳阳楼，怀古；西望洞庭湖，气壮山河；东望新城区，巨龙腾飞；南接母亲湖，景色如画。王安石那"不畏浮云遮望眼，只缘身在最高层"的意境让你油然而生出万丈豪情。星照文昌阁春妆金鹗园，此时，你一定能感受到这座城市涌动着的勃勃生机，也能感悟出这片土地上厚重的历史承载。

转眼，文昌阁已建了快二十年了。二十年来，它一直以开放的方式接纳如织的游人，保护完好，其中也离不开金鹗山管理人员的精心维护与修缮。

从1997年到现在，文昌阁从内部修缮，外部建筑结构的维护，到2013年的外基地面的重新铺设，每隔几年，就会有一次大的维护。2017年，政府再拆屋巨资修葺，力保其弥久存新。大石板铺成的地面，廊厅阁楼的造型，绿树遮蔽的阴凉，现在的文昌阁，不但楼里有乾坤，楼外走廊也成了中老年练太极，吹、拉、弹、唱的舞台。

我无数次走进文昌阁，但此次意外地遇到一群外地游客，无数次的举目徘徊后，他们终于问出心中些许的困惑和遗憾。

走进一楼的大厅，由王自成老师撰、高树槐老先生书写的《文昌阁记》，巨大雕屏增添了文昌阁的气势和韵味，给人以震撼。登上楼阁的第二层，空荡荡的大厅，墙上有一幅国画。厅里不同的地方摆放了几张"太师椅"。登至三楼，"神龛"里端坐的塑像却是"素王"孔子，"神龛"的上方张挂的牌匾为"孔子先师像"，而不是按照正规的称谓为"大成至圣先师"。

他们问，自古以来，凡有文昌阁的建筑内，祭祀的应该是"文昌帝君"，自皇城至乡间别无他例。人们按照"北孔子南文昌"的格局来为城市或地区祈祷文化的兴旺。岳阳自古至今都是依据"北孔南文"的格局建筑而成。形成了北有文庙、南建文昌阁的文化格局与定位。有位老者参观完后激动地说："尊重历史，就是恢复古代建筑的基本原则。文昌阁保持了建筑风格却没有给它正其名，归其位，就没有真正达到二者合一的境界。"

文化兴市，旅游旺市，岳阳这两块招牌，金鹗山独占头魁，集文化与风景为一体。随着时间的推移，文昌阁已盛装着岳阳人无限的精神情怀和对文化的膜拜。在金鹗山这片风水宝地上，文昌阁和金鹗孔子书院应重新以本意的形象，昭示出岳阳文化的风采，发挥真作用。真正正确引导后代在它们的熏陶下将湖湘文化一代一代发扬光大，传承下去。

张谷英村： 500年两千人是一家

张谷英村，一个普通带点神秘而又特殊的民间村落。

张谷英村离岳阳城区不离不近，在渭洞笔架山和龙形山之下，为中国保存最为完整的江南民居古建筑群落。

村落的命名，就是以其始迁祖张谷英命名沿袭，至今已存在了500多年。2001年6月25日被公布为全国重点文物保护单位，2003年被评为中国历史文化名村。有"天下第一村""民间故宫"之称。

相传明代洪武年间，江西人张谷英沿幕阜山脉西行至渭洞，见这里层山环绕，形成一块盆地，自然环境优美，顿生在此定居的念头。张谷英是位风水先生，他经过细致勘测后，选择了这块宅地便大兴土木，繁衍生息，张谷英村由此而得名。

几百年过去，张谷英村几经沧桑，现在虽然不断在改建，但基本上保留了原状。比较完整的门庭有"上新层""当大门""潘家冲"三栋，规格不等而又相连的每栋门庭都由过厅、会面堂层、祖宗堂屋、后厅等"四进"及其与厢房、耳房等形成的三个天井组成。顺着屋脊望去，张谷英村整个建筑就变成了无数个"井"字。厅堂里廊栉比，天井棋布，工整严谨，青砖花岗岩为辅。从高处眺望，四面青山围绕着一片屋宇，渭溪河迂回曲折穿村而过，河上大小石桥47座，形成"溪自阶下淌，门朝水中开"的格局。傍溪而铺的是一条长廊，廊里铺有一条青石板路，沿途通达各门各户，连接每一条巷口，巷道纵横交错，通达每个厅堂共有60条，最长的巷道有153米，居民们在此起居可以"天晴不曝晒，雨雪不湿鞋"。

张谷英村除风水及建筑外，最让人不可思议的是，几百年来，两千多人组成一个大家，一直族居在这座迷宫似的古屋里，谨守着先祖"识时务、顺天然、重教育、兴礼义"的遗训，日出而作，日落而息。繁衍生息几百年，世传不衰。

上海同济大学王绍周教授说，张谷英村可以作为汉民族聚族而居的代表，它集中国传统文化、平民意识、建筑艺术、审美情趣之精华于一体，在中国乃至世界建筑史上都有重大价值。考古专家认为，张谷英村建筑规模之大，建筑风格之奇，建筑艺术之美，堪称"天下第一村"。

穿过青砖大操坪至当大门，"耕读继世，孝友传家"，张氏家族传家之根本就静静地悬挂于大门两侧，时时警示着张氏族人不忘根本。这个根本，就真的是小家串小家，形成一个家500年未变。现在还保留有1700多座明清建筑，皆由巷道相连。慢行于古朴的屋场内，就像在做一场关于古村关于时光的旧梦。

张谷英村落

张谷英是一个规模庞大、气势恢宏、独具建筑风格的连体大宅院。绵延两里之遥。总建筑面积达5.1万多平方米，至今保存完好的有4万多平方米。现有大小房屋1732间，堂屋237个，天井206个，巷道64条，石桥58座。"溪每阶下流，门朝水中开。"从村前穿行到村后，渭溪环绕全村。溪边建有一条长长的走廊，靠溪设有长椅，村民劳动之余可凭栏而坐，谈古论今，纳凉休息，观赏安详、静谧的田园风光。"山绕一环穿四坳，水流百岁过三桥。"

各片房屋都有一条纵向主轴线，一般由3至4进房屋组成，多的可达5进。纵轴两边并列伸出3至4道垂直于纵轴的横向分支，每一分支又由3至4进堂屋组成。各进堂屋之间由天井和屏门隔开。若干个由堂屋、天井及厢房组成的方形居住单元布置在同一轴线上便形成单元组。方形平面，中轴对称。一般每一单元组由家族的一支居住。若干个单元组通过鱼骨形组合而成为成片的建筑群。

张谷英大屋的建筑定位是十分明确的。它不是皇家宫苑，不是士大夫庄园，而是普普通通但又坚固久远的聚族民居。它处处体现了一种质朴乡土的民居特色。它在建筑选材上用的是普普通通的火砖、小青瓦、麻石料、杉木材，简单质朴、坚固牢实。所砌之墙，线条整齐，灰缝饱满，其硬度据说用铁钉也钉不进去。大屋梁柱多为本色或黑色，与青色墙体、深灰色屋顶相配合，给人以朴素宁静之感。就是那些门窗、檐角、柱础、梁栋、屏风、井壁、神龛等随处可见的雕刻中，无不洋溢着农家喜气与安定祥和。

付清远教授是国家文物研究所的总工程师，他把张谷英古建筑群的特点归纳为三条：一是具有原真性，几百年的建筑比较完整地保留下来了；二是大屋的"丰"字形结构与封建血缘关系融为一体；三是这一建筑群经历了五六百年仍是同族同宗人聚居，这在中国是不多见的。

这个村落是民间的，你看不到权势与奢华。青砖、黑瓦、灰缝、麻石，以及本色的木料，都在诉说着它的古朴和宁静。它静静地讲述的是一部村落的农耕文明史，它默默地展现的是行将渐远的乡民生活哲学。

推开一扇扇的木门，触摸一根根石柱，探访一方方天井，凝视一个个窗口，许多细节让你感受到的是一个家族文明的精华和涵养。

当大门的天井越往上走，步子跨度越大，由三步、四步到五步，喻意着对客人的真诚祝愿，步步高升。接官厅上方的梁柱设计，层层累叠，喻意着连升三级，而铺地方砖则全是六寸方砖，意味着六六大顺。人居其中，可以感觉到一种被祝福、被尊重、被礼让的情致。

议事厅的石础外圆而内方，表现出了一种内严外宽的处事原则。

孝父母、友兄弟、端闺化、择婚姻、睦族姓、正蒙养、存心地、修行检、勤职业、循本份、崇廉洁、慎言语、尚节俭、存忍让、恤贫寡、供赋役的家训，戒酗酒、戒健讼、戒多事、戒浮荡、戒贪忌的族戒代代相传至今。刻在墙上，也刻在每个张谷英村人的脑海里。

是的，张氏家族在当地是旺族、大族，从未发生过欺侮小姓小户的现象，靠的就是尊老爱幼，长幼有序，训戒严明。张氏女子外嫁，不论发生了何种情况，是不会去打人命官司的，总是通过合适的途径去解决。这种谦虚礼让，与人为善，友好和谐的处事处世风格，一代代地被张氏族人延续着，直至今天。

耕读为本，中庸平和，行孝守礼，朴实灵巧……这些古老的文化元素都静静地融汇在这片明清大屋的细节之中。

这一切都得从始祖张谷英说起。

关于这位始祖张谷英先生，他给后人留下的是无限想象空间与多种版本的诠释。历史书上是找不到这个人的，那只有在口头的传说和张氏的族谱中去寻找关于他的蛛丝马迹。

相传元末明初，有三个神秘人物结伴而行，"由吴入楚"来到距岳阳楼百余里的渭洞山区。这三个人分别是张谷英、刘万辅和李千金。张谷英精通风水，在渭洞选中了三块宝地，一块"四季发财"、一块"人丁兴旺"、一块"官运亨通"。张谷英由同伴先挑选，刘万辅选择了"四季发财"，李千金选择了"官运亨通"，张谷英选择了"人丁兴旺"。果然，渭洞刘氏成为了豪富之家，李氏步入了官宦之旅，张氏则繁衍至今 28 代 8000 余众。

然而，这仅仅是传说而已。有人考证，刘万辅与张谷英相差了两三百年，而李千金则查遍当地的李氏族谱皆无此人。

张氏族谱中片言只语的记载是：谷英公元末明初"由吴入楚""曾为明指挥史"及有漆、黄、朱三房夫人。然而，朱明一朝并无"指挥史"一职，只有都指挥史和卫指挥史，都指挥史相当于军区司令员，卫指挥史品级略低。明朝的军事制度是卫所制。

就是这些，也是他后世十代左右的子孙们在一修族谱中记述的。那自然是最真实的依据了。从谷英公至八世祖之间有一段长长的空白讳莫如深，或者含混忽略。连谷英公亲自为后代制定的、可传三十四代的张氏派谱"文丹志友仲，功夫宗兴，其承继祖，世绪昌同，书声永振……"中，开头那五个字也是意义含糊的。

或许，一个普通人所创造的历史比帝王将相更为久远、深刻。那些叱咤风云的风流人物，终归要消逝到历史的烟云里，再也找不到他那不凡的基因。而这个不晓得是宦海抽身，还是避祸远遁，或者是赏玩风水的谷英公，却让他的子孙们静静地繁衍了 28 代。这是张谷英在中华大地创造的一个家和万事兴的典范，也是传统风尚的延续之地。

随着科技时代的来临，一个个小家破裂，一个个人追名逐利，张谷英仍是以大家为家，以孝为先，并特别修建了一所大型的孝廉家风传承馆。孝廉家风传承馆故名思议，就是以孝廉文化为主题的大型展馆。不但挖掘整合了张谷英村特有的孝廉文化资源。同时结合了中国传统文化中的孝廉精神，迅速成为了集教育性、观赏性、体验性为一体的孝廉文化传播、传承基地。

张氏家族的家训中有一条——正蒙养，重视启蒙教育，三岁看大，七岁看老，七岁以前是培养小孩行为习惯、性格的时候一定要重视启蒙教育。传统文化学习由小家做起，从小孩开始培养。走在张谷英的晨雾中，远处隐约能看到摇头晃脑的书童，依稀还有琅琅的书声入耳。吟诵着"弟子规 圣人训 首孝悌 次谨信 泛爱众 而亲仁 有余力 则学文"。就有了小儿的敬，小儿的谦。大人也是守旧的。一切旧事旧物旧手艺都在。那传统的豆腐制手坊，那旋转的纺车，拉长的棉线，不断拉扯着那飘远的思绪，那一针针绣着鞋垫、衣饰、手帕、棉鞋的老人，都这样守着这份情怀，守着张谷英的时光，守着一份传统的传承。提醒着路人寻找着家族的"根"，人性的根。

纺车，一种木与竹制成最为原始的纺纱工具，在早已淘汰的科技时代，张谷英一直有着保留。

一个木架，车尾是竹子绕成一圆形圈，车头一根木杆，一根绳子绕着竹圈与木杆。竹圈上有个手柄，转动时，竹圈便随车头上的木杆一起转动。在这轻柔如舞的转动和拉伸中，棉花就成了纱。古人的智慧都在生活中。

走进张谷英，再见到纺车，看到86岁的李艾香老人坐在天井前，阳光照着满头白发，双手灵活地纺着纱，甚是兴奋。游人如我，同样的惊奇。这样早以前的平时事，岁月把它们风干放进了历史，再见，就有了稀有的称奇。

李艾香老人也算张谷英一位守着旧时光的老人吧。她这个纺纱的技艺，小时候便会，一纺便是几十年的光阴。她说，当年做姑娘们时，如果不会这个，那是嫁不出去的。正是这个原因，李艾香老人少时便学会了纺纱，这门手艺也算是童子功。

她笑着说，日子不同了，现在纺纱纯粹就是为了好玩，也算老了守在家里有个事做。想当年，生了9个子女，日子困顿，哪有钱买布做衣服？全家十几口人的衣服鞋袜都靠她。她的童子功——纺纱技术就派上了用场，后又学会做衣服、做鞋。纺纱除满足自家穿衣被子外，是能卖点小钱的，总算拉扯大了 9 个儿女。李艾香老人说，那时忙完农活，将孩子们哄睡，就开始纺纱，一纺一晚不睡，天亮又是一天的劳动。这深深体现了张谷英妇女的勤劳。纺着纱的 86 岁的李奶奶，成了张谷英一道风景。

守住旧时光的还有绣花奶奶李桂英。乡间绣品不同于苏绣与湘绣艺术品，但几千年来，一直是民间百姓生活中不可缺的美丽饰品，尤其在红日喜事，到处可见，可惜现在这门民间手艺逐渐消失在人们视野了。

张谷英大当门前大场景　摄影彭宏伟

走进张谷英，意外发现有位李桂英奶奶，现已 75 岁，却仍以不输年轻的眼力与精力穿针引线，守着民间绣艺，生意还做得红红火火，成了受游人追捧的纪念品。

李桂英老人没事就绣些日常用品。如果有人进她的"绣房"，她手脚麻利地提出一篮子五彩缤纷的绣品笑声朗朗便出来迎客，丝毫看不出年纪。篮子里有鞋垫、枕套、小孩儿兜兜、手帕、帽子，等等。桌子边上还有一个竹篮，里面是各色的彩线。1989 年，张谷英正式开始搞旅游开发，这时，她一边帮几个村的逝者做寿鞋，一边就做一些手工布鞋，卖给游人做纪念。一次，来拍电影的摄制组，看到她做的布鞋非常赋有传统风情，非常喜爱，建议她再绣些香包、绣花鞋等。李桂英老人乐观开朗，热情勤快，听了大家的建议，于是，除做鞋外，重拾绣技，开始绣各色绣品卖。

旅游旺季时，李桂英老人做的布鞋、鞋垫、香包等生意非常好，一个月能卖几百双。看到有人喜欢，她一直坚持做，非常专心这件事。李桂英老人笑着说，一双鞋垫看起来薄薄的，做起来一板一眼，一针一线，非常辛苦。她一直坚持做真正的传统手工，尽管非常麻烦也不想省步骤，怕别人买了穿着不舒服。先将旧布用葛粉熬的浆糊不断刷，干了再刷，干了再刷，刷几层后，布就硬撑起来。太硬对脚不好，人也不舒适，因此，还必须在最上面铺两层好布，让鞋垫靠脚的面软和一些。再将上下层用花线封边。封边有讲究，要交叉针线走的针脚才好看。这样，鞋垫才出来一个雏形。然后，老人开始画图案。一笔一笔画完，她再一针针绣。一双鞋垫卖不了十几块钱，但做起来要几天时间。就是这样，一天可以卖十几双出去，一年绣上千双。

李桂英老人说，这个事非常需要耐心，很多人看两眼后好奇想学，但学不到一两天便放弃了。特别是现在的年轻人，一是坐不住，二是没钱赚，三是费时，更没人学了。没人学以后就失传了。为了保留时间久点，她说自己再坚持做 30 年应该没问题。守着一门旧手艺，守住一份旧时光，守着一份情怀，更守着自己一份朴实与勤劳，就为守住张谷英老村老记忆。

这就是张谷英，一个守旧守文化守孝道的山中村落也是一座城。

2001 年 6 月，"张谷英大屋"被国务院确定为"全国重点文物保护单位"；2015 年 8 月，张谷英村的张氏家族被中纪委推荐为"修身齐家"示范家族。二十多代人坚持不懈地读书，培育出众多的优秀人才。明清时期，这里产生了秀才 45 人，太学生 33 人，举人 7 人。新中国成立后，这里走出去大学生 300 多人，专家教授 10 余人……无论是作为文物保护对象的传统民居，还是体现中华民族齐家智慧的文化基地，张谷英，都当之无愧。

如今，张谷英不但自己守着这份孝文化，更是开枝散叶，将这份文化播种在全国各地的学子身上。每年的清明和重阳，张谷英孝廉家风传承馆都会迎来一批又一批小天使。小朋友和爷爷、奶奶、爸爸、妈妈欢聚张谷英古村共度这美好佳节，学习传统孝道文化，让孩子们耳濡目染，接下孝文化的接力棒，一代代传得更远更远。

大云山：大山之上云深不知处

大云山，是一座国家级森林公园。横跨岳阳、临湘两市县，脚下便是滋养岳阳几百万人碧波荡漾纯山水的铁山水库。

大云山属幕阜山西北支，海拔 911.1 米，自古为江南名胜，道家洞天，志称盘旋七十二峰，是一处道家圣地。1988 年，国务院公布岳阳楼洞庭湖风景名胜区为国家第二批重点风景名胜区，大云山与其相邻的相思山、铁山水库一起被规划为铁山景区，为岳阳楼洞庭湖风景名胜区五大景区之一。

这里四季如春，常绿常青。说起来，大云山不高，但有道观、有水库，形成了独特的山水之秀与山水之灵，一直以来是湖南湖北人朝圣与旅游观光的好去处，如今更是户外爱好者的天堂。

大云山景点较多，我也去得较多，相对有三处印象最深的，是 2014 年大云山旅游开发公司组织的采风，我负责采写这三个景点，因此，才有更深的感觉。

大云山古道

大云深处，寻古探幽，总有路可行。一路乃道，道居山中。

曾说，世上本没有路，走的人多了，便有了路。到了现代，此话便只对了一半，世上本没有捷径，聪明人多了，捷径无处不在。捷径也许一步登天，但一个捷字，少了渐入佳境的感触，少了多少酝酿的时机，路就没了道的意境与深远。如果上大云山随车闪过，放弃所有风景，一个转弯处便停于山顶，于道法自然何等相悖。

曾在 10 年前，带着女儿有过大云山一游，千步青石板一级级拾梯而上，待一身微汗，气喘不息之时，抬头，一座道观于天地之间耸立，于云雾深处缭绕，与期许的大云山碰撞出心满意足的欣喜。待下山，一个回眸，阶梯上头隐于雾霭里，望不到伸向何方，顿刻便忘了身于何处。停顿了很久，终是下山，那一级级青石板就这样留下了心里，仿佛一张奇妙的照片，存于我人生。

一别十年，5月的某天决定背着行囊野营于大云山时，我忐忑于肩上那几十公斤重量，沿一级级青石板向上时，会不会放弃？却不料，车停时，大雄殿就在眼前了。索然无味宽敞的山野，晨3时，鸡鸣声声早起。守着山顶，看太阳一线彤红跳

大云山全景

出，慢慢形成半圆，十几分钟时间，整个山头沐浴在阳光里。一夜雾露挂枝头如珍珠，在太阳中闪烁。

下山，我弃车，选择曾记忆深刻的青石板路而去。因公路的全线开通，这条路登山的意境便真正深入的寂寥，自然而然地有了某种意境。意外获得的愉悦，让脚步轻松了很多，穿过繁盛的绿林，路突显逼窄。与友相谈中，春日的阶梯，被一层层青苔染绿后，走得格外小心。碧翠的青苔，霎时随青石梯立体起来。失而复得于寻古探幽，蓬蓬勃勃的生机，托起行者的脚步。我停留于此，对着一条生机盎然的天梯，与记忆对接画面。仔细地寻觅，寻一处仙踪留迹，悟一处道语释疑。这样边行边思边录，待至山下，再一个回眸，时间与画面都没有重叠。仙景别十年，世上已千年。荒弃的山路，沧海桑田，走着的人已变，走着的路已改，道还在。

坐车而去，幡然而惊，天然的麻石，人为的修筑，自生的绿苔，道在自然，自然神奇，于无声之处，其威力无限，一切如此合拍起来。我以为大云山其实不过如此，却只是不识此山真面目。

脑海一个疑问顿生，喜写日志的我，为何没为大云山留下片言只语？

10月，秋高气爽的季节，山，是一团的锦绣，在色彩中迷幻。

这次的游带着任务，细致的游览，有导游的引道与讲解，无数典故将大云山落入故事中。无处不在的异景中，才知一山乃容何等神奇之奥妙。得古道而行之，是解读大云山历史深渊的重要珍藏读本。

古道在山的东侧，完全沉于一个野字里。因为，荒草深，人迹绝。

我小憩时，脑海中无数的情景出现。

春夏，小路铺着希望曲折而去；

秋冬，小路立体在油画色彩浓墨中；

风起，小路落叶纷纷舞着忧伤；

大雪，小路洁白的净化很远很远……

雨倾，小路每个缝隙奔腾出潜隐者，都试着追寻天际的深邃。

汪曾祺曾说过自己登泰山的感受，写不了泰山一个大，与伟大的东西格格不入。游完，山自山，我自我，不能达到物我同一。

经过三条路上山，却发现，我登大云山，斯于此，山自山，我自我，始终只是一个外来客。我似乎悟到什么，来者来，去者去，何需送，何需带，道在自然天成，一切早植入身心。

沿古道行一回，大云山让我有了很多回味，大概也算着思索吧。

看到一群拉着大旗的"朝圣者"，一路锣鼓惊起万鸟，在不规则狭窄的山石上，一支不规则的神圣队伍心怀虔诚，在前行，随意而轻松，欢快而心静。朝圣的脚步走出了第一道。

青石板，整齐，规范，大小统一，棱角分明，朝圣的心情在腿脚的疲惫里寻找到一个寄托与希冀。观光者也开始寻访大云山旧路，当一车直通山顶时，大多数人渴望其艰。可真正遇到其难，他们总会有太多埋怨。勤劳勇敢铺设了第二道。

当你以现代的速度接近山头巅。你突然发现，太容易了，便说，太没有意思了，这个没意思，暗示了人内心隐藏对自然的折服，对捷径诱惑后的反感。现代快捷建设了第三道。

大云山，可用三种方式接纳三种人，山，诠释了道教的蕴涵。

三是道教最初的解悟。一生二，二生三，三生万物，再无意之为，终是由路走出了"道"，也走近了"道"。

大云山，你无论从哪里来，道都在那里。

大云山洗脸盆

人人都洗脸，家家都有盆，可洗的只是浮尘，洗不出蕴含。

徜徉在大云山古道，沉醉于万顷绿林，山风阵阵吹来满心安宁时，与它的偶遇让我开悟。原来不同的地点，不同的环境，不同的心情，简单的洗脸况味如此的大相径庭。

古道边，它虽然叫洗脸盆，却小得只是一个点。这个点它从过去一路连接现在，将更长远地连接未来。是延续，是记录，更是传承。没有人考究出它的真实史料，根本不需要考究，它以永不磨没的态度，永保沉默的高姿，让我们保持一份虔诚。以一个点的醒目，警醒世人，满眼浮云处，洗净万般空。

大云山道观

那天走在山上，导游前面带路，一个停顿，听他对着一方山石说着传奇的故事。相传，最早洗脸盆为聚米盆。石光祖在庙里时，天赐机缘，在古道的石头凿了一个盆形。没想到，从此每夜便得一升米。徒弟每日去取，初时万般欣喜，天长日久，得之易物，忽升惰性，心起贪念。遂想，何不将石器再凿大一些，不就可以一次多取点米，可免天天山上山下奔跑之苦。便将出米盆自作主张凿大了很多。第二天，欢天喜地徒弟得意扬扬地赶到盆前，意想不到是，站在盆前，一盆清清的泉水倒影着满脸复杂表情的他。从那里，小徒弟看到了自己的不洁，羞愧而去。从此，聚米盆再没有米只有一股清泉流不尽，净化着朝圣者的灵魂。

一块天石，最初的使命是救济，突然在面对贪婪的那刻，才知，治标更应治本。治得了身体的饥饿，治不了灵魂深处的根念，不算治，更不算救。自此，聚米盆成了洗脸盆。

神奇，千里路迢迢的朝圣香客们，无论多么疲惫，路过洗脸盆都会情不自禁洗个脸洗洗手，马上精神焕发，洗掉所有长途的疲惫，洗得一身轻盈。我默然站在石板道上。眼望远处，分明感到一支"啦哈莫，朝云山啦"一路锣鼓一路歌的朝圣队伍，从我身边擦身而过。

这队香客走过了多少岁月？每年准时来，每年必定来，朝圣，朝的是一份心，一个信仰。从湖北，一个村，或一个族，组成一队，在家先斋戒三天，再在香头的带领下，浩浩荡荡出发，开始了历时一个多月的大云山朝圣之旅。逢大山，遇大庙，必停拜后再起程。风餐露宿，待至大云山下，古道幽静，道观在眼前，虔诚之心更盛。此时，一块天然圆石，自成一个盆状，一股清泉沿溪流而下，清澈透凉，被山石托于朝圣者眼前。无需言明，所有朝圣者，都会停下脚步，手捧泉水，洗净尘埃。更为神奇的是，那盆水无论洗多少人，总是透明清亮，洗完一人，马上从侧面的小口子流走，上面再注入一盆新水。洗净的朝圣者，更有净心朝拜，更有勇气面对圣人。

莫名，千年足迹，遑论到现在，那些小巧玲珑、无章可循但天然自成的生活之品的什物，那些上有事件凌空飘浮，全然不受任何环境限制而且全然没有刻意，也没有艺术性，更不透视美学为何物的一个洗脸盆，让我有了酷爱。

有道此物无粉饰，天然自雕琢。

在这个天然里，更潜藏着道教的喻意。从那刻开始，我突然发现，这块麻石里那个圆形的盛水之器，洗脸，洗去的不只是尘土，不是存垢，更多是一份虔诚，一种敬畏，一方信仰。

在中国千年的文化长廊里，当我们再次寻找自身文化的根源时，"道"才是我们文化的根本。在大云山这道荒芜的古道上，这个洗脸盆，便不再只是一个历史的印迹。"道"教文化很多时间被误导于只是处于文化人的高度，不近人间烟火，而洗脸盆固执的不消失，以一个个小小的点存于此，只是某天要证明，道教中国，几千来，它一直存在于生活中。

几百年来，小小的洗脸盆，一路见证多少朝圣者的风霜？它不仅仅是滋润干渴的身体，荡涤了灵魂，浇灌了希望，更多的是，它见证了太多的悲欢，盛装了历史，佐证大云山的文化深厚。

如今，古道沉寂，洗脸盆也枯竭多年。我站在它面前，默默间，仿佛从盆中传来隐约的歌声。

洗盆虽小，有迹可寻，巴陵县志，上有书文。

大云山天螺亭

"岭从八面嵯峨，万丈浮云眼底过，岚气上冲霄汉雾，日光遥荡洞庭波。"经刘邦豪情写，天螺山豪迈应。

寻访天螺亭，秋色浓郁，阳光艳丽，整个大云山正沐浴在金色里。我沿着小石板，一蹦一跳往山上冲时，不防路边突地伸出一根刺树，将我拉了回来。一个回头，一个惊疑，一句诗就跳了出来：似曾相识燕归来，小园香径独徘徊。这是一条何等适合独徘徊的青色小径？在已近黄昏的夕阳中，万丈霞光穿过枝叶，斑斓着山条弯弯。

那根刺的伸手，让我停步。一个适时的停步，你每时的回望，每刻的抬头，都会有一种心动不可言喻。

来过大云山很多次，并不知道还有一方如此天然之处。半山腰，一个得有缘才能相遇的小山。很小，小到只能算一个丘。当然，路也是一如既往是青石板，宽宽窄窄，大大小小，不规则里写着：天道自成。自然就好，在有太多人工雕琢的景点后，有着天然自成的纯朴，久落大家闺秀，小家碧玉如此的清纯。

这样一路心绪涟漪，石亭当道，中间一棋盘。亭子同样是微雕作品，刚够两人对弈。传说曾有仙人常于此斗棋，观棋者君子太少，且就干脆没有留有余地。你既不能当君子，我先当个小人吧。少了大家的争吵，就有了没有杂染的仙道，只闻棋声，不见喧嚣。

　　仙人四海云游，必是只留仙气，仙踪不定。那两位斗棋者久不来坐，亭间杂草繁茂，亭子棋盘却一如往昔。山不在高，有仙则名，水不在深，有龙则灵。那么如此说来，似乎是得先有仙，才有了名。其实，仔细想想，还是先有奇山，仙才会停留于此。奇山添仙气，再成就名气，这似乎更合人情一些。

　　天螺山也许小，但小得奇巧，有仙而过，火眼金睛，自会停留。久不离去，枯坐山头，自是无味，斗棋兴致起。天上方一日，地上已千年。某刻偶尔抬头，突然发现失职多时，就此各归各位；也许一棋相争，斗棋斗气，两仙如顽童互不相让，各拂袖而去；也许棋艺相当，棋不逢对手，久斗无趣，另寻他处？天螺山，仙人无影，棋在，一切便在。

　　一座山，远看近看，没有境，只是一个景，有了境，才会深遂而有回味。我进得亭间，端坐于棋前，举手在棋盘上滑过时，仿佛摸着棋子颗颗有声。一会，凉风席席，夏天一定是惬意的，只可惜那日去时，几近深秋，当午的阳光有些灼，黄昏渐近时，山上的温度渐降。久坐不宜，走出亭间。一大块石头又挡在了眼前。弓身出亭，欣然一跃，登上山石，举目四望，才知天螺山，本就是山下丢下的颗棋子。

　　天螺山顶的一个奇景因诗意的景色，便有了深沉的联想。

　　山间连绵起伏，一览众山俯臣。北望，鸡子山金鸡独立，傲视远方，一身金光；西看，洞庭湖于雾霭里，茫茫无

大云山古道

际；南瞧，铁山水库，清波荡漾，千岛镶嵌。风掠过，吹起长发，站于高处，一时得道成仙，忘了来自何处，将去何方，心空空如野，吹了一个了无痕。我略为回望了一下东方，一座殿堂正迎着落日辉煌，一砖一瓦，一石一草，很近，很远。

从下山的时间看，我们离大雄殿十几米之距，仰头回眸，夕阳照着的恢弘，如此陌生，仿佛远在天际。我站在山与山之间，大雄宝殿与天螺山呼应着，不再只是景，更不是物，就是一幅画。我便成了画中最大的着色，染绿我的心情。

很多的东西是意外拾来才有情趣的，如天螺山。在最适合独享的地方，那日，有一队文友相伴。想来，这只是一个引子。没有人引，终是还要隐藏多时的，而今得缘识得天螺其真面目。虽人多分心，却有一约于心，某一日，独自前来。不论春夏秋冬，都会是一个好去处。或团团锦绣，亭间花香阵阵；或风语解忧，亭外风情万种；或红叶黄果，亭盈满目斑斓；或万籁俱寂，亭披银装素裹。都是无限风光自在天，天螺深处好景幽。

我这样怀想着，悠然而行，转眼早随大队文友踏上了大云山之巅。登高处，望天螺，浓缩在夕阳下，更像一颗棋子。

一语天机，不可道破。

华光道观： 寂寞山林千年道场

一个破旧的香炉，一块历经风雨的"敕封华光天王"古老石碑，引出了遗落大山的秀丽桃源，五年艰辛一念执着，沉寂山林的千年古刹获得重生；

一种信仰，一颗传承道教文化的虔诚之心，甘罗道长带着徒弟来到海拔500多米的鹅形山顶。铺路辟石，开凿岩洞，重拾祖宗遗落之道法，重现华光天王之神采，传承得以延续。

山风来去，竹影婆娑，泉跃溪鸣，钟声回响，经音不绝……

湘阴县城东南30里，巍巍叠翠处便是鹅形山。入此处，竹海无涯，山水如画，深呼吸后，是你净化的身心。

寻访华光道观并非易事，世上但凡隐逸之事更增人向往之心。在陡峭的盘山公路上，即使走错也只能前行，因为没有回旋的余地，但好在左右两道皆可通道观。到达道观前，方知道林深处，山野间朝拜的人并不少。

鹅形山翠竹千顷，云海蒸腾，溪水潺潺，藏隐着一个有千年历史渊源的道场——华光道观。道观供奉道教护法四圣之一华光天王（又称灵官马元帅、三眼灵光、华光天王、马天君等）。道书记载，华光天王投胎于马氏金母，姓马名灵耀，因为生有三只眼，所以民间又称"三眼马王爷"。华光天王的形象在明代罗懋登所著的《西洋记》中有所描绘："一称元帅二华光，眉生三眼照天堂，头戴硵硵攒顶帽，五金砖在神儿藏。"《五显灵宫大帝华光天王传》中也描述华光天王善于用火降妖，身上藏有金砖火丹，随时用火降伏魔怪。因此，后来民间把他视作"火神"，每年九月十八举行"华光诞"，祈求免除火灾，长年康顺。

道观边有一岩洞。据清《湘阴县图志》载："其洞深幽险曲，渐入渐宽，阴气逼人，士人以石板掩于洞口，山花丛映石坞间，故名'花石岩'。"相传，

153

此岩洞系华光天王修炼之洞，当地老人说洞内原有石刻相证，但因年代久远，已难辨认。除此洞外，道观后亦有石壁高高耸立形成环抱，其间古藤蔽日，青苔丛生，称为"华光宝座"。此宝座据说也是华光天王修行的地方。吸山魂之灵气，收日月之光芒，这一明一暗两处修行宝地，平添华光道观遗世之仙气。

华光道观三清殿

鹅形山当地老百姓亲切地管华光天王叫"大菩萨"。他们祈愿大菩萨能保佑鹅形山一方百姓平安，所以他们的祖先曾在鹅形山顶修建过一个"华光庙"，供奉华光天王。但那个留在人们记忆中的老庙如今只剩下一个石香炉，一块石碑，和一段前人登山的石级。

岁月变迁，沧海桑田，前尘往事已然灰飞烟灭。最初的华光道观始建于何时？为何人所建？无典可寻。

2010 年，有一个执着于道教文化的人，因为对湘阴故土的挚爱，开启了一段与历史的碰撞和交流，呈现出一个"现世修行"的故事，这个人便是甘罗道长。

说到甘罗道长在鹅形山重建华光道观的缘由，与他的生平经历密不可分。

甘罗道长的老家在湘江之滨的一个小山村，父辈皆勤劳朴实。1993 年，他因为一个偶然的机会，来到几十里外的长沙县开慧乡，见到了一位当地颇有名望的符姓老人。因为那个本来是送朋友夫妻去看病的机缘，甘罗正式见识了民间功法的神奇和灵验。

就在那个第一次的见面里，这位称为"符爹"的老人就在"符水"里看出了甘罗家里的诸多"情境"。就是这种神奇的民间功法，吸引了甘罗的强烈兴趣。或许也是因为他天赋异禀，"符爹"答应收他为徒。当时，他并没有想到此功法可成为一种专门职业。在学习了"符水"后，甘罗依然在一个普通的工作岗位上恪尽职守，在岳阳市肉食稽查大队上班至 2003 年。

2003 年年底，甘罗又一次回到开慧乡的师傅家寻根问底，终于明白这个老百姓唤作"排鼓佬符水"的功法属于道教。于是，甘罗来到长沙市寻访道教协会并正式加入。2004 年，甘罗正式弃职从道，并去江西龙虎山传度，正式皈依成为一名"正一派"道士。同年底，甘罗结识了长沙市道教协会会长马涌奇。因甘罗为人正直，一心向道，马会长决定把长沙市湘雅路的东岳宫交给甘罗管理。2006 年，甘罗正式进入东岳宫，开启了弘扬道教的崭新历程。

当时东岳宫已年久失修，举目断瓦残垣，连居住的地方都没有，香客更是稀少。甘罗发誓要把东岳宫道场恢复。

到 2010 年，东岳宫已初具规模：原有的老殿修复一新，老殿旁更是立起了一座纯麻石的东岳大殿，香火渐盛，信众日多。

随后，甘罗看到湘阴没有一处正规管理的道观，他遂决定回湘阴修复一处道场，传承和弘扬老家的道教文化。

甘罗在反复翻阅县志、地方志等资料后，对湘阴境内又进行了大规模的实地考察。他穿梭在湘阴的高山湖泊，乡村城镇，不畏艰辛。在他衣衫刮破三件后，终于在落叶堆积的鹅形山密林中找到了一块"敕封华光天王"老石碑和一个石香炉，并最终确定修复此地道观的决心。事后，经长沙的考古专家根据石碑和香炉推测：此老华光庙应该建于明代以前，距今有六七百年历史；当时的建筑面积应该只有20多平方米，以石头砌成。

睽违已久，千年历史的华光古观终于迎来重生。

鹅形山上沐天光下汲地气，山灵水秀，不失为一处风水宝地。但此山山势陡峭，怪石嶙峋，为大片花岗岩地质结构，庙址刚好又是在海拔500多米的山顶，加大了施工难度。面对建筑的困难，甘罗毫不退缩："没有机械没有汽车，祖师爷的道场都可以修到这里，我们现在不但要修，还要修得更好！宗教的力量是无穷的，有了庙就可以教化一方人心向善，就可以积聚有爱心、有慈悲心的人去影响他人，和谐社会。"

在修建华光道观的几年时间里，甘罗经常驻扎在工地，甚至亲自爬到脚手架上去和工人探讨技术问题。因为他知道庙宇建筑不同于其他，除了美观之外，优质的质量和长远的眼光更是建筑的关键。

山顶钟亭

道家观天之道，执天之行，崇尚传统，秉承自然。为遵循"自然、和谐，天人合一"的思想，甘罗在主持华光道观的修建时，力求保持山体原貌。而今往上仰观，只见飞檐翘角居高临下，仙堂宝殿气势恢宏，依次有灵官殿、三清殿、华光宝殿、钟楼、祖师洞、道教养生院及抱朴楼等依山而建。各处殿堂均以石头为血肉筋骨，以大山为根基，感觉既错落有致，又血脉相连，朝云暮彩处与自然和谐一体。

道教是中华民族土生土长的宗教，正式形成于东汉年间，距今已有近 2000 年的历史。道教的分支很多，但许多与老百姓的生活息息相关，比如流传于湘江一带的"排教"，就是在湘江贩木驾排的"排客"中逐渐形成的。

"排教"最典型的特征就是"排客符水"功法，这个功法原本在湘江流域流传甚广。最近几十年，经济发展迅速的同时，古老文明正日渐衰微，许多民间文化自披上"封建迷信"的外衣后，更加备受冷落。由于"符爹"的传授和自己的专心修炼，甘罗把"排客符水"当作生命中最重要的东西。经过他不断地搜集整理，2013 年 5 月，"湘江排客符水"成功申报为岳阳市非物质文化遗产项目。

见到甘罗道长时，他刚辟谷出关。临窗而坐，一袭白道衣，一脸安然地泡着茶。谈到华光道观，甘罗道长说重建的目的很纯粹，道教是中国国教，也是中国人一直以来所追求的生活本质。所以，重修华光道观，既是恢复古迹，培养道教人员传习道法，也是诚于用正确的信仰和好的道德品行带动老百姓。如果能以点带面，用宗教信仰来净化民风，那我们的社会环境会越来越好。

他介绍，2010 年以前，鹅形山人烟稀少，人迹罕至，当地百姓为了谋出路开始迁居山下。自华光道观恢复后，游客日增。也因为道观的帮扶，鹅形山顶现在安装了路灯，优化了泉水的连接系统，老百姓重又返山安居乐业。现在，道观边一处湖南境内绝无仅有的岩道教修炼场地即将竣工，将迎来更多道教文化爱好者。

得一处天然，守一方自在，愿鹅形山华光道观永保淳朴本真，传续传统，发扬光大。

樟树港： 一座名寺一代法师一个传奇

世间之事，不可预测，也不可说。2012 年之余，岳阳众多的食品礼盒，突然冒出一位新宠，那就是樟树港的辣椒。几年间，意外从 20 元到 80 元连升身居 300 元一斤的高位，其高贵的身份，颠覆了其自古辣椒在湘菜中道道不可缺，但从未走上大雅的名贵之列的历史。当它以高于海鲜的价位上市后，同时也引发了樟树港古镇旅游的火爆与文化的探寻。

人们才记起来，其实，樟树港除了辣椒，它更有厚重的文化蕴藏，地处湘阴县城东南 15 公里的湘江最宽阔处，是湖湘文化发源地之一。相传历史上二妃哭泣舜帝仙逝于此，古称哀州。因地处湘江要津，为兵家必争之地，三国时东吴大将程普都尉长沙筑城于此，故又名尉城。在这里有座法华寺曾是中华佛教会第一任会长寄禅法师"八指头陀"出家之地。从这个点，溯江而上可达长沙、湘潭，顺江而下直抵岳阳、武汉。自古就是洞庭湖物资聚散的天然良港、水陆运输的枢纽。

相传，樟树港名称的由来，是缘于一棵参天大树。这样听起来如此平凡，倒没有一点惊天动地的故事，有些索然。禅意：真实，才更真实。

我寻到樟树港，问起老人们樟树港以前的种种，他们都比年轻人热心，自发地围过来，津津有味地讲着自己也不知道的从前。认真霸霸里的神态，非常让人信服。说上樟树港曾有一棵大樟树，大成什么样？光树干就得几十个人手牵手才能围抱住。树一人，自然根就深，深到了哪里？据说穿山湘江、资江，直伸到益阳的汤头围去了，明树不奇，暗根渊椅。中国人的特点是凡事道听旁说也能自己眉飞色舞添油加醋，大凡经过岁月的事，其典故没有不悬乎的，这也含着民间美好的怀想。厚德载物，能生长这么神奇大树的地方，一定会有人趋之若鹜前来。千年古刹法华寺当年便选址建在这得天独厚的樟树古镇的樟树旁。如此，我对窗下樟树也敬。

据说，隋、唐时期，天台宗高僧大和尚常在巴陵郡一带传法度僧，湘北天台宗盛极一时。法华古寺即建于当时（史载始建于公元 626 年），位于湘阴县城东南 15 公里。站在寺前有阳雀湖风景秀丽，水光潋滟，碧波荡漾，湖中有一土丘浮于水面，随水涨落，奇妙莫测。当地民间有"九龙荟萃名基地""阳雀平死无葬身之地"之说。对岸丘陵绵延恰似一尊巨大的卧佛，头躯四肢清晰可辨。寺院依山傍水，桐林环抱，松篁幽邃，烟霞际会，实为不可多得的风水宝地。原寺旁建有一座七层宝塔，四面八方。从建成之日起，因优美的风光便吸引了无数墨客骚人吟诗作对，留下"云气来衡岳，江声下洞庭"（城隍庙联）及"天生樟树，名历几朝，揽怀白雪阳春，古调独弹湘水曲；地距长沙，上游百里，好籍铜琶铁板，一声高唱大江东"（朱海民撰）等著名对联。

民国以后，风云翻滚法华古寺置换无数身份。1949 年后，曾被利用于开办忠义乡小学，后改为湘阴县第四完小，再又改为湘阴三中与樟树中学。法华古寺当之无愧成为人文蔚起之地，几改几毁几度春秋，各存名亡，各留日月。毁的是建筑，可人心中的很多东西太深。当地年长的人依旧叹息，法华古寺被毁之前，庙宇十分巍峨，是现在复建后的法华寺的数倍。复建于 1996 年，在当地政府支持和居士们资助下，法华古寺得以易地修复。在离旧址不到两公里的阳雀湖边，将古寺大雄宝殿和樟树港城隍庙、关圣殿合建于一处。

江流千古，古寺千年，经流不息的湘江见证了法华古寺的荣辱兴衰！而一代高僧"八指头陀"寄禅法师的传奇，更在当地老百姓中代代流传。

说起来，寺在地，人在心。樟树港老人们最信服之人，还是他们的寄禅法师，即首任中华佛教会的会长。

本名黄读山的寄禅法师是清末著名的诗僧，1852 年出生在一个贫困的农民之家。刚 12 岁父母离世，他便孤苦伶仃，无依无靠。传说，寄禅法师 16 岁的时候，一天在放牛，忽见篱间盛开的白桃花为风雨所摧落，不觉放声大哭，遂投湘阴法华寺东林长老（1818—1898，晚清高僧）剃度出家，东林长老赐其法号为释敬安，字寄禅（1852—1912）。

当年冬天，寄禅从法华寺出发，跋山涉水步行至南岳祝圣寺，从贤楷法师受具足戒。此后他遍访名山寺院参禅，过着"树皮盖屋，仅避风雨，野蔬充肠，微接气息"的清苦生活。中年以后虽当了住持，但其持身和生活方式都是纯禅式的："破衲离披不问年""紫芋黄精饱我饥""破屋牵萝补"，衣食住行是一直从简从朴从素。由于他一直像穷困百姓一样以社会最底层的方式生活，故能对众生——劳苦大众表示深深的同情和体恤。人虽出家，心犹在世，思忧于国，情怀于民。他在自己的诗中表达了自己的愿望："我不愿成佛，亦不乐升天。欲为婆竭龙，力能障百川。晦气坐自息，罗刹何敢前！髻中牟尼珠，普雨粟与棉，大众尽温饱，俱登仁寿筵。"作为一佛子，他宁愿舍弃"成佛""升天"的最高成就与愿望，而希图人民的温饱与长寿，正因为他先天中有一种根性，因此，即便出家，仍然能冷眼热肠，注视着众生的苦难，怀有同情的慈悲心肠。

1875 年，住湘阴法华寺 25 岁的寄禅，夏秋之交，离开湖南，远游浙江各名山大寺。行、学、修让寄禅威望越来越高，才华与修为同升。他先后担任过湖南 6 个寺院的住持：衡阳大罗汉寺、南岳上封寺、大善寺、宁乡沩山密印寺、湘阴神鼎山资圣寺、长沙上林寺。1877 年，27 岁的寄禅在宁波阿育王寺佛舍利塔前燃二指，并剜臂肉燃灯供佛，由此号"八指头陀"。1881 年，寄禅多年吟抒的诗集《嚼梅吟》在宁波出版，他在当时诗坛上获得了一席地位。1886 年，王闿运集诸名士在长沙开福寺创设碧潮诗社，参加者共 19 人，寄禅被邀参加。这年秋，他再次北上武昌，乘船重游金山，直到冬天再回到湖南。在以后的几年里，他先后出版了《八指头陀诗集》以及《白梅集》。诗曰："山林脱尘俗，景物最清幽。梵呗和松韵，清泉绕尾流。升深时度鸣，树老自鸣秋，赏玩归来晚，青天月一钩。"但往往事与愿违。高僧由于生卒年代适逢中华民族内忧外患之时。因此，国内的政治变革与异族列强的入侵都是他不可回避的问题。1906 年，出家近 40 载的爱国诗人，用悲愤的心情向前来天童山采集植物标本的师生发表演说："盖我国以二十二省版图之大，四万万人民之众，徒以熊罴不武，屡见挫于岛邻。"他以满腔的义愤和炽烈的爱国热情慷慨激昂地去激发人们奋发图强，拯救中华之意志。

因他德高望重，在中华民国成立后第一年，各地佛教徒代表集合于上海留云寺，筹组中华佛教会。众望所归，公推寄禅为首任会长，并设部于上海静安寺，这是我国近代史上第一个全国性的佛教团体。1912年11月2日，"八指头陀"寄禅因湖南安庆发生攘夺寺产销毁佛像事件，寄禅受湘僧之请，赴北京请愿，多月劳顿居事不顺，身体不适，圆寂于北京法源寺，享年62岁，令人感喟，景仰。北京各界千人追悼，归葬于宁波天童寺前青龙岗冷香塔。

法华寺

有着深厚历史的地方，让人意想不到的是，近几年熟知它的人却得力于一畦辣椒。说到湘阴的辣椒，历史已久，传清代名臣左宗棠置地樟树柳庄，就是三餐不可无辣椒。

到了湘阴县城关，再沿着一条大堤走到底，左拐不远就见到了我市九个"省重点宗教活动场所"之一的法华寺。当然，也便到了神奇的辣椒产地。一片绿油油的辣椒树，每株都开满了白色的小花，花间夹杂着许多青椒。小小的、尖尖的，煞是惹人喜爱。法华寺就耸立在这一片肥沃的土地上。

法华寺现任住持释早国法师近年来广结善缘，不辞艰辛各方求援，新建三层应供堂并对寺院进行了全面装修。2006年春，他应邀参加海峡两岸暨香港社会知名人士座谈会。2007年，为纪念八指头陀155周年诞辰、《白梅诗集》出版100周年暨建寺1380周年，举行了隆重的纪念法会。2007年1月，法华寺被湖南省人民政府列为重点寺院。在法华寺内，建有专门纪念寄禅法师（敬安）的"八指头陀纪念馆"。早国还亲自担任编辑部主任，编印出版了《释敬安与湖南》。收集了寄禅法师诗词、散文、书法、信件、专论。

法华寺，一江、一树、一寺、一僧、一物，创造了无数奇闻逸事。而一畦辣椒获国家地理标志证明商标。这是继"湘阴藠头""兰岭茶叶""长康麻油"之后，又一农产品获国家级品牌认定。也不得不说，佛法在俗事。

站在一畦辣椒地边，望着千年古刹，想起张勇先生写的一段诗词："洞庭的碧波、阳雀湖的水，法华寺的风光无限美！山是一尊佛呀，佛是一座山。松竹染绿卧佛山，佛祖藏人间！盛唐的古刹传来和谐的歌，阿弥陀佛八指头陀！风里体会意呀，雨中领悟禅……"

一个透着几分古朴、几分神奇、几分灵气的地方，让很多人疑惑。是"樟树港的寺庙"成就了"樟树港辣椒"，还是"樟树港辣椒"再次扬名了"樟树港的寺庙"。

麻布山：巴陵城南天然屏障

麻布山三个字，一听就亲切，因为我生于此，长于此，有血浓于水的依恋。麻布大山原名霖雾山，心底觉得这个名字诗意曼妙得多。中国人好改名字，古意的名字都被改得不知所云。例如，汝南现在叫驻马店，幽州不知为何要叫保定，兰陵多么有感觉的名字居然直接叫枣庄，更有庐州何来想富还是想通俗叫了合肥。霖雾山改成麻布大山就不足为奇了。后来，麻布两字随着年龄大就有了更禅意而朴实的情感。

它位于岳阳县麻塘镇境内，自古以来一直是岳阳城的一道天然屏障。近6平方公里的面积，大小山峰十余座，其中芙蓉峰、鹰嘴峰最是著名。鹰嘴峰是麻布大山主峰，海拔352.7米。芙蓉峰则因有麻布大仙庙而闻名。

水不在深，有龙则灵，山不在高，有仙则名。说的应该就是小小的麻布山。其景，自然天成，岩壑幽邃，林深花茂，西凭洞庭清波为镜，南借微水（今新墙河）碧玉作带。其内藏乾坤，山中东风洞、响风窝、木鱼山、罗汉桥、不冰池、莲花井、犀月陵、象鼻咀等号称八景，钟灵毓秀，美不胜收。当然，没有事件作底，也只是绿色的世界。麻布山不一样，山势险峻，自古为巴陵城南天然屏障，更是军事扼要重地。

随着本地周末游越来越火，岳阳名山也成了众旅行者的追捧热点。离城区不远，集风景和文化为一体的麻布大山，现在更成了自驾游、徒步、登山、骑行爱好者的主要集结地。开车从新开往6906老址，一路沿坡而上，是春夏秋冬野营与赏景的理想之地。现在，很多喜欢挑战极限的驴友会选择从郭镇上山，沿山脊一路披荆斩棘，寻古迹，看风景，觅风情，释身心。一车臭汗，跌入清澈见底的东风水库，自是妙不可言。我怕水，在我的记忆中，山中的画面都是娇弱而风情的。春天映山红满山遍野，夏天山风清凉，秋天硕果累累，红叶满坡，冬天白雪皑皑，银装素裹，分外妖娆。登高处鹰嘴尖上望东风水库，一道十几弯，一泓山泉清，连绵起伏的山峰倒映，自成一幅水墨山水画。时常听山水呼唤，一时兴起，提包出发，一天往返，既玩了一个心花怒放，又没耽误工作，还省钱，不只是我的故里，也成了很多旅行者喜爱之地。

回忆小时候，一切跟麻布大山都有关联。我们学校的体育运动就是登鹰嘴尖，每当学校运动会开展，我就知道，一年一度的登山就开始。那一群如兔子样的身影，几分钟就成了我们女同学仰视的英雄。当年，学校还组织学生麻石上刷石粉在山上摆了几十米的"农业学大寨"五个字，站在洞庭湖岸上能清晰地看见。现在的鹰嘴尖上面建了岳阳县的转播塔，许多当时的旧迹就不存在了。

登于高峰，立于麻布山瞭望四周，以前只知道对着洞庭湖扯破嗓子干吼，如今头戴日月，胸吐灵雾，就明了道家为何选此为"三十五洞天"。此外的白月寺、古鸣观等建筑古迹，更让人想起前贤的许多传奇故事。

传奇，也道来历，相传古代有位贩卖麻布的客商，人称老贾，他为人厚道善良，行走江湖，遇到别人有为难的事总是解囊相助，人称"贾善人"。老贾常年与伙计们驾着船往来江湖贩运麻布营生。某年的春天，老贾装着一船货，顺风扬帆从洞庭湖南津港驶进了阁子市。船一靠岸，进货客商就跑上船来谈交易。老贾自是喜不自禁。

第二天上午，老贾经不住春暖花开，莺歌燕舞的诱惑，跟伙计们打了个招呼："伙计，你们好好照看生意，我到霖雾山拜拜菩萨求求神，保佑我们生意更加兴隆。"说着一路哼着小曲，循着山径走进了霖雾山。

春天的霖雾山，溪水轻敲流淌，百鸟齐鸣，百花争艳，真让老贾目不暇接，不知不觉已走近半山亭。老贾停住脚步举目一望，只见老松树下的半山亭中两位白发苍苍的老人坐在石磴上下棋，鹤发童颜，神清气爽。老贾急近立在一旁观战，时不时地还给老者参谋指点。可是，老人们并不理睬他，只顾下自己的棋。不知不觉老贾竟看了两个时辰，感觉肚子渐升饥饿时，忽然，见一位老人捧出一捧红枣，分了几枚给老贾。真是旱天遇上及时雨，老贾接过便狼吞虎咽地把枣子吃了。又观战了一会儿，看看天色不早，径自下山了。

下山路上，他觉得走起路来身轻如燕，快步如飞，心里正感疑惑，不知不觉已到了湖边，发现湖边大变。四下打望，也不见了他的货船与伙计。老贾到镇上去打听，问了好多人都不知道。几经周折才找到一个饱谙世故的老人，老人说："我小时候听爷爷说，一百多年前有个贩麻布的老板上霖雾山拜菩萨，一去不返。哪晓得他走了不久，突然狂风大作，把他的船打沉了，那沉船的地方，如今叫作'烂船湾'呢！"这时，老贾才恍然大悟，知道自己遇着了仙人，急忙返回山中去寻找，哪里还找得到，于是就在山中采药为生，经常为附近的老百姓送医送药治病。后来，有人说他已在霖雾山得道成仙了，传说往往就是如此美丽动人。

麻布大山

不知又过了多少年，人们便在芙蓉峰建起了麻布大仙庙。相传麻布大仙有求必应，甚是灵验。后来，人们为纪念这位乐于为善的麻布商人，便将霖雾山改名叫"麻布大山"了。

此典故《巴陵县志》里居然有清楚的记载。只是老贾回头相问，已是爷爷之上辈故事，他岂不早已得道成仙？

当然奇山异峰的地方，自古不但是仙人向往，更是战争年代的必争之地。

抗日战争时期，这里是第一、第二、第三次湘北会战的重要战场。中国军队曾在此击败大股日军，歼其步骑兵数以千计。一代战神薛岳将军率国民党军队在麻布大山阻击日军向长沙进犯，苦战三个多月取得了长沙会战的胜利。麻布大仙庙在战火中被夷为平地。

史料记载，1939 年秋天，日寇大举进攻长沙，日军投入进攻的部队是第六师团、奈良支队和上村支队，约 5 万人，向新墙河以北的国民党军前沿阵地发起攻击。在湘北担任守备的国民党军队是由关麟征指挥的第十五集团军。

新墙河作为第一道防线，部署了第五十二军，配置在右起杨林街、左至洞庭湖东岸的九马嘴一带。9 月 18 日。日军在攻下第五十二军两处警戒阵地的同时，也攻占了第五十二军在新墙河北岸下燕安、马家院等前沿阵地的重要据点，但遭到国民党军队的顽强阻击。冈村宁次在此次作战中不但低估了中国军队的战斗力，还忽略了当地民众的力量。在会战开始前，当地民众在政府的组织下，和中国军队相配合，把新墙河至捞刀河之间的主要交通要道已全部破坏，使得日军的机械化部队无从施展，其战斗力也就相应地减弱了，甚至后勤也不能完全保证。在这种情况下，冈村宁次仔细权衡后，最终下令全线撤退，欲退返新墙河北岸驻守。发现日军撤退后，中国军队士气高昂，关麟征当即下令第十五集团军各部开始乘胜追击。

据当时目击者回忆，10 月 3 日，国民党军二十五师一个团的兵力冲过了新墙河北岸，到达麻布大山脚下，日军林木一个师团 3000 多日军也已到麻布大山北面山脚下。为了抢占麻布大山最高点，双方在这里展开了一场恶战。后来听住在麻布大山脚下的人讲，日军的骑兵连从北面发起进攻，企图冲上山顶，中国军队先遣部队一个营从南面徒步飞跑上山。多亏营中一个二等兵，比日军的骑兵跑得还快，捷足先登上了山顶，眼看日军的骑兵已经冲到了他的面前，不过 20 米的距离。这位二等兵迅速将手榴弹向敌人丢去，日军冲在最前的骑兵班霎时人仰马翻。这个二等兵为中国军队争取了宝贵的时间，中国军队一个营的官兵全部登山，很快将一挺重机枪、两挺轻机枪架在山北面的咽喉要道上，在中国军队的猛烈炮火下，日本兵被打得七零八落，发出号啕惨叫声。日本兵在武士道精神的支撑下，裸背挥刀骑着高头大马向山顶一排排冲上去，未及山顶又一排排倒下来。一场惨烈的血战后，打死林木师团 800 多名将士，伤者不计其数。剩下的残兵败将再无力反攻，只得撤退。

这是历史的记载，但我从小听长辈讲的是，日本人曾在鹰嘴峰驻点，修雕堡，筑工事。我童年时，同学还看到上面日本人生活过的蓄水池，等等。可见，最后日本人还是占领了麻布山。麻布山水资源丰富，为了蓄水防旱，70 年代，几个村联合在麻塘公社统一指挥下，修建了一个小型水库，就是现在的东风水库。有山有水，现又有高铁横穿而过，麻布大山一步步走向现代。

如今，仙人远去，世事太平，风景这边独好，旅游正旺。

麻塘： 尘落的小镇

故乡的记忆，特别顽固，不在风月，是永远无声的召唤。

我以为自己的记忆里已没有了它的痕迹，看过太多城市高楼大厦的脑海像清空记忆一样让它消失了。当一个突发的念头带我重回这里时，才知每一丝流动的空气穿过我的发梢都带动起了熟悉的气浪。

很久不曾来过，来过这个我称之为故里的地方。这只是一个小镇，小得很不起眼，小得太过朴实。曾经的模样依稀，如今我再次走在已是坚硬的水泥街上，寻觅着气息而行。眼及不远处连绵起伏的麻布大山，似一道绿色屏障与京广复线竞相奔驰而去。沉默、清冷、静穆的大山和喧嚣、锐利、凶猛的铁道沟壑间，这座小镇就是以麻布大山作背景，以京广线为画笔的一个点，我呢，只是一粒若隐若现漂浮不定的微尘。

在喜欢寻根问底的学生时代，曾问过父亲很多次麻塘因何而得名，他说似乎没什么特别的传说与典故。在少年虚荣的张狂里，没能有一个风光无限的出生地作装潢，又失去了以它的历史作为依托炫耀的资本，在对自己出生地的不满里不免对它有些鄙夷和轻视。岁月蹉跎不出未来的光环时，偶尔翻阅有些厚实的记忆，才发现平淡无奇里蕴藏着无比的美好。背靠着麻布大山绿色的屏障，明了走过哪个地方如此的不重要，重要的是我经历成长时走过的痕迹与留下的足印，刻下的快乐与愁闷的情绪浸过记忆的底片。所有像灰砂一样刮过人生道途的那些缺憾的风波风暴都经过慧眼的沉淀，融入镇上一砖一瓦中，练就了它的淡泊，也飘散了每个人的气息。

其实，它能称镇还真有些抬举，因它实在太小，小到我还被抱在手时对它的印象便只有几个竹席垫的尺度那么大。这个特别深刻的记忆，是有次父亲把我架在肩上，走过小镇时，我睁着懵懂无知的眼睛看到，村里用来晒谷的大竹席靠立着贴满白纸黑字的大字报墙，似乎只伸展了十来床竹席，小镇便铺满了。直到现在，两条交叉成十字的马路还如拙劣的画笔，画出的两条曲里拐弯的线条，趴在那里理直气壮。

好在曲径通幽，蜿蜒无限处还有一些等待，在一个转弯后，总有一丝惊讶。

往北稻花的清香是铺展着涌动的，沿着沙石路步行十几分钟后，有一条清澈见底的溪流，溪底的小石被溪水摸来摸去已变得圆润光洁。踏过两块青石板桥，就是磨刀村。居住了十几户人家的磨刀村像隐居的僧道，似乎有非同一般的来历。传说也有，话说当年关羽挥舞大刀路过此地，突然缘分所至看中了一块大麻石，一时兴起在上面霍霍了几下。刀磨没磨锋利，关羽没说，估计一乡村民也不敢问，这个无关紧要，重要的是他在此磨刀的意义深远。反正只要是名人光顾过，名人在此有何作为，无关紧要事无巨细便成了取众的理由。所以，这块石头理所当然身价大增，从而引发了一个地名的诞生。无论传说真与假，磨刀村的风景堪称一绝，仿佛镶嵌在大地上的一颗翡翠，挑起麻塘镇北面犹抱琵琶半遮面的风情。

从镇街往南，绕过大大小小以为靠叫嚷能得来财富的店铺，在镇与铁道间，自然也落入俗套，总会形成一潭湖水，有风没风波光灵动。小时候，站在石英粉厂前看那一弯水，感觉很宽很深。如今，每年去乡下祭拜路过它身边时，才发现如此干瘦，虽风韵不减，却是没有了气度。是我见过大海的挑剔眼光中的不屑？还是我长大后比下了它当年的威风？

我站在如此熟悉而陌生的街道，却没寻到一张熟悉的面孔。老人大都离世，原来认识的已搬走。有人在一只木盆里用铡刀剁辣椒，边上围着一群人闲聊，我站在那条街上，她们的眼神装满疑问！我迟迟疑疑报过父亲的大名，她们一下惊呼着历数我家庭所有成员，里面一如既往地没有我，早已习惯。家里搬来搬去，无论是何处，往往住几年，邻居看到我都很突然："你家还有一个女儿?!"刚开始耿耿于怀的懊恼，久而久之便被习惯冲淡。此刻站在风中，我处之泰然，别人不认识你，错的一定是自己。

事隔多年，以一个陌生人的身份，面对小镇，站在灰蒙蒙的墙边，想改变以前的轻视要去读穿它的历史。可惜贯穿南北在历史的长河中，还是没有找出惊天动地的作为，当然也没有如雷贯耳的人物，宛如城市穿街走巷提篮买菜斤斤计较的家妇普通。外面无人识，我惦念实乃感情所为。

故乡的记忆，如此顽固，不在风月，是内心一种无休止的无声召唤。

还记得，80年代，在它东面那个小角上曾有一段时间是喧嚣而繁盛的。经编厂青年，美丽帅气地掀起了这潭死水的微澜。小镇狭窄而杂草丛生的小径上，一群喇叭裤不顾阳光下店门边老太太的白眼，肆无忌惮地钻过荆棘再横扫到街道，点缀得五彩斑斓，也踏宽了那条小道。我睁着好奇而羡慕的目光，开始每天在读书之外空一段时间去思索长大后的事，他们激发了我渴望长大的欲望。投入自己的情绪太多，忽略了一镇各层面人对于这支突然安居此地格格不入人的感受与眼光，一定满含复杂。套用最网络化的语言，表面的骂声里，浸满了羡慕嫉妒恨。我这样不可抗拒地成长，小镇沉默着它的沉默。似乎很短的时间，没容我从容地完善而完美地长成十八变，想要融入那新潮的理想没来得及实现，一切便沮丧地过去了。经编厂整体搬迁至岳阳，那东角的喧哗随着几十辆车的来来去去，渐渐安静。建了几年，搬走瞬间，繁华散尽，人去楼空。我在学校待完了一个学期再去厂里旧址，当时给我的是一种安静得可怕的景象，我飞也似的逃了出来。半山上一座空旷的城池陷入了深深的寂寥，让我对很多事有了宿命的解悟。世上的东西是没有长长久久吗？没有永远的清晰明了吗？人生流动的河深深浅浅，浓浓淡淡，让我本来茫然的小脑袋里更是迷糊要不要在意这许多。第一次对长大有了一丝畏惧，我会有怎样的生活？我会去哪里？这样的问题，对着如此之宽广的未来空间，问起来，显得羸弱而胆怯。

长大，这个绝对自我的事，却只能服从遗传基因及自然规律，决定你的宽窄，你的高矮，你的灵笨，你的美丑，不容商量，根本没有自己做主的可能。我按时长大了。长大后花样多，就会换一种思维看事看物，很多东西学会了不在意，也没心思在意了。岁月风干的不只是躯壳温润的水分，还有记忆，很多东西想强留都会在无意间便淡化得无影无踪。我想学很多流行语说，不在乎天长地久，只在乎曾经拥有？可不记得的东西，拥有过吗？很是质疑。记得洞庭湖边，选择一颗最满意的树雕刻自己的名字时我还很天真，刻下了便期望长在树身上，直到长进它的心里，能借树的挺拔直接与天空对话。几年后，我兴致勃勃地前去趴在树上细致地寻找，只找到一个模糊散架了的斑痕，将我的名字拉得比历史还乱。我试着远近高低各不同地看，却寻不来当年的正规，只有扯烂得无法归位的刀伤。当时犯了一会儿糊涂，不能确定我具体雕的是什么，后来甚至怀疑自己是否真的雕过。反正没有想象的那么失落，学会了自我安慰，我就是雕了名字也会随着树的成长化进它质里。好像这样安慰着便走了，现在回想不起来当时自己是不是真的开心和安然，有没有流出东西遗失后惯常挂在脸上的水珠。

麻塘镇隧道

　　树上的名字，就像我从外地工厂回家，母亲低着头有意无意告诉我，你那个化工厂的同学别人给他在前面商店里介绍了一个女朋友一样，有些莫名。那个曾暗恋我，母亲却认为我们一起合伙暧昧让她懊恼的同学的女朋友跟我没一点关系。可我莫名其妙会在每次回家从轰轰隆隆的火车下来后，先背着包沿坡而下直接进入商店，看一眼那个大眼睛小个子白白嫩嫩的女孩，笑一笑便走。再在离家时又会去商店站一会儿，看陌生的她笑微微地在只比她矮一丁点儿的柜台里来来去去，再笑一笑转身就走，她不认识我，当然也不知我是谁。现在也没弄清我为什么每次去看她，是因她跟同学的关系让我有些亲切，也可能是好奇很远工作的他为何在这小镇寻觅一份情感，可能还有淡淡妒意吧。就算我没爱过你，但你怎能这么快就去喜欢别人呢？并且这个别人还很是雅致而清秀，让我看了酸得满心欢喜。对他不坚守爱情的失落和怨怼有种不讲理的鄙视，好像一下知道树长大将我的名字拉得那么残缺是很有道理的。人都不能长久完美在别人心里，我怎能要求树完整地收藏着我的名字。

我再安慰自己，也常常失意、失态、失落！永远学不会小镇的稳重，学不来那种超然的处世态度。我们以为小镇是永远不变的符号，就在某一天两乡合并，它成了第一个要退出政治舞台的主角，我们仍然看到它处之泰然地沉默。老镇不明白也不想明白的是，因那通向外面世界的唯一通道，每天上下两趟火车的取消，还是自己固封的必然结果。一切都在悄然改变，随着火车的提速，小站也失去了它存在的理由，小镇的居民在"哦"一声后不再光临坡上铁路边的平房，再没有翘首，也没有期盼，更没有了等待。

那个平房是一个世界之窗。我记忆中的小站很小，一栋平房，一个很少有人坐的有两排木椅的候车室，一扇还算热闹、每天定时开两次的小窗，两条闪着光泽的铁轨，三个人。我每月在工作地与家中往返的两趟中，它是唯一的依靠。我踏着它的心跳闯荡在外地，一月三十天格外亲切地活跃在脑海中。它当然也负责托起方圆几十里人走出小镇的生机。小小的平房，大大开阔了小镇人的眼光。每个从火车上跳回小镇的人，那背囊里或多或少都会藏着一些曲折离奇的故事。外面世界的精彩无限放大，在沉静安宁中搅起小小的涟漪，诱惑起一串串向往崇拜的眼神。隐匿一份无奈，留下一声叹息，落入深夜抱在怀中的妻子甜蜜的梦中。偶尔有陌生人侵入，准会激起一街齐刷刷疑窦而好奇的眼光，探究得别人不知所措。当火车真的不再为它而停留时，我正巧调到岳阳对它不再需要，就没有太多的在意，有事不关己的自私淡漠。20年后，我想要像当年一样试着再次伫立在破败的小车站，看火车尖锐地从身边呼啸而过，风扯起我的衣裳揉搓，刮起脸上的肌肉乱了方向，万分惊恐。看镇上似曾相识的居民，坐在自家一方小店或小堂里不曾抬头。改变了生活的火车就这样走出了视线，连同那曾热闹而拥挤的小站一起褪色。我却在不远处，看到一个剪着短发，如小子一样欢快跳上火车，傻傻无心机地开心大笑着，与月台上风中娇小母亲用力挥手的身影。笑声二十几年后再落在小站边故地重访的我身上，震落了我满身尘埃，影子也已远去。

老镇留在隧洞东边不言不语退出舞台，新镇在隧洞的西边嚣张地霸占了它的身份后还占用了它的名字，也叫麻塘镇。铁道下横向连贯新旧的两个隧道，像两只智慧而敏锐深邃的目光让两镇默契地相互注视。我穿过隧道时，偶尔的一滴水珠落在我的头上，抬头见青苔碧绿娇翠厚实，层层铺垫着岁月的沧桑与绚丽。我站在老镇的隧道口，试着以仁者的宽怀，看新镇的蜕变，读到新锐两字的不同凡响。穿过隧道站在新镇的那端以智者的理念，读老镇的沉浮，看沧海桑田。两个绝然不同的画面，让我有了绝然不一样的心境，泛起内心很多很多，却表达不出所以然。

风光了几十年的麻塘老镇，终于只是麻塘镇的麻塘了。十几年，新镇已诞生成长了一批年轻人，绕口令一样的称谓，在新生代中，这没一点奇怪可言，习惯成自然。我那么固执，每当有人提起麻塘，脑海里总是迅速跳到麻布大山眼帘的那个点上，再经过短暂的搜索，在新旧交替的错愕中，不知将思维定格在哪个点上算精确。时间太短，还不足以残酷到抹掉旧痕的那步。

现在对于它，我只是一个脚步匆匆、风尘仆仆的路人，一个曾经落在这条街上再随风飘走的微尘，我很是失落。尽管我很少想起它，可我不想它忘了我。在对旧镇记忆那根植的深厚和这有些混淆的称谓里，我不愿在岁月淘汰中过渡，情愿它在我的心里永远地纠结。

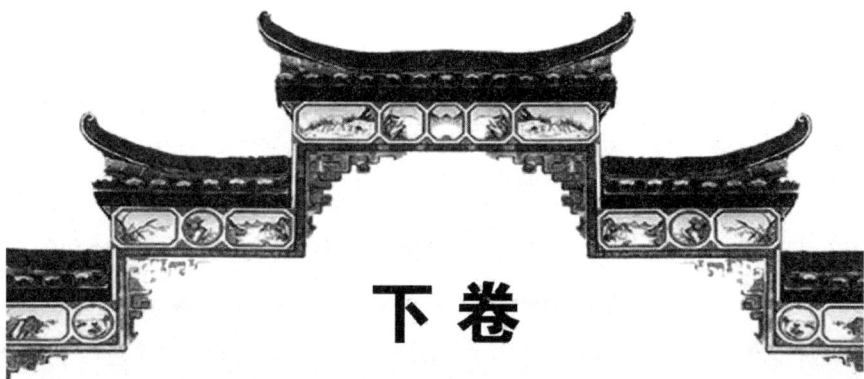

下 卷

旧事泛思

3517： 岳州老城的记载

　　古岳州城的范围，很多人都能说出个大概。除岳阳楼至南岳坡就是对面马路的那块陆地，顾名思义，3517 乃为真正的岳州原图。其后十几倍扩大墨迹的漫延与染浸的城图，它叫岳阳。忆起当年建这个大型的兵工厂时，并没有现在规范的城市规划图，据说，是某领导考察时，就地一指划地而筑。据说的不能当真，只是一个民间传闻，但老岳州却真的是在它一步步建大中只剩下一个记忆，失去了原貌。当冒着灿烂的阳光寻访旧城的记忆时，3517 是必行之地。走过一栋栋居民楼，走过一户户人家，你看到的是一个现代小区，却每步都踏在古迹里。天主教、鲁肃墓、石狮子、向家井的存在，树荫下、家门前、荒地里随处可见的青石板，男男女女老老少少口中的故事，让人感知岳州城的过往，也感知岳阳历史文化的底蕴。

　　3517 家属院里，茂密的树林边，一排热闹的地摊前，有一块围墙围着的荒地。对古城颇有研究的退休老师李元宝先生介绍，这里就是岳州府的旧址，也是建设 3517 时，拆建为教学大楼的。改革开放后，这里再次易主，打了个围墙后便荒芜至今。当然，当年岳州府里的一切早已不知去向。李元宝根据 1893 年出生的父亲李熊煌当年的讲述，将我们一行人带到了 3517 厂 7 车间二办公楼外。一对石狮子左右守护，其雕刻栩栩如生，这就是当年岳州府的守门石狮子。

　　这对石狮子，是当年从岳州府旧址移至在俱乐部门口，后来再移到这里的。说起来，石狮子有两对，还有一对在 3517 橡胶公司的厂正门口。作为守卫神的石狮是中国传统文化的一部分，更是门内工作与生活的人的身份象征。石狮守门，这是一种流传并庄重的中国独特的传统文化。从古至今，极大数的官府、名门私宅等以此为威，以大小定级，以有无定位。"文化大革命"

时，除四旧，不但除掉了大批的文物，也除掉了很多门前的威严与庄重。好在石狮的销毁有些难度，反而成全了它的生命力。

我在 3517 寻到这两对石狮子，都保存完好，并且雕刻与众不同，如果考究为真，那当是岳阳最有身份的一对文物了。很多人提议，以它的经历，如果守在瞻岳门前是不是更能体现它的价值，更有历史意义一些呢？

3517 厂区

站在 7 车间围墙外，抚摸着这座经历无数风雨的石狮，里面机器声阵阵传来。李老师介绍，这里当年是有名的岳州东门操坪。有很长一段时间，市里的重大活动，如大型运动会等都在这里举行，还有一个让人惊恐的作用，也是当年有名的重刑犯执行枪决的场地。

3517 工厂家属区里，我还遇到一口古井。在水泥修建的小坡上，一个像下水道的圆状口边，几位老人讲起了它的来历。称它是神秘的百年古井：向家井。

向家，曾经是这块地方的大户人家，随着 3517 的建筑，一步步退得不知了方向，仅留下了这口井。后来水管的四通八达，古井就失去了生活中必不可少的地位，也渐渐被人们所遗忘。失落在无名街道的向家井，再没有用武之地，但她为一代又一代人留下的美好回忆，仍然在老一辈人的心中散发出浓浓的情感……

已经 70 多岁的仇奶奶回忆，那时井水很干净，很好用，一年四季都不枯竭。在寒冷刺骨的冬天，打一桶井里的水来洗衣服、洗菜，是再好不过的一件事。

而在炎炎夏日，最让人心情愉悦的还是装一桶井水，泡着西瓜，或用井水浸一盆新鲜可口的李子。那冰凉清爽的感受，能赶跑一天的疲劳。等到了夜晚，漫天的繁星倒映在清澈的井水里，贪玩的孩子趴在井边数着一颗一颗的星星："一、二、三……"，年纪小的孩子最容易数混了，"四十八、四十九、六十、六十一……"而这时，井边便会传来一阵阵的哄笑声，大人们也开始伸长脖子喊："小心，莫掉到井里头去了！"

晚上用井水煮沸了，泡上几片春天新摘的绿茶，一壶芳香四溢的绝世佳品就此诞生。闻一闻清香，抿一口热茶，就令人瞬间通体舒畅。

关于向家井的由来，已经没有多少人知道其详情。我询问住在向家井周围的几位居民，都频频摇头："不知道，我来的时候它就已经在这儿了。"一位热心的老奶奶帮助我联系上了向家杨奶奶，向家井神秘的面纱才稍稍拨开一个角落。旧时挖井，贫困的人家几十家甚至一个村共用一口井，一般有钱人家会自家挖一口或几口井独用。向家井就是当年向家富足的证明。只是当年不同于现在的轻视，那时四周是花岗岩垒砌而成。

杨奶奶的丈夫就是向家的后人，杨奶奶回忆道，向公馆从她丈夫爷爷的那一代就已经开始没落了。现在，在向家井附近四处散落、零星分布的麻石，很多就是原向公馆的建筑石料。

3517 生产车间

20 世纪五六十年代，向家井还在杨奶奶的院子里，隔着一道铁丝网，对面就是 3517 工厂。1950年，向家井被盖上了铁质的井盖。只是一到停水的时候，附近的居民就会把井盖打开，用里面的井水洗衣、洗菜。一直到两年前，为了防止小孩失足落水，才在井盖周围涂抹了一圈水泥，把井口封死。

"向家井周围，没得蚊子。"关于向家井，还流传着这样的传说，因为住在向家井附近很少受到蚊子的困扰，周围居民都在纷纷猜测井底的水里藏着一个神秘的"镇井之宝"。

只是如今，如此一个古井却没有像桃花井及观音阁井一样被列为文物，被民间一个封口封住。虽然封得了安全，但也封住了历史的身份与价值。并且年轻一辈的人没几个知道这像一块疤一样镶在路上的东西有着这样的故事，那么总有一天消失就成了必然。

很多人怀念岳州消失了的几十口古井，却没有人去救护这些还真正存在的古迹，就像那明珠落尘一样，唯有遗憾至极也。

在探寻 3517 厂里的古迹，寻找古岳州文化根源，最重要的一地鲁肃墓留在了最后去探访。

鲁肃墓位于 3517 工厂内南侧，北距岳阳楼约 200 米，占地面积 800 多平方米，封土高 8 米，直径 32 米，在名人墓中算是规模较大的。一直听闻，未曾真正走近，站在门口便有些震惊，比我想象的要大得多、好得多，但推门而进，一人多高的杂草揭示其荒芜，院落与墓地破烂不堪，更出乎人意料。墓前一高大牌坊，上刻"威恩大行"四字，出自晋人陈寿著《三国志·吴志》中称赞鲁肃任职荆州时"威恩大行"。

3517 厂区的鲁肃墓

进门两边各有一栋小房子隐隐约约可见。左边的小房子是一个供庙，里面有一尊鲁肃的塑像。两边的对联是"威恩大行应焚香；足智多谋因得道。"供案上的香炉看起来已经断香火多时了。右边的小房子应该是当年守墓人用于卖一些纪念品的地方。两处都门庭破损，门口也是草长树深。

抬头看墓地，被包在一片杂草中，看似一座小山头，没法形成真实的样子。我沿墓周花岗石护栏环行，杂荆让人走得牵牵绊绊，护栏的石头还有两处地方已断，一块花岗石在墓下的草地里。墓地南、北两面有石级可登墓顶，路很难发现，穿过荆棘，一边双手开路，一边双脚还是被刺挂住。至墓顶高 6 米，占地 20 平方米六方小亭，才知危险重重，小亭躲在一副锈迹斑斑的铁架里。周围的居民反映，铁架好像是为了维修搭建的，只是一搭一年再没有了动静，不但风雨中的小亭更破，铁架更成了隐患。

鲁肃墓在岳阳也算一处闻名的古迹，很多外地旅行者都寻访至此拜谒，更是很多本地人寻古追思之地。

鲁肃字子敬，岳阳这一带自古尊他为贤人，岳阳旧祀六贤，其中一个便是鲁肃。东汉临淮东城即今安徽省定远县人。东汉末年东吴功勋卓著的政治家、军事家。《三国志·吴志》说他少有壮节，好为奇计，家富于财，性好施与。东汉末年军阀混战，他献出家产随周瑜投奔孙权。赤壁大战前，他力主联刘抗曹。在战争过程中又多方斡旋，调解周瑜与孔明之间的矛盾，终于协助周瑜取得了赤壁大战的胜利，为孙权雄踞江东奠定了基础。赤壁大战后，他又力主借荆州与刘备，加强与刘备的盟友关系，增加曹操的敌手，促成三足鼎立之势。公元210年，周瑜在岳阳病危时伏枕向孙权极力推荐鲁肃代替他。周瑜死后，孙权依言命鲁肃镇守岳阳。在岳阳他屯军筑城，巩固边防，修建阅军楼操练兵将，并厚抚巴丘百姓，使战乱中的百姓得以休养生息。公元217年，鲁肃病逝，年仅46岁，葬在洞庭湖东的巴丘（今岳阳）。因此，岳阳历代百姓深铭其德，奉为贤人，专门修了鲁将军庙祭祀他。

清朝同治和光绪年间的《巴陵县志》均有鲁肃墓的记载。光绪十五年（1889），巴陵知县周至德对墓陵进行过一次修葺。1915年，北洋军阀曹锟来岳阳时，又修整了一次，重刻了墓铭。墓碑两侧的石柱上刻着一副对联："扶帝烛曹奸，所见在荀彧上；侍吴亲汉胄，此心与武侯同。"墓顶上小亭也竖有一石碑，碑上刻着曹锟撰写的铭文："距今1698年，汉建安二十二年，东吴水上将军鲁肃卒于斯，巴陵人思其德而葬之于斯。余在岳阳，过其冢下，想见其为人，为之徘徊流连不去。旧冢有亭，褒不容人，余从而修葺之，而为之铭曰：公德于斯，卒于斯，而葬之于斯。呜呼，公足以千古！"

目前，全国已知有鲁肃墓5座，分布于岳阳、汉阳、镇江、丹徒和句容，孰真孰伪各有说法。但鲁肃在岳阳其人其事的声名，其墓其基的深厚，鲁肃墓足以成为岳阳旅游的历史名胜，将与岳阳楼、文庙共辉映。这是附近居民的心愿，也是所有岳阳人的心愿，更是历史的心愿。

在3517家属区一栋普通的房子前，有一条"T"字形的小道，前面是空地，右边直通东边家属区，左边被两栋 80 年代修建的高楼拦断。李元宝老师告诉我，这是当年岳州府通往岳阳楼必经之路。岳州府早已不在，当然，道路也因 3517 后来不断扩建基本毁掉。随着岁月不断深入，岳州府的消失，这个厂的划地圈建，这条道曾经的作用和辉煌就在隆隆的推地机声中远去。不可逆转的事实是，它的身份也肯定将会成为一个秘密。因为，存在于现有几个老人脑海的资料，年轻一代的不肯接受，必将随着最后的记忆而遗失。这个名不见经传的小道，岳州的史料事件里，它没占有一席之地，那么，它也会遭遇中国大多数靠言传的历史故事断层的挥发。当年，无论是哪方官人探访岳州，一定是必须去趟岳阳楼的吧，那坐着八抬大轿的威风场面不见，岳州府不见，官道不见，最后在一代一代老人逝去时，记忆也不见了。

只是让 3517 没想到的是，时代变化，它的命运与老岳州府一样，即将成为过去。2016 年，旧城改造，全国城市棚改进入白热化程度，3517 橡胶厂整体搬迁至城陵矶临港新区工业园后，生活区迎来整体拆迁。3517 厂将作为岳阳市东风湖新区及旅游开发，环城线路的建设，全面征收。2017 年，大部分居民拿着征收款已搬到了新家，还有一些单位，在做最后的扫尾。

2018 年，东风湖新区以此为重地拉开了全面开发与改造，3517 将成为岳阳市文旅新城。

天岳山电影院： 一个时代的标志

岳阳老街天岳山，能让老老少少都知道很难得。究其因，估计一是名字未东变西改，二是曾在很久的岁月算繁华，三是天岳山电影院曾经的风光。如今，吸引岳阳人，甚至外地去赶来的不是因为旧城的文化，而是那里一家叫天宝的小店龙虾的引力。

关于天岳山，一直以来，属于民间生活重地，所以，几千年来来去去，留名的不是玩便是吃了。清光绪《巴陵县志》有记载："天岳山街自十字街南一百三十步，东为金家岭巷；又南百六十步，至羊叉街，北通油榨岭，南通塔前街。"近段时间，我从汴河街下车步行至天岳山街。在当地居民意见不一的指点中，总结出这条街的基本概况。街乃南北走向、长度仅百余米，在20世纪很长一段时间内，与旧时楼前街、南正街、塔前街等连接起来，成为我市最繁华的街道，成了这个地区经济、政治、文化生活的阵地，成为四里八乡的商贸和本市政府及人民的金融中心。

天岳山街的北面直通南正街，西面就是油榨岭街，南面直指慈氏塔，东面有名震江湖的乾明寺，更有文化深厚的三中。就是这样一条小十字街，满眼都是大小商铺，光小学就有几所。80年代，我有一位同事便是天岳山长大的，其大胆、其气势、其优越让人惊叹。刚刚改革开放，女孩子们还胆小怕事，什么也不懂，受到某东西诱惑也只是偷偷瞅几眼时，她好像什么事都能出头，仿佛见过大世面。凭她当年的风范，足见天岳山这条街的人不一样，其街也一定是不一样的。

当然，这只是记忆中的样子，如今早已是随随便便地将就着，就显示出了老而逼仄的寒酸来，再在此出生的人，无形中便有了一种委屈。

现在幸存的一栋破楼一度是天岳山电影院、天岳山街的标志性建筑之一。

近段，我寻访了天岳山电影院。现在说起天岳山影剧院，很多人都不清楚在哪了。其实就位于天岳山街与油榨岭街相交的街口，影院是一栋四层楼房，楼房外墙已经剥落，外围的钢筋也已生锈。记忆是美丽的，现状是不堪的。

天岳山影院旧址

说起天岳山电影院，追溯得太清楚就会发现，其实刚开始它并不是作为影院而建的。50年代，正是运动不断时，适应形势而建这个岳阳县政府礼堂。礼堂为县、区、乡三级扩大会议及一些大型政府会议的地址。为何后来成了影院，这也算阴差阳错的一个偶然事件。作为礼堂，再多的活动也不可能天天有，因此，极多的时间，它是空闲着的。有一次，会议期间放映了一部电影，1956年便正式改为了建设电影院。当然也还是会为会议服务，但更多的时间就是用一部16毫米8.75的小机子放电影了。

中国民间及官方的文化特色里还包括一项，名字的形势性。地名也好，人名也好，企业也好，其名随着政治风云不断更替，最后弄得原名不知所以，当然原故事便只得放弃。偶尔在史记里看到某些旧名旧址时，再发疯一样追根。几个称为史学家的人据理力争的确定，只有与先人重逢后再扯地皮官司了。天岳山建设电影院也一样，"文化大革命"时改成了东方红电影院。时间进入80年代，人们的思维在经济的浪潮中从纯感情又变得彻底的理性与现实起来。东方红电影院又实行实地命名制，改为了天岳山电影院。

当时岳阳有名的电影院也就"岳阳影剧院""天岳山电影院""军工俱乐部"等为数不多的几家，看电影是一种时髦，甚至是当时不少青年男女爱情的见证。现在，岳阳各重要小区的影院星罗棋布，却常常只有几人观看的景境，是无法想象当年天岳山影剧院的盛况。那时的文化活动少之又少，看电影几乎成了唯一的大众化文化娱乐，也成了很多人了解历史、了解艺术、了解外部世界的唯一窗口。看过之后，电影的内容在相当长的一段时间内还会成为大家津津乐道的谈资。而看电影时，问得最多便是，哪个是好人，哪个是坏人？现在想想，那简单的思考，有时代的可笑也有一种轻松。

1979年调入天岳山电影院的跑片员，后担任副经理的任利平介绍。天岳山电影院比起长沙及北京、上海的电影院是很小的，但能容纳1200人的厅，足够吓得现代小微型厅一个倒翻。当时为了提高听觉效果，他们采取了最土的土办法吸音，他们用木屑子与泥浆调和将墙粉刷成不平整状，成了当时音响效果最好的影院。

当年任种平负责跑片。跑片这个词当然早被时代淘汰，估计以后在历史长河里也会成为一个冷僻词。而当年，可是一个职业。在胶片时代，一部电影可是几铁箱胶片。这家提前一点放，跑片员等着，等你放完两盘，跑片员再提着跑回自家影院倒片，放映。放完了，跑片员再跑回去那家影院拿回刚放完的胶片。一部电影，最少来回得跑几个回合。想象一下便知，"跑"这个字无论是直译还是理解，都是一个十分火急的辛苦工作。

任利平回忆说，天岳山每天最少放映六七场。工作人员都是通宵达旦连轴转的，上午一场，下午两场，晚上三场。最火爆的当属放《少林寺》时，一天放了12场。算算其跑片的路程是多少？任利平说，当时没觉得特别累，因为那个年代能为人民服务特别开心。这个说法一点不假，那时，是真心实意想为人民服务的，并以此为荣的。

天岳山电影院的火爆，当然也激发第二产业的兴旺。

一到放映时间，挑担的小商小贩便都来了。香香甜甜氤氲起满街的浓郁，挑担猪血肠子、猪血汤、米豆腐汤、包面等，热腾腾的担郎上摆着十几个小佐料碗，调料都有二十几种。纸筒的炒瓜子、油炸的猫耳朵，等等。而买得最多的是人手一捧纸筒卷起的炒瓜子。一边看着电影，一边嗑着瓜子，那是那个年代最为惬意的画面。只是苦了电影院工作人员，水泥的地板，每天扫出十几箩筐。隔个星期便必须用高压龙头冲洗一回。工作虽然辛苦，但工作人员走到外面特别有面子。一说是天岳山电影院的让人眼睛一亮：同志，可以搞张好点的票吗？

正是这个优势，让公费医疗时期医生整天"卖牛肉"一样吊着脸骂病人，一切物质凭票供应服务员个个"爹"一样神时，他们倒免了这些白眼换来了几个笑脸。与这些特殊人物关系处理得特别好。

到了90年代，天岳山电影院因墙体开裂，屋顶木结构枯损，安全成了重大隐患。每到年节时，家家鞭炮不断，人家过年，这里过关。为防止安全事故的发生，就原地改门换面重建了这栋现代新派建筑。楼换了，放映机更新了，城市却东移了，扩建让旧城冷了，人也走了，天岳山电影院遭遇了很多时代必然遇到的市场冲击。在经过了几年的亏损后，终于关门大吉。关得太久，一栋建了不久的气派新楼只剩一个壳，挺在风雨中等待何去何从。

古井： 远去的生活标志

岳阳是一座滨江临湖的水城，也是个拥有众多古井的城市。据记载，当年古城时，自岳阳楼下客运码头至吊桥（今巴陵西路）以北路段，有 15 口井。自吊桥以南至老火车站地域，有 56 口井，为内城区的 3.6 倍。其中，茶巷子至竹荫街、下观音阁街西至南正街地段有 8 口井，竹荫街、三教坊、梅溪桥街以东地段也有 8 口井，梅溪桥街以西至天岳山、金家岭、乾明寺街以北地段有 11 口井，上下观音阁街东至竹荫街路口（含茶巷子以北）地段有 10 口井。分布密度最大的是梅溪桥街西侧，共有 20 口井，仅三教坊、丁家塘地段即有 8 口井。

井是慢慢消失的，它慢慢的消退是时代发展的必然趋势。3517 工厂大门以东附近有 3 口古井。厂俱乐部东北角原有一井名向家井；织带厂内与对面的厂公安处大楼下，一南一北有两口井，名双泉井。对照清光绪十七年（1891）《巴陵县志》城区街巷图，此处应是双井巷，巷名显然是以此双井命名。而一中校园内 1946 年随国立十一中迁来岳阳的一中老教师邓子瑞说，一中校园内原有 4 口井。食堂旁有一大井，校办公室后有一小井，校体育馆坎上有一小井，大门外东府下坡处也有一井。据邓老师说，学校外马路边，靠今自来水公司处岭上，府城隍庙旁有一井。当年国民党政府常在此斩杀犯人，并将尸首扔在井内。九华山处有座九华庙，根据有庙必有井之说，此处应当有井。九华山当时辟有农田，根据有屋场必有井之说，以两个屋场为准，至少应有两口井。

据此，以上地域共有 11 口井未被列入《布置图》。其实，3517 厂的 3 口井与一中校园内的4口井，20世纪70年代末才被填平。而当年县建设科在普查时，却没有将以上水井标注图上，实在令人费解。根据《布置图》上所标明的深度，有36口井深在10米以上，其中，最深的是位于洗马池（今鱼巷子）的秦王井，深19米。

宋范致明《岳州风土记》载："在县南，洞庭湖岸上，有石井二，相去数百步，俗号秦王井，其泉甘美。"据老人们说，此二井之一原在火龙局（今鱼巷子）内，水甘甜清冽，小时他们常用此水冰凉粉吃，故印象极深。

古井，作为过去生活中必不可少的生活用水之泉，岳阳这个有着悠久历史文化的古城，其古井的历史也是值得记载并留存的。我在走过的桃花井、玉清观井、观音阁井、柳毅井等中，看到了过去生活的影子，听到了过去生活的热闹，看到了过去一井相围的和睦。这都展示岳阳大地未为人知的人文之美，我仅有笔录拼接出这座城池的岁月底片，让更多的人对这片土地能有更深刻的认知，能产生更深沉的热爱。可以肯定，这样的记忆，这样的探求，不管尘封多久，都会一脉传承。

古井玉清观井

目前，老城区仅剩桃花井、观音阁井、玉清观井等几口古井。它们不仅是岳阳历史的见证，也是值得保护的古代文物。

岳阳为何多古井，岳阳城濒洞庭、临长江，三面环水，用水方便，为何还要开凿如此众多的水井呢？

由于城区地势东高西低，呈岗丘地貌与平原、湖泊交错，城区正处在沿湖岗丘上。古时没有自来水，沿湖的居民可就近去洞庭湖畔取水。其他如观音阁、梅溪桥一带离湖较远的居民与单位，或靠人挑水卖，或只能就近打井取水。每逢战争，城门四闭，不能出城取水，只能坐守孤城，必须依汲井水为生。

清嘉庆年间，巴陵知县陈玉坦曾写诗述及此事："巴陵城外云水窟，巴陵城中水不足。楼下肩摩担汲忙，瓮贮瓶藏供饮沐。去年秋旱冬更甚，雨不能求思掘井……"

古井开凿缘于何时，城区的古井开凿最早应是西晋建巴丘城时。以后，随着宗教的盛行，城区道、佛、儒教的寺庙宫观越建越多，多时超过百十座，用水大部分靠掘井取水，基本上是一寺一庙一井。据老岳阳人讲，1938 年日本飞机轰炸城区前，梅溪桥街西地段全是庙宇。此地有 4 口古井，就是专供寺庙用水。玉清观西巷的那口井，就是专供当时的乾明古寺用水。

岳阳的桃花井，流传着一则关于桃花的悲壮故事。

"桃花井"是今岳阳市翰林街近处的一个居民点，盖因井而得名。相传清初时，这里住着一户大族，养有一个名叫桃花的姑娘，年轻而靓丽，性情婉淑，勤于劳作，深得主人宠爱，亦得邻里颂扬。那次清兵入城，奸淫掳抢无恶不作，无奈桃花被兵所逼，坚拒不从，奋力脱逃至井边，愤然投井自尽。后来人们为纪念这个坚强女子，遂将这井命名为"桃花井"，并在井畔栽了几株桃树，以示陪衬。每逢阳春三月，桃花盛开时，往往令人生发"人面桃花"的感慨。清代巴陵诗人陈伯清游览桃花井，曾作过一首七绝：

不因风雨减春光，井底桃花落更香。

当日若随流水去，小乔无伴冷斜阳。

桃花井相伴小乔墓，是岳阳近邻的两处名胜，称颂的都是贤淑而美丽的女子。诗歌用了一个假设句式来反诘：若桃花姑娘不投井而随波逐流的话，自然就没有了悲壮的一幕。那小乔也就没有了这个邻居而自会更加冷落寂寞。

186

显然诗歌赞扬了桃花，也称颂了小乔。

近闻岳阳搞城市建设，可能损毁桃花井，这一情况引起了人民群众的关注，因为古迹不可多得，废了无法再有，特别是国家历史文化名城，更应当重视历史文物的保护，建议规划部门既要考虑保留古迹，又不影响建设，做到两全其美才好，岳阳的历史文化自然会更添异彩。

"岳阳古井中，只有……玉清观井等冠有井名……在水质方面，如建于清代的玉清观井，近年来井水呈灰白色，就像浸泡过的肥皂水一样……"这是寻访前，我们在网上及我市地方志专家邓建龙所著《千年古城话岳阳》一书中查到的，关于玉清观井的唯一资料。这零星描述更添了玉清观井的神秘感，我们迫不及待想去一探究竟。

玉清观井，建于何年何月，因何人而建，都不得而知，但青石板上磨出的光滑与损耗，透视着岁月的深厚与生活的积累。

站在乾明寺，闻着井水的味道，寻找玉清观井仍旧费了一番周折。热心的居民详细地告之路线，绕来绕去一错再错。转回头，再问换了一个方式："请问土地庙地哪里？"有一位老人终于亲自带我到了目的地。井平低在地上，有绿枝环口，庙高在墙边，有香火飘过。是井滋养土地，还是庙守护了井？长久的相伴，再没有了计较，只有相得益彰的合情合理。

玉清观井就这样深藏在乾明寺邻近的玉清观巷深处，虽然一

岳阳古井桃花井

直守着民居，却早不再是民众每日所需用水之地。站在井前，水清无底，诉说着远去的担当。土地庙墙上有一块出自岳阳市人民政府公布，岳阳市文物管理处监制的蓝色标示牌。上面写着："岳阳历史建筑：玉清观古井；年代：清代。"住在井边的居民告诉我，现在各家各户都接了水龙头，井里的水早没人用了。随后我询问，是先有井还是先有庙，老少居民没人说得清。当然，为何井在庙边，或是庙在井边，所喻何意，他们更是各抒以见，扯得远而乱。

一口井，无论走了多久，也只是来源于生活的需要，并且毫无疑问会随着时代的发展退出舞台。但每一口井，它都深深守过一段岁月，它的存在，是曾经无数生命的记载。只是玉清观井在一个城市走到现在，很难得，是一直与一个庙相伴，更是一道景与一道惮。

闲庭君山岛，眺望洞庭春，眼前景色尽收。一个个景点，演绎着一段段凄美的故事，无数的美丽传说，让风情万种的君山，增添了神韵，增添了气质。

当站在飞来钟下，敲响古钟，声震三江。沿石路而下临桥边，有一个地方，让人不由驻足：柳毅井。一个龙头，伸在山外，经年累月，源源水不断，游客都会不由自主地伸出手，捧一杯饮入口，沁人心脾，还能保平安。

柳毅井的传说，不但由来已久，还版本极多。一说因为君山地形酷似乌龙卧水，柳毅井前方为龙口，张口向南，两边钳形山嘴，岩壁拱护，为龙的上、下腭，中间的小山为龙舌头，山势平舒，形态逼真，此山因此得名。龙舌山下有一口井，这里的井水清澈纯净，四时不涸，是龙舌头上面一点点滴下的涎水，故称"龙涎井"。这一富有传奇色彩的故事，对君山的地形作了形神毕现的生动概括。

二说当年湘妃寻夫至君山，口渴异常。她们对爱情的忠贞感动了洞庭湖中的乌龙。乌龙化成一座小山，张开双腭，伸出舌头，让龙涎滴出，滴在山脚下，化成一口古井。湘妃见到古井，畅饮了一番甘甜可口的龙涎，顿觉精神为之一振。后来，湘妃失望过度投湖，乌龙悲伤过度，化为一座小山，就是现如今柳毅井坐落在的这座山。

其实，以前的柳毅井什么样，很多不记得了，现在的柳毅井，是人民政府于 1979 年按原貌修复的。井口直径为 0.84 米，口上围一环龙云纹石圈，外围环状，纹饰三层。井内赭黄色岩石形象龙舌，泉水从岩石上注入井内，一点一滴，好似涎水。井水终年不涸，清澈见底，冬暖夏凉，为君山泉中一大名胜。

近几年来，井中水量不大，在距井口 1 米远的地方，立一对雕龙柱坊，高 3 米，门宽 1.4 米，门楣上镌刻"柳毅井"三个苍劲有力的正楷大字，作为古迹供人们观赏。相传，用柳毅井的水泡君山茶，喝了百病皆除，长生不老。古人信以为真，远道乘舟来取水络绎不绝。神水不可信，龙涎茶有很高的评价，在《君山茶歌》中，有两句诗："试挹龙涎烹雀舌，烹来长似君山色"，足以证明当时龙涎茶在贵族阶层日常茶饮中所占的地位。

现在，游到君山，很多人会在柳毅井做两件事：饮水、照相，水甜，景美，是现有柳毅井的特色。

巴陵戏：从地方走向国际舞台

80年代初，十几岁的我，揣着一张招工表被一艘小船载到了汨纺。在那里，我认识了一位岳阳巴陵剧团子弟的闺蜜，因为闺蜜，我与巴陵戏结缘。

当时，她比我先调回岳阳，我休探亲假时去她家小住。有天，她上班前，引我从便河园走到茶巷子，把我往一个剧院一送就上班去了。宽敞的剧院，我独自一人坐在黑暗的台下，台上的灯光下，男男女女几位咿咿呀呀地唱着。一会儿高亢，一会儿悲切，一会儿我侬你侬，一会儿刀棒相斗。并没有弄懂，台上所述何事，只记得我在台下坐着一动不敢动。

第二天，闺蜜仍旧是将我送去，知道了那是巴陵剧团。看过八个样板戏的京剧，看过无数县级花鼓戏，初识巴陵戏完全不知所云却被深深吸引。尽管后来在同样的地方看过无数精彩的电影，听过李谷一"乡恋"晚会，可在我心中那是属于巴陵戏的舞台，也只能是唱巴陵戏的地方。

我说我喜欢，没人相信。因为，各种艺术形式的冲击，看戏不再是年轻人的喜好，而是老年人的爱好。

中国人，爱听戏，因此，大多数戏剧便从生活中慢慢走向舞台并形成艺术的。五千年历史长河里，各地各民族五花八门戏剧名目眼花缭乱，精彩纷呈，体现了中国人乐观的生活情趣和深厚的华夏文化，记载了不同区域的人文风俗和精神生活。

岳阳，地处长江与洞庭湖交接处，是湖南省的北大门，自古以来就是著名的文化名城，更有着自己独特的文化质地。无论历史文化的蕴涵，还是地理位置的优越，处江湖之间，更处江湖之巅，也就诞生了地方特色浓郁的巴陵戏。岳阳是有资本骄傲的，一硬件，岳阳楼几毁几修一直在；一软件，巴陵戏几起几落一直传承与发扬。这种相辅相成，如果曾经没有人意识到，那么，改革开放后，巴陵戏再掀浪潮，再赢地位，都因与岳阳楼有关的剧目《今上岳阳楼》《远在江湖》而成为新宠。

如果说，以前我只是一位听众、一位戏迷，那么后来，作为记者走进巴陵戏院时，了解到其深厚的历史文化底蕴后，我为岳阳有巴陵戏这样的剧种而深深地自豪。

是的，它走了400多年，背负着岳阳文化艺术的重任，有着独有的历史价值和艺术价值。而巴陵戏三字的称谓，更是大有来头，由田汉、梅兰芳先生确定。作为全国74个濒危剧种之一的湖南地方戏剧种，被文化部冠以"天下第一团"称号，这是何等的荣耀。

作为剧团的全体演职人员，更是一直以饱满的热情，全身心投入到新旧剧目的创作与演出中。巴陵戏走了400多年，留了传统经典剧目400多个。其中《九子鞭》《打差算粮》《何腾蛟》曾多次为党和国家领导人作专场汇报演出；新编历史剧《胡马啸》参加文化部举办的全国地方戏剧会演，荣获十项大奖；新编历史剧《弃花翎》晋京展演获"文华新剧目奖"。现代小戏《清明》获湖南省艺术节"三湘群星奖"金奖。一时间，"天下第一团"的巴陵戏名重三湘，红透了半边天。

巴陵戏不仅是岳阳的骄傲，也是湖南戏曲的奇葩，更是全国独具特色的地方大戏剧种。

可我站在剧团的排练场地中，看到他们几易其地，艰苦中的坚持，万分心酸也无比感动。艺术的发扬，靠的是这群艺术家的精神。巴陵戏，墙内开花墙外香，几年一搬几年一移的窘境，最后都到了"五没有"之地：没有办公场地；没有排演地场地；没有演出场地；没有创作经费；没有全额工资。几个"没有"挤到一起，大家越来越没信心。当时市民议论：这连草台班子都不如，估计不久都会消失。

它保存至今走过了一条怎样艰辛的路，一代代艺人付出了怎样的心血。

据记载，巴陵戏最早起源于明末清初。因艺人多出自巴陵和湘阴（含今汨罗市）之故，最初称"巴湘戏"，后因它形成和流行于古岳州府，也有人沿用古代民间对戏剧团的叫法，称"岳州班"。

1953年，以岳阳古称巴陵，始定剧种名"巴陵戏"。清代中末叶是巴陵戏的鼎盛时期，曾有"巴湘十八班""巴湘十三块牌"之称，湘北茶楼酒肆，"串堂""围鼓"演唱经年不辍。当时成书的《小五义》《华丽缘》都有关于"岳州班"的描述，足见当日流行之盛。辛亥革命后的1914年，岳阳商会为对抗咏霓戏园的京班，改乾明寺天王庙为戏园，戏班总名之"岳阳商办岳舞台"。1919年，岳阳商会将行头租予许升云，从此园班分开，戏园更名"岳阳大戏院"，岳舞台则成为巴陵戏班的专用名称。

1949年岳阳和平解放，有两人合股在茶巷子将一新茶园改为戏院，作为巴陵戏的演出场所。岳州巴陵戏创立百余年，一直没有固定演出场所，刚从外地回岳不久的岳舞台艺人，自此才有了落脚之地，终于在繁华的茶巷子有了一个正式演出舞台，结束了忐忑不安的流浪生涯。后来戏院几经改建，又称巴陵戏剧院。巴陵戏作为岳阳地方戏种，因其具有浓郁的地方特色而深受岳阳人民喜爱。

1949年后，在政府的关心下，艺人的经济收入得到保障，特别是1958年剧团转为地方国营后，政府都有专项拨款。演出与排练场地，政府也做了妥善安排，茶巷子的岳阳剧场后来还专门修建了排练场。特别是住宿方面，先是划拨公房解决青年演员的问题，后又拨款划地，在岳阳影剧院、吊桥、便河园等处盖宿舍楼，巴陵戏艺人终于安居乐业了。

他们在茶巷子阵阵茶香中开始潜心创作并培养新人。

巴陵戏在兴盛时期有"巴湘十八班""巴湘十三块牌"之称谓。兴办科班培养艺人，从清代道光年间到现在，为培养新人，更是不遗余力。前辈们带小辈更是全力以赴，倾其所有。现在活跃在岳阳巴陵戏舞台的一批国家一级老演员，大都是从茶巷子的岳阳巴戏院舞台上，在老前辈们的传授下一步步走到今天的。

据现在仍然住在茶巷子里的剧院二胡演奏演员詹才顶老人回忆。他是

1970 年进入巴陵剧团的，那里已不再演传统的老戏目了，演得最多的是八个样板戏之类的现代剧。偶尔也演陈亚先几个人创作的小剧本。那时，陈亚先还年轻，写了剧本后，再通过作曲推上舞台。更多的是从外地引进的剧目，如《园丁之歌》之类。当时进剧团也没有现在的层次之分，什么公务员编制、事业编制、公正聘用编制、临时编制等级别。那时，能招进来，便是正式工，便是革命的工作者。他就是当年下放在新开上文村后招工进的一个拖修厂，会拉二胡的他搞文艺会演时，师傅任舜根看他二胡拉得韵味十足，10 月便调入了巴陵剧团。这在现在似乎不可能，因为，至少编制是不统一的。但那个年代，人才引进是真正人才的出路。

巴陵戏在茶巷子有了正式的舞台，其实也不是天天守着戏院的。一般都是一年 365 天有 200 多天在全省各县乡演出，其余时间练功，相当辛苦。很多人吵着调走。詹才顶当时孩子小没法照顾家里，要求调入了百香园任经理。

说起来，巴陵戏一直命运多舛。在后来的这 60 年中，同样走过了一条波浪起伏式的道路。这既与巴陵戏曾一度离开故土近 30 年有关，又与"文化大革命"的骤然中断传统戏的演出相关，更主要的是时代的飞速发展，电视、电影、网络、卡拉 OK 等现代娱乐形式的冲击，加之人们在文娱活动中自我参与意识的增强，以致巴陵戏的有段时间的演出经常出现门可罗雀的场面，令人扼腕叹息。

巴陵戏是老一代的精神寄托，在多少老岳阳人的记忆中久久挥之不去的老艺人也同样多，如李筱凤、周扬生、何其坚等著名表演艺术家那有声有色的表演，声正圆韵的唱腔，尊师重教的美德。还有一大批中坚力量，更有一批后起之秀在坚持，这样的传承，就怎么会让其消失？

> 无数坎坷波折中更名与换地，
>
> 几十代传人痴心坚守与创造。

新时期以来，社会转型，戏剧步入低谷。1996 年后，巴陵戏人才凋零，艰难图存，一直未有新剧目产生。十年生聚，十年休息，他们在焦急中思考，在困境中求变。2006 年，在随团培训的一批小演员逐步成长后，巴陵戏活力再现，举全团之力，推出《今上岳阳楼》。几年不鸣，一鸣惊人，新编剧目《今上岳阳楼》赢得无数奖项。在那一年，巴陵戏当之无愧被国务院列为首批国家级非物质文化遗产保护项目。

得知新剧上演，我从外地赶回，坐在会展中心，我屏声静气观看着巴陵戏《今上岳阳楼》，激动的心情无以言说。而从此，更是成了巴陵戏迷。

2011年11月29日，对于巴陵戏和花鼓戏来说，值得很多人记住。这是岳阳两大文化艺术项目划时代的也是成功翻页的一刻。在这一天，巴陵戏传承研究院成立。三团合一结大成，有了岳阳市巴陵戏传承研究院。

说起三家合院，背景有着历史发展变迁的余波，设想突显文化部门创新思维和文化保护的眼光，成就佐证了岳阳市委、市政府高层勇于改革的魄力。宣传部到文化局都特别关注，汇报市委、市政府希望借助文化体制改革的平台，撬动文化板块的振兴。在宣传部部长徐新启带领下，开始走向全国各大戏院调研，发现大多数是走了市场这条路，且数据令人痛心。各剧团为了搞钱，演出低俗乱象丛生，一级演员几乎都跑光了，传统的地方戏正以每年消亡两个剧种的速度在挣扎。为此，市委、市政府决定整合资源改为全额拨款事业单位，成立巴陵戏传承研究院，并由岳阳市文广新局副局长柳亚飞兼任第一任院长。岳阳市委、市政府的这一重大举措，不但抢救了全国首批非遗项目，挽救了一大批老艺术家，更创造了岳阳戏剧文艺大复兴的浪潮。无论是巴陵戏，还是花鼓戏都走出了一条属于自己的文化之路，走出了自己的艺术生涯。

巴陵戏是岳阳传统风土人情的结晶，是中华传统文化一脉，是世界民族文化的经纬线。一切文化的传承与发展，都离不开一方水土的培植，离不开一个好平台。岳阳市巴陵戏传承研究院的应运而生，为巴陵戏创造了新天地。

2014年，新院长魏传宝身患癌症刚手术完，在病床上受命担任巴陵戏传承研究院院长。第一次化疗期间，接到任务去省文化厅开会，他二话不说拔掉针就赶到了长沙。从那刻开始，魏传宝一边治病一边马不停蹄投入了院里工作，再也没有停轴。成就了巴陵戏成为省重点扶持的5个地方戏之一。

400多年传承发展与发扬的起落，400多个精品剧目的留存与累积，改革开放巴陵戏迎来文艺大复兴时期，从这里启航，更推向世界大舞台。

不让这些文化瑰宝流失，更为了让市民增加巴陵戏的了解，巴陵戏传承研究院与岳阳电视台联合推出了"岳阳文化广场——巴陵戏"20多集专题片，让更多的人了解巴陵戏。还在岳阳楼小学长年开办了"巴陵戏进校园"活动，培养了一大批院外小演员，赢得了全国奖。尤其在市委、市政府的大力支持下，创办的"幸福岳阳一元周末剧场"，所有演职人员，都将此当成了一项特殊的工作，坚持一年免费演出40场。

为了历史留存，为了让无数巴陵戏老艺术家的艺术永存，巴陵传承院还成立巴陵戏展览室。从巴陵的起源，到巴陵戏的发展，再到巴陵戏的成就，其资料的详尽与细致，让人看完对巴陵戏一目了然。湖南省文化厅副厅长张帆看完"巴陵戏非遗展览室"后说："这是目前湖南艺术院团非遗陈列室最完整的、最规范的、做得最好的。"

巴陵戏《远在江湖》

"先天下之忧而忧，后天下之乐而乐"这句话不只是岳阳文化与精神的经典，也是巴陵戏传承与研究者一代代遵循的宗旨。

2015年，当我观看以滕子京贬官岳州，修堤坝、建学堂、重修岳阳楼伟绩新编的历史剧《远在江湖》时，深深震撼。其唱词、其灯光、其作曲、其演出堪称艺术精品。果然，当年，在湖南省艺术节上囊括编剧、导演、作曲、主演、舞美、灯光设计等全部单项"田汉大奖"，在全省14个地州市中排名第一。

从这里，奠定了巴陵戏的新地位，发展了新的里程碑，翻开了岳阳文化艺术新篇章，谱写了2015年岳阳艺术界的精彩华章。

而2016年9月3日那晚，我坐在北京全国地方戏演出中心观看《远在江湖》精彩上演，看巴陵戏重登叩别20年的国家级剧院时，我为自己是岳阳人而无比自豪。

那是一场特别心情下观看的巴陵戏。我见证巴陵戏这一刻的登台，见证跨越历史，超越现实意义的延伸。短短两小时，江湖撼动人心，巴陵戏震惊江湖。这一天，对于岳阳，对于岳阳文化活化石巴陵戏，对于巴陵戏传承研究院来说，都是一个值得纪念的日子。因为，两年来 100 多人的付出，引起了中国戏剧界地对地方传统戏剧的关注，引发了中国传统文化研究专家的热议，也引起了全国各大媒体的追踪报道。

一座文化古城

一位千古贬官

一座天下名楼

一篇绝世美文

一个活化石剧种

一次集体创作

成就岳阳巴陵戏传承院，佐证岳州深厚的历史文化艺术，再一次体现"岳家军"之实力，再一次创巴陵戏巅峰。再深的历史，掩不住过往的功绩；再地方性的戏剧，掩不住其艺术价值。

一座名城，一个剧目，一种创意，一场盛会。

一幕戏，一群演员，一段段唱腔，为岳阳人们带来一场又一场精神盛宴。

艺术无止境，我看巴陵戏。

400 年从历史风云中走来，70 年从新中国舞台飞扬，40 年从改革开放中腾飞，40000 年走向不朽未来。

郭亮街： 穿透历史烟云的汽笛声

翰林街已改，文化一脉相承，郭亮街不在，英雄事迹永存。

中华民族厚重的历史不会被后人遗忘，正如郭亮，岳阳人不会遗忘。

翻开 1922 年 9 月 9 日那页历史，粤汉铁路北段汽笛声仿佛还响在耳边。岳州站 200 多名铁路工人，举着"粤汉铁路岳州工人俱乐部"的大旗，手持"驱除工贼"等三角小旗，走过大街，进入车站，宣布罢工。"争自由，争人格，争人权""不自由，毋宁死"的口号一浪高过一浪。顿时，粤汉铁路线上，一列列火车停在钢轨上，这就是震撼全国的粤汉铁路工人大罢工。这次大罢工的组织者和领导人就是中国共产党早期革命家郭亮。

毛泽东曾赞扬他为"有名的工人运动的组织者"。

郭亮其名，如雷贯耳，郭亮其事，经久相传。

他用短暂的生命，铸写了自己光辉灿烂的一生。

1901 年，郭亮出生在湖南长沙铜官一个农民家庭。少年时期便有一腔爱国热血，曾挥拳高呼："头可断，血可流，亡国奴不可当！"后以优异成绩毕业于长沙长郡联立中学。于 1920 年秋，考入湖南省立第一师范。

正是第一师范，在郭亮心中播下了革命的种子。毛泽东当时在一师附小担任主事，郭亮经常去向他求教。1921 年冬，经由毛泽东介绍加入中国共产党。

1922 年 8 月，郭亮被派到长沙的新河、岳州等站，加强对粤汉铁路工人运动的领导。郭亮不辞辛苦，在新河、岳州、徐家棚等地区创办了工人夜校，出版《工人之路》周刊，宣传革命理论，工人们的觉悟迅速提高。

1922 年 11 月 1 日，徐家棚、新河、岳州、株洲四地铁路工人俱乐部联合，正式成立了粤汉铁路总工会。这是全国成立最早的铁路工会。

1927 年 5 月，年仅 27 岁的郭亮，在中共第五次全国代表大会上被选为中央委员。不久，他任中共湖南省委代理书记。1928 年 3 月 27 日夜晚，由于叛徒出卖，郭亮在其住处岳阳"李记煤栈"中共湘鄂赣地下特委机关不幸被捕。

敌人抓到郭亮，深恐发生意外，用手铐脚镣，于 28 日下午 4 时左右押回长沙。郭亮在火车上，对押送者宣传共产主义理论，大谈世界形势、中国的前途和人民的命运，滔滔不绝，押送者为之钦佩，并为他解松镣铐。

一到长沙，反动派立即出动军警，戒备森严。郭亮气宇轩昂，坐在人力车上穿城而过，到"铲共法院"时仍谈笑自若。当时"省总工会委员长被捕"的消息传遍全城，震动人心。"铲共法院"监狱更是惶惶不安，如临大敌，重兵把守，三步一岗，五步一哨，把整个监狱围得水泄不通。

面对严酷审讯，郭亮幽默地说："你问我共产党组织？开眼净是共产党人，闭眼没有一个！"这就是流传至今仍一个字不差地留在人们记忆中的郭亮的"口供"。反动派非常害怕地下党和游击队会来劫狱，更不敢公开宣判，于 29 日凌晨 2 时，偷偷地将郭亮杀害于长沙司门口湖南"铲共法院"前坪。将他的头悬挂在司门口的墙上。第三天又将头运回烈士的家乡铜官，挂在东山寺戏台的木狮子上。郭亮在"铲共法院"的牢狱中，当临刑前夕，他还激昂地给妻子李灿英写下了最后的遗书："望善抚吾儿，以继余志！"

鲁迅高度赞扬郭亮宁死不屈的精神，痛斥敌人的凶残："革命被挂头吓退的事是很少有的。"正如当年郭亮挥毫写下的悲壮诗篇："湘江荡荡不尽流，多少血泪多少仇？雪耻需倾洞庭水，爱国岂能怕挂头！"

在郭亮充满传奇色彩的经历中，最让岳阳人们津津乐道的还是他领导的铁路大罢工。

1922 年 8 月，郭亮受中共湘区委书记毛泽东之特派前往岳州领导工人运动。8 月 15 日，郭亮在城南吕仙亭街德士古大楼召开 100 余人参加的工人代表大会，成立了粤汉铁路岳州工人俱乐部，选举陆汉湖为委员长，郭亮为秘书兼驻部干事。同时还成立了工人文化补习夜校。俱乐部和夜校的成立，紧紧地把工人们团结在一起，其成员由开始的 10 多人，增加到后来的 300 余人。

在教工人认"工人"二字时，郭亮说："有人说工人生成命苦，'工'字出不了头，工字出头就是'土'——工人只有死路一条。我看不对。你们看'工'字中间一竖，上顶天，下立地，工人是社会的台柱子，'工'字和'人'字加在一起就是'天'字，只要我们工人团结起来，就有大于天的力量。"

郭亮街

正是他长期不断的启发，唤醒了工人的觉悟。当 8 月底的一天，铁路局监工张恩荣带着一些鸦片上车，叫工人阮康成看管，阮没有答应，遭到张恩荣、苗凤鸣等殴打。郭亮召集俱乐部成员开会，并向湘鄂段铁路局局长王世堉提出抗议，要求惩办凶手。王置之不理，还将阮康成、吴青山开除时。点燃了工人们反抗的怒火，成为粤汉铁路长武段工人罢工的导火线。

郭亮认为罢工时机已成熟，立即向毛泽东报告并得到批准，毛泽东派何叔衡去武汉，与湖北党组织进行联系，以共同领导这次罢工。

9 日，粤汉铁路工人开始罢工。郭亮了解到有列车从徐家棚站开往岳州后，于 11 日凌晨率领岳州站工人到站外铁轨上守候。当火车驶来时，郭亮毅然带头卧在铁路上，工人们也一同卧轨，迫使火车停了下来。王世堉气急败坏，派援兵两连前来镇压，郭亮等 7 人被捕，押往武昌监禁。

惨案发生后，毛泽东立即赶到新河车站召开铁路工人大会，通报军阀罪行，通电全国。全国各地工人团体纷纷致电声援，各地捐款也源源汇到。罢工持续 10 天后，粤汉铁路全体员工准备举行总同盟大罢工。25 日，军阀政府迫于压力，不得不同意工人所提全部要求，罢工斗争最终取得胜利。

大革命失败后，郭亮到贺龙第二十军做政治工作，随部队参加了八一南昌起义，不久便提任中共湘鄂赣特委书记，特派至湖南岳阳组织武装起义。郭亮又一次来到岳阳。此时，全国上下都笼罩在"白色恐怖"之中。

郭亮化名李材，在翰林街东租赁一罗姓人家的几间房屋，开了一家"李记煤栈"，作为特委机关驻地。为了避免郭亮一个单身男人引起敌人怀疑，组织还派出一位名叫钱素云的女同志与郭亮假扮夫妻。郭亮在残酷黑暗的环境中，奋发工作，恢复和发展党组织，发动工农开展武装斗争。由于他的努力，湘鄂赣三省边界的党组织很快又发展壮大。

不幸的是，正在此时，郭亮因叛徒告密而被捕牺牲，给革命造成了巨大的损失。

从现在的翰林街往东走，至文庙，就是当年的古翰林街，也就是 1950 年，岳阳市人民为纪念郭亮，命名的"郭亮街"，郭亮当年从事革命活动的桃花井旁有一所学校，被命名为"郭亮小学"。再往北走一段，沿桃花井路而下，就到了郭亮社区。郭亮生平事迹展览室就在对面的小院里。

2011 年 12 月 3 日，正是郭亮 110 周年诞辰纪念日。岳阳楼区首个爱国主义教育基地——郭亮烈士纪念馆在岳阳楼区郭亮社区隆重开馆。岳阳楼街道工委、岳阳楼街道办事处和郭亮社区居委会在新落成的郭亮烈士纪念馆举行隆重的揭牌仪式，岳阳市委常委、宣传部部长徐新启，岳阳楼区委书记李可波为其揭牌。

纪念馆收集了大量郭亮烈士遗物，由成长篇、革命篇、缅怀篇等 6 大篇章组成。馆中陈列的一幅幅老照片，向人们讲述了郭亮烈士短暂而伟大的一生。据郭亮社区书记介绍，郭亮纪念馆一直作为爱国主义教育基地为广大市民及青少年免费开放，接待了无数慕名前来的参观者。

纪念正是为了更好地传承。2009年，根据郭亮生平事迹，岳阳还拍摄了首部由民间DV爱好者自筹资金、自编、自导、自演的电视情景剧《郭亮带兵抓郭亮》。

随后，冒着酷暑，我来到文庙附近。当得知在寻访郭亮街时，坐在巷口乘凉的居民告诉我："郭亮街在建保利街时早就不存在了。"当然，曾经的罗家大屋也一样不复存在。郭亮曾经工作、战斗过的土地，已变成了现代的建筑群和商业区。曾经残酷血腥的历史早已烟消云散，革命英烈用他们的生命换来了我们现在美好的生活。作为郭亮街附近的居民，他们都知道郭亮的生平事迹。他们也因为郭亮短暂的一生就这样画上了句号，而深感痛惜。老居民们都说，以前听家里的长辈们曾一遍又一遍说过郭亮在岳阳的生活轶事及英勇事迹。

如今，80多年光阴转眼即逝，但郭亮精神已深深扎根在这片土地上。

郭亮，短暂一生，奋斗不止，值得我们永远铭记。

邮政： 绿色通道， 千年连通百姓生活

　　记得早先少年时，大家诚诚恳恳

　　说一句是一句，清早上火车站

　　长街黑暗无行人，卖豆浆的小店冒着热气

　　从前的日色变得慢，车马邮件都慢

　　一生只够爱一个人，从前的锁也好看

　　钥匙精美有样子，你锁了

　　人家就懂了，从前的日色变得慢

　　车马邮件都慢，一生只够爱一个人

　　从前的锁也好看，钥匙精美有样子

　　你锁了，人家就懂了

这首木心的诗，完美的诠释了从前慢日子的情怀。

从古代的民间押货代运开始，到现代的空运传递，邮递传送走过了漫长的历史时期，并随着人们生活的需要日渐壮大。

邮政作为流通领域的重要成员，本身从属于服务业。经营好邮政的各项业务，无论是函件、包裹的揽收，还是"最后一公里"投递，都离不开服务的理念。如果说，现在的网购扩大了邮政的线路与货量，那么，曾经的岁月，它更是主导了大多数人的生活与感情，因为，在没有电子传递信息的时代，一切远距离的交流与流通都必须依靠邮政的人来传递。那是一个重要的部门，一个重要的工作，一个需要付出牺牲的事业，更是很多人温馨的回忆和纪念。那一封封信的记忆都是邮政人的体温。

说起来，岳阳邮政事业的发达，不只是现代发展迅速的产物，更是物流城市的需要。因其独特的地理位置，自秦汉以来便有了邮递驿道。至清代，

岳州邮驿的地位和置制十分显著和具有特色，在中国近代邮驿史上留下了浓重的一笔。

清代早期岳州邮驿是从清顺治元年（1644）至康熙二年（1663）。这20年是恢复时期，因为清王朝刚刚建立，百业待兴，平定叛乱，恢复生产，所以岳州邮驿的置制基本上还是沿承了明制。岳州邮递总铺辖临湘、平江、华容、巴陵县驿。清代中期岳州邮驿不断完善，逐步发展的时期。据光绪十一年（1885）对邮驿铺递情况的统计记载，巴陵和临湘驿站排夫人数达191人，马匹数有126匹；平江、华容、临湘、巴陵的铺数达67个，铺司475人。清光绪二十二年（1896），岳州又出现了传递民间信件的民信局。

清光绪二十五年（1899）年11月13日，清政府批准设立岳州海关，同时成立了由海关兼管的岳州邮政总局，局址设城陵矶海关大楼，由海关税务司管理，统辖巴陵、长沙、常德、湘潭4个邮局。开创了湖南近代邮政历史。随后由于内河轮船和粤汉铁路的开通，邮递的速度更加快捷。岳州邮政总局成立，在岳州、华容、平江、临湘、巴陵邮政支局受理平信、明信片、新闻片、新闻纸、印刷物、国际回信券、商务传单、货样、贸易契、瞽者文件（盲人读物）等寄递业务；为适应商民银钱往来的需要，在岳州邮政分局开办了国内普通汇兑业务，同时办理普通包裹寄递业务，后又陆续开办保险包裹和代收货价包裹业务。这些包裹的寄递必须经海关查验后方可办理。

据记载，岳州邮界成立之初，自办总分局8个，委办代办支局15个。

岳州邮驿之所以被清王朝特别是被晚清政府器重，这一是得益于岳州独特的地理位置；二是岳州邮驿基础建设具备了一定规模；三是历任岳州官员的邮递业绩深受朝廷的信任和赞赏，这也是清代岳州邮驿传承和发展的重要原因，从中也可看出，当年岳阳在整个国家的经济地位。

通过对清代岳州邮驿置制的研究，我们可以清晰地看到岳州邮驿发展的脉络。岳州邮驿实现了从区域辖管向国家掌控、从封建邮驿向现代邮政和从官邮文化的三个转变。岳州邮政为推动中国邮政事业的发展，发挥了十分重要的作用。

随着岳阳的解放与发展，邮政行业更受到各级政府部门的重视。不但大中型城市设立了邮政局，各乡镇也设立了大大小小的邮政所。邮政局根本编制设立十几人不等，但乡镇邮政所一般三四个人不等，一个领导，一个柜员，两个邮递员。邮政人员当年都属于国家工作人员。在经济不富裕的年代，经济采取调配方式，所以，当时的邮政工作是以送信、送报纸及送小件为主。

80年代当邮递员的周老先生告诉我，当年的邮递员虽然是铁饭碗，但更是一个辛苦活，全靠两条腿走家串户。根据当年的邮递员工作，平江著名作家彭见明的小说《那人、那山、那狗》，以走乡串村的邮递员为原型创作，获得了全国大奖。后来，总算给邮递员都配了车：自行车，但这只是城里。乡村很多年一个样背一个绿色的大帆布包，装着信与报纸等，风雨无阻，四季不停，一天走几个村。乡里村村离得远，全靠双脚，一家家送。送久了，特别是家有当兵的，经常收信，便熟悉了，偶尔也留下来吃个饭。后来，村民也会托他到镇里带点生活用品。

因工作辛苦，很多年轻人吃不了这个苦，都跟家里吵着换工作。换不了的，吵几年便习惯了。但也有例外的，在岳阳新墙附近某乡镇还发生过一件这样的事。有个小伙子，顶父亲的职招进了邮电所。在各村跑了半年，晒得黑乎乎的。别人介绍女朋友都说他像个农民，根本不像是政府工作人员。他很沮丧。后来，遇到一个同学两人谈爱了，同学嫌他天天在外跑，他找领导要求留在所里，领导没答应，要他再锻炼几年。谁知，他天天早上领了信与报纸就丢掉，再与女朋友去玩。两个月后，很多村民反映没收到信，各单位也没收到报纸，领导一调查，这可是大问题，上报市邮局把他开除了。

后来，随着市场经济的发展，邮递行业再也不是垄断行业了，个体公司的迅速加入，因其服务质量的大大提高，很快将国家邮政淘汰到了被人遗忘的位置。

无论邮政现在成了什么样，无论快递有多么神速，但在老一辈人的心里，那绿色的邮筒，绿色的帽子下背着绿色帆布包的身影都分外亲切。以至于，现在有人看到邮筒立于大街都会停步，仿佛那里有一封远方的信未寄出，或一封信未收到。

市民唐庆回忆，他参加工作时没有电话更没有手机，与妻子分居两地，全靠一星期一封信。单位办公大楼有一长排放信与报纸的木格，每天经过插信箱，他总会有意无意地看几眼。一看到那个熟悉的信封，便特别激动，好像一个星期的相思，便得到了缓解。如果妻子正遇工作忙，突然有一周没来信，他一看到穿着绿色制服的邮递员便赶上前问，如果有信，那是一种说不出的幸福。下班，饭也不吃，立马回宿舍写回信，第二天，天亮便快去邮局贴枚邮票，投到立在风雨中守护神一样的绿色邮筒里。想想现在，大家人手一个手机，没事聊几句，几乎天天聊，似乎很近，却再没有了以前的亲密，更没有了无话不谈的交心。

家住岳阳楼附近的刘先生说到从前，还提到一件有趣的事。当年，正是文学青年，兴趣相投的兴交个笔友。他与一个远在哈尔滨的文学爱好者因为投稿有了通信地址。两人开始了几年的交流。就是写写信，志同道合，从不见面，谈爱好、谈文学、谈理想、谈工作、谈生活，就靠那绿色邮政传递。为了方便，他还自己在家里楼下钉了一个放信的箱子。刘先生说，尽管没见过，但感觉特别近，那几年自己学习进步最快。

提到写信，我有过亲身经历，便是帮人写情书。帮朋友写情书时还只有18岁，正是装文学女青年时，所以，写得文绉绉的，没一句具体事例，更没有一句亲

邮筒

热话。朋友读后，大呼写得好，便投过去了。转战几天，再接到她男朋友的信，里面第一句便是："上次的信谁写的？"这就是见信如见人的道理。

说到写信，所有的记忆都特别美好，也不提当年抱怨着它的慢了。访录过程中，很多人提到当年写信收信的情景，还沉浸在深深的幸福里。陈女士说起自己年轻时笑眯眯的。她说，后来有了明信片，一个宿舍，四五个人住一起，谁收到的多、谁的漂亮，也是一种荣耀显摆。她家现在还保存着与丈夫谈恋爱时的几十封信和一大沓明信片，都发黄了也舍不得丢。

因为写信，便有了一大批集邮爱好者，各地爱好者还经常举办活动，交流集邮经验，互换邮票。并且，很多人因撕别人信的邮票而发生矛盾。只是随着电子时代的来临，那种等信来，慢慢撕下来收着的兴奋过程再也体验不到了。

前年，由岳阳市邮政局举办、集邮沙龙承办的"岳州海关邮政开办110周年暨长株潭岳集邮沙龙29次联谊会"上，5位邮政史学者交流了研究湖南近代邮政史学术成果，探讨、挖掘岳州邮政110年历史深厚文化底蕴，并通过实地考察，见证岳阳邮政百年历史沧桑和巨大变化。

社会的发展，一切新生事物的产生，都淘汰掉一些旧的方式，注重于"快"字上壮大。手机的全民化与快捷性，让写信成了一种奢侈，网店的迅速发展，却又让邮递走向了更大更宽。那乡间的邮递员的身影，早被快递车替代。那一封封寄托信息，寄托情思，寄托情感，更充满文采的书信，也换成了件件商品。

有需要，才有存在。

婚姻： 一个永远绕不开的话题

1950 年 5 月 1 日，我国第一部《婚姻法》颁布，从而打破了一夫多妻、包办婚姻及买卖婚姻的恶习，让解放中国妇女走出了实实在在的第一步。

1950 年 4 月 13 日，王明在《婚姻法》的立法报告中慷慨陈词："《红楼梦》所反映的婚姻时代，确定是成为过去了。代之而起的无疑是《王宝林结婚》《小二黑结婚》和《新儿女英雄传》所描写的牛大水和杨小梅结婚所反映的婚姻时代。"这一句话既表示了他个人的激动，也表示了对婚姻自主的赞同，更表示了对没有爱情婚姻的呐喊。从 1950 下半年开始，全国组织干部群众学习《婚姻法》，并利用各种宣传形式对群众进行教育。1952 年 11 月，中共中央确定 1953 年 3 月为"贯彻婚姻法运动月"。随后，岳阳地委积极响应下也形成运动高潮。妇女解放从这里打开了闸口，经过几十年不断的努力，终于走到了今天，走到真正恋爱自由、婚姻自主的全面民主人性化时代。

新中国第一部婚姻法的出台，无疑是对婚姻一个全新的认识，也掀起了所有年轻人追求新生活的向往与期待。

很多人也许想象，当年《婚姻法》颁布后，九州大地，城市乡村，一定到处都可以听到自由恋爱结婚的礼炮声，一定到处都是解除不幸福婚姻的笑脸……但翻开档案便知道，拂去历史的尘埃，走访那些曾经经历这段历史的人才发觉实际情况远非如此的简单，也远非一朝一夕可改变。尽管解放了，尽管《婚姻法》公布了，尽管国家为宣传《婚姻法》做了大量的工作，但广大妇女真正获得婚姻自由，经过了一段漫长的过程。

岳阳，自《婚姻法》颁布后，地委特别召开扩大会议，要求各级党委和政府组织法院、妇联、民政等部门大力培训《婚姻法》宣传骨干。各县动员社会各界力量，采取介绍经典案例，学习《婚姻法》原文。出大字报和黑板报，排演戏剧《小二黑结婚》等形式，宣传贯彻《婚姻法》，掀起轰轰烈烈的大学习、大宣传运动。很多妇女在妇联的鼓励下，积极参加了活动。经过一段时间洗脑后的年轻人，对爱情生活有了憧憬，对生活树立了信心。

但现实是残酷的，旧观念是顽固的，真正回到家，那些满怀对幸福生活热情的姑娘们仍然一个个被嫁到了曾经订婚的男方家。没有嫁人的被家人关进了家门，家人骂她们不知羞耻。

现在80多岁的郭奶奶，说到她的婚姻状况时，她笑着说："时代不一样了，现在的年轻人幸福啊，可以自由追求爱情，我当年可是吃了爱情好大一个亏。"

新中国成立，新的《婚姻法》出台，第一个号召便是冲破家庭包办婚姻。当时十几岁的郭奶奶刚与娃娃亲丈夫结婚不久，因在娘家时与同村一个小伙相好，根本不喜欢丈夫。听别人说，这样的婚姻可以无效，只要申请离婚便成了，她便同姐妹们一起把婚离了。乡里，法律远没有习俗的力量大。当她兴高采烈地回到娘家去找恋人时，恋人的妈妈大骂要她滚，不准见她儿子。娘家人也赶她走，说她丢人现眼："你去响应新号召，你去跟新号召过日子，不要回家来让别人指我的脊梁。"更可怕的是最后见到恋人，他唯唯诺诺地说："你还是回去吧，我妈是不会答应我跟你结婚的，况且你都跟过别人了。"好在，前夫是非常憨厚的一个人，他主动过来将她接回了家里。这不是个案，第一部《婚姻法》出台，响应号召离婚的大有人在，但都有一段与生活与世俗的悲苦抗争史。

为真正帮助人们洗除这种封建意识误解，帮助妇女挣脱封建枷锁，为此，岳阳各县法院又成立了婚姻法庭，组织巡回办案，对无视法制、包办强迫、逼死人命的犯罪分子严肃查处。仅1950年至1952年，岳阳、临湘、湘阴三地就解除不幸福婚姻1.5万件（对）。但悲剧并未就此杜绝。据老人们回忆，婚姻法制订后，除大中型城市马上有改变外，农村都把这当成了一个活动。包办婚姻甚至暗中的买卖婚姻照常进行。迫害妇女现象时常发生，几千年的陋习造成了他们顽固的思维，法律敌不过村俗与族规。

住在郭镇乡的万奶奶回忆，她姐姐当年因不肯嫁给家人给她定亲的跛子，被关在家里。准备婚礼时，姐姐从窗口跑了，从此杳无音信。在农村，这类女性被迫嫁出去的事件太多。

1953 年 3 月，中央为一抓到底，规定为贯彻婚姻法运动月。岳阳地区各县举办妇联主任和机关妇代会干部培训班培训骨干 11921 人。华容县委在常德地委部署下，于 1953 年 2 月中旬确定二区移灵乡为贯彻《婚姻法》的试点乡。没有哪一部法律出台能有如此的盛况，这是妇女冲破几千年枷锁的第一步。正是政府全力的支持与鼓动，有了让人欣慰的成果，让一部分有胆量有知识的年轻开始了抗争，并争取到了自己的幸福。岳阳县，光从 1950 年至 1952 年，自由结婚的就有 3250 对。这些数字，看似不起眼，其中顶了多少压力与波折，不是那个年代出来的人，根本无法想象。

恋爱婚姻迎来了解放的春天，也迎来了我国第一次离婚高潮。据统计，1951 年到 1956 年全国大约就有 600 万对夫妇离婚。1955 年，国务院又颁布了《婚姻登记办法》，这意味着男女双方只需到政府登记即可办理结、离婚事宜，同时也意味着从制度上进一步保护了中国人的婚姻自由。很多中国人正是在此时第一次意识到，原来女人是有权"休夫"的。从 1950 年至 1955 年，仅华容一个县便审结婚姻案 4024 起。

但那时离婚后生活怎样呢？法律代表一种保护武器，但不表示根除了思想。从封建时代过来的贞节牌坊观念还在，离婚女人的日子一样暗无天日。我从一位不愿透露姓名的老人口中得知。当年，住在东乡的她为抗争父母的包办婚姻，听完报告热血的她回家便跟丈夫讲要离婚。丈夫当即一个巴掌差点把她打晕，她一气之下跑到政府告了丈夫一状。当时正抓典型，丈夫便被批来斗去的。婆婆一气之下，不用离婚便把她这个"扫把星"赶出来了。谁知，离婚后娘家回不去，娘家村里也不收。她只好待在前夫村里，村里人每天对她指桑骂槐，使她一直抬不起头。

刘嗲说起自己一生的经历，仿佛讲着故事。他是 50 年代读书出来工作的，家里定了一个亲，他一直不喜欢。女方大字不识，结婚后更是没法交流，他提出离婚，妻子不同意，娘家人常常成群结队来他单位闹，骂他陈世美，他的事业受到很大影响。这样过了几年，万分痛苦的情况下，他提起上诉，但妻子要死要活，法院调解无效，一直不判离婚。直到后来，新婚姻法出台，分居两年以上可判离婚，他才与一直分居的妻子离掉。这样折腾几十年把婚离掉，才发现自己已是几十岁了，不由潸然泪下。

十几年过去，转眼到了 60 年代，婚姻真正达到了自由结合。除了某些落后乡村仍然有父母包办的个别现象，所有的年轻人，都享受着自由恋爱结婚的幸福生活。

妇女从家里走上了工作岗位，经济的独立，精神的独立，让她们得到了男性的尊重也得到了社会的尊重。劳动光荣时，"政治进步"或"劳动模范"得到更多人的爱。那时，婚礼也简陋。青年人结婚当天，响应移风易俗号召，叫上几个亲朋好友，贴个喜字，看看结婚证，大家聊聊天，再摆上点糖果、瓜子、香烟，就算完成婚礼了。大家送礼也是一起合伙买个开水瓶、洗脸盆之类的表示一下。家住麻塘的张女士回忆她的婚礼时说："我结婚时，正是全民齐动员热火朝天修大堤，20 岁时，在婆家催促下结婚。此时结婚，不但会被批评，还有可能戴上破坏生产的帽子。万般无奈下，夜晚邻居几个偷偷摸摸抬着我的嫁妆和我一起送到婆家。唯一的改变第二天是跟丈夫去的工地。"

"文化大革命"时期，受时代的影响，产生出另一种政治婚姻，似乎是从一个极端走向另一个极端。很多人的结婚必须通过政审一关。政治也产生了中国第二次离婚浪潮。如果说，第一次是个人情感的跨越，那么，第二次却是政治的重大原因。很多本来感情很好的夫妻，因一方被打成了反革命，另一方不愿牵连子女被迫离婚；还有的觉得必须与反革命一刀两断而离婚；甚至还有组织出面一次又一次做工作离婚的。新开乡的刘先生回忆他父亲万分悲哀。当时，父亲被打成反革命送回了老家新开，母亲在长沙。组织做工作要她母亲想清楚，母亲为了他这个儿子与父亲分开了。父亲一介书生，苦熬到平反，母亲终于等到那刻，父亲却一病不起，去世了。

在这种背景下，便产生另外的包办婚姻悲剧。家住八字门的张先生说他童年时，老家村里嫁进一个很漂亮的新媳妇，从不笑也不说话，一年后便上吊自杀了。原来，她与同学相爱了几年，但那个小伙子成分不好，家里死活不同意，将她嫁给了张先生村里。她一直还有期盼，但一年后，听闻恋人结婚的消息，她便绝望了。这种悲剧在那个年代是有代表性的，介绍对象都强调一句，他们家世世代代贫农。如果在部队，那有关恋爱婚姻的条例更是无数。军婚是一种无比光荣又是无比紧张的一件事，政审弄得你晕头转向。

八十年代的婚礼

因此，那个年代家庭成分不好，低人一等而一直结不了婚的小伙子有很多，女的下嫁是常事。

不但结婚跟政治有关，谈恋爱也同样有许多条条框框限制。以前参加工作三年转正，一般单位有明确规定，学徒期不准谈恋爱。在校谈恋爱，简直是洪水猛兽。不但六七十年代有，我1981年进汨纺时都还有这个规定。有个朋友进厂两年后，转正前夕领导得知他谈了恋爱，延长了半年才给那人转正。据统计，当年同一批进厂的因谈恋爱延期转正的便有十几对。

但政策对于革命的同志也有相当人性化的一面。对于分居两地的夫妻，如想调到一起，可以以照顾夫妻关系为由申请，让夫妻欢聚一堂。

随着时间的推移，哪怕乡村的婚姻也是以相爱为前提的。结婚打结婚证这个理念，此时已根植于人脑海。城市更是杜绝了没有法律手续的婚姻，婚姻生活也进入夫妻地位同等状态。

据民政局相关部门负责人介绍。尽管恋爱自由了，婚姻自主了，乡村在后来的几十年里，结婚仪式仍然是以民间习俗为主导。并且因法律承认事实婚姻，有不适合法定年龄的人，难得麻烦，举办一个婚礼完事的人多得不胜枚举。

还有就是以前交通不方便，婚姻登记一直在街道、乡政府一级。虽然方便了路途，但结果产生了很大的不规范化。只要凭关系便办证结婚，还有的地方，巧立名目搭车收费现象越来越严重。什么植树费、计生押金，等等。尤其是婚姻状况证明，更是让人啼笑皆非。当时每家每户有粮食上交任务，生产队或大队对于不按时上交的，其子女结婚不给开证明。于是很多人不办证结婚，可生完孩子计生委又来处罚。

还有婚检发生的事更不可思议。女方不是处女的，必须交纳处罚金，否则不开结婚证，造成年轻人的困惑，群众意见相当大。

法律的不健全，不但结婚有很多漏洞，离婚也一样常常出现违规现象。

80年代，有一个出名的案例。一个女的在不知情的情况下被离婚。老公提出离婚，女的不大同意，男的便找关系在女方未到的情况下独自办了手续。

再通过正常渠道又跟另外一个女的结了婚。前妻得知消息时，前夫已结婚多时了。最后，女方手持结婚证，不知是有婚还是未婚身份，纠纷一直扯不断。

这个案例其实也是重婚罪的一种现象。以前没有网络，很多人丧失道德观念，谎称未婚在外地结婚的例子也很多。

时间到了1980年，第二部《婚姻法》诞生，距第一部1950年的《婚姻法》整整过去了30年。特别是到1994年2月1日，法律废除事实婚姻。从这天开始，结婚再久，哪怕有了小孩，你的婚姻也不受法律保护，只以同居形式处理。结婚必须领证有了全民意识。

2003年，全省再次改革，婚姻登记集中由民政局统一登记，从那时开始达到了一定的规范化。简化了手续，杜绝了搭车收费、未到年龄结婚现象，更是杜绝了很多不必要的触及个人隐私的事件。从中最大的体现便是男女平等上和婚姻人性化、隐私化、简单化。只要两人愿意，交几元钱领个本本，你就是我丈夫，我就是你妻子了。但民政局负责人开玩笑说，结婚简单好，但离婚简单就不是大好事。以前离婚需要各级单位盖章，领导签字，双方领导做工作调解，父母亲人调解，现在只要两人自己同意一来便办了。夫妻吵架不可避免，没一个缓冲带，冲动之下离婚的不计其数。目前，岳阳市离婚率达到了20%，楼区更达到了30%。

从第一次冲破封建制到第二次政治化，到第三次自由化的三次离婚浪潮，婚姻的演变长卷，佐证的是岳阳的经济发展与社会进步，更是幸福指数提高的证明。

随着改革开放，随着岳阳加速建设，经济的发展，生活的富裕，让婚姻更充满了平等和谐。近十几年来，岳阳再没有出现任何包办婚姻悲剧，更别说买卖婚姻。

经济的提高，也改变了大部分的生活观念。如果十几年前，穷则思变，涉外婚姻现象是绕不开的话题，那么今天的数据就是岳阳人生活自信的彰显。

岳阳最早有涉外还只是港澳。2006年有160对结婚，离婚只有两三对。

并且都是岳阳年轻貌美的女性嫁给港澳大几十岁的老头的。娘家钱粮湖的小丽，是第一批去深圳的打工妹。18 岁的她认识了一个 50 多岁的香港人，最后嫁给了他。不承想，她被带到香港去玩了一次，他家只把她当保姆。过了几年，她毅然选择回了岳阳，有了自己的事业。民政局资料显示，岳阳现在涉外婚姻一年不到 30 对，就离了十几对。随着岳阳宜居城市的舒适，年轻人都不愿再冒风险嫁外面。

说起来，在婚姻生活最受益的应该是六七十年代的那批人。自由恋爱结婚，有着传统观念，有着新事物的理念，有着对家庭的责任，走得相对稳定。

从最初的无自主权，到今天的衣食无忧，在幸福生活的背后，婚姻再次迎来巨大考验。小玲与黄浩离婚说来可笑。两人结婚时因各自的家人没招待公平，没完没了地计较，后来，又因为有次去父母家两边买的东西不一样吵起来，再因房子没写女方的名字，一起算账，只有两个字了：离婚。一场婚姻似一场儿戏便结束了。讲究个性化，没有担当没有责任，冲动处事，这是很多人对 80 后、90 后新一代人的婚姻评定。

从 1950 年第一部婚姻法到 2012 年新《婚姻法》出台。62 年四次变更，撰写的是百姓事。但婚姻却是一面时代的镜子，映射着 50 年代中国人所经历的一场深刻的观念风暴，也撰写着几十年来，中国百姓对几千年社会制度的一场重大革新与变更。不可否认，中国婚姻特色及演变历程就是一部社会发展史。

票据： 拿起票据忆当年

一张小小的票据，放在现在的年轻人面前，不但不会知道它曾经的用处，更不会懂得那个年代在百姓生活中的重大意义和主导地位。一个户口本，一个人的户口，当年除确定居民的身份证明，使用最多的是每月去领取各种生活票据。食油供应证、粮票、布票、肉票以外，还有红糖票、白糖票、饼干票、酒票、豆腐票、粉丝票、棉线票、肥皂票，等等。在每天算计着还是撑不了一月望眼欲穿的日子里，每月领票那刻的欢快现在想想都不可思议，却是当年生活的真实写照。

改革开放以后，随着岳阳市场经济的迅速发展和繁荣，已经看不到计划经济时代人们生活依靠的票证了。计划经济时代的票证，也已寿终正寝，完成了它的历史使命，完全退出了历史舞台。然而对于上年纪的人来说，恐怕永远也不会忘记它伴随着人们走过了几十年的艰难历程。我走访发现，如今很多老人将当年剩余的票据一直收着，很多年轻人听老人们讲了这些票据的特殊性后也喜欢收几张。这些票据，同时也是很多收藏家热爱的收藏品。

住在五里牌的王爹，正在院子里晨练，听我谈到当年凭票供物的时代，马上有了兴趣，讲起了当年自家的生活状况。

王爹回忆，刚结婚时住在岳阳县一个镇上，老伴并不会持家，现在这样精打细算都是当年凭票计划过日子锻炼出来的。

当时，每月核定供应粮油的数量，由居民按月凭供应证到粮食部门领票买粮。家里6个孩子要养，老伴生怕出了差错把票丢了，那就等于断了生活。每月领了各种票后，都包得里三层外三层收得小心翼翼。最困难的1960年，城镇居民每人每月仅供应大米十几斤，1962年情况有了好转，城镇居民每人每月供应大米提高到20多斤，机关职工27市斤。供应的粮食根据各家情况，大米不足时，按比例搭配给一定数量红薯、黄豆等。购买时，还得一张票一张钱搭配买。家里人口多，反而成了优势，分得票额度相对多一点，最起码家里统筹都有信心一些。

那时，隔壁住着一个机关工作人员，每次他出差外出，凭有关证明，带着粮油供应证到粮食部门还可以划粮票。那时的粮票还分省内粮票和全国粮票，省内粮票只能在本省用，如果出差远，领了全国粮票，无论到哪里都可以用，让好多人羡慕不已。

粮票不只是买粮食，它深入在生活中每种吃的东西里面。当然，买菜还得有另外的票。哪怕买一个馒头、吃一碗早点，还是买一包饼干，只要是粮食制品，都要收一定数量的粮票。没有粮票，有钱也买不上食品，吃不上饭。

48岁的张玲说到70年代她小时候的一件事，至今记忆犹新。那时，家里两个哥哥正长身体，家里粮票很紧张。一次，父亲进城办事带着她，想吃一碗三鲜面，但父亲只带了钱，忘记带粮票了，不但不能吃到梦寐以求的三鲜面，连基本保肚子的东西都没有吃，她是一路哭着回家的。很多年后，张玲把这事当笑话提起，父亲一直很愧疚。

80多岁的万先生回忆，当年，他在麻塘区委工作，每个领导都有办点的生产队。那时干部办事认真，天天守在村里，廉洁就更是体现在一言一行。吃饭时干部一样自带几两粮票和两角钱，交给队长安排的村民家再吃饭。他们不吃老百姓的，老百姓也没觉得收钱不好。

凭票的年代，不只是有粮票，布票也是出现较早的票证之一。

由于棉花产量有限，布匹及其棉制品供不应求，国家采取量入为出的办法，每年给居民发放一定数量的布票，凭票购买棉布或其他棉制品。在三年困难时期，每人每年仅发布票1尺7寸，仅够打几个补丁或缝一条内裤。很多居民家庭都是把布票集中起来，给老人或小孩缝制一点最急需的衣物。那时缝制一身衣服，哪怕是缝制一件衣裳或一条裤子，都是非常不容易的。人们穿衣服通常是"新三年，旧三年，缝缝补补又三年"，不是穿到"千疮百孔"，真的舍不得丢。

我在采访经历过那个年代的居民时，他们都有一个共同的记忆。

多子女的家庭，孩子的衣物都是老大穿了老二穿，老二穿了缝缝补补后留给老三穿。无论在机关、厂矿、学校，还是街道、公共场所，你很少能看到衣服上没有补丁的人。60 年代中后期，情况有所好转，每人每年的布票也相应增加，标准提高到 8 尺、1 丈 1 尺，最后达到 1 丈 6 尺 2 寸。布票虽然增加了，但并非人人每年都能穿上新衣服。因为添置床单、被褥需要布票，买一块枕巾、一件背心，包括缝制窗帘、桌布也都需要布票，每个家庭还得统筹安排，把布票用在最急需的地方。

那时很多人的裤子也是一道风景，就是下面新上面旧，或上下颜色不一样。因为，长得快裤子短了是不会丢掉的，接一节还能穿，二节头裤子，是一种遍布街头的流行，也没人觉得丑。最盼望的是过年，除了能得到压岁钱之外，就是能穿上新衣服。

当年的粮票与布票

后来，70 年代，出现了的确良布。的确良因为是用一种化学物质生产的，所以，不需要布票，但价格不低，平常百姓家还是只能望洋兴叹。

除了粮票与布票两大重要票证以外，很多菜与食品也同样需凭票。

例如吃肉，从 60 年代的全家几两，再半斤，逐步增加到了 70 年代的每人每月一市斤。在吃了上顿难保下顿的条件下，吃饭是最基本的保障，所以，肉票反而不是那么重要了。能在偶尔来客或生病时吃点肉汤，已经是很奢侈了。

那时，买物去商店，买粮去粮站，买肉到肉食水产门市部。部门分得很清楚，不像现在，一个超市，包罗万象。要想买肉，并不是有钱有票便成了，因一天猪肉少，必须赶早去排很长的队。那时人们买肉，不像现在专挑瘦肉，相反，都喜欢买肥一点的肉，而且越肥越好，因为肥肉脂肪多，能增加油荤。我住过的乡下小镇，一个小肉食水产门市部，常常一个星期不定时，杀一只猪，半个小时，转眼毛都没一根了。所以，想不浪费肉票，就必须老打听什么时候杀猪。

当然，豆腐、肉、粉丝、酒、烟等同样要票。这个乡里倒占了优势，由此出现了一批因家里子女多而全家放弃城市工作回乡的。乡里菜都是自家种，豆腐可以过年自己打，肉不大吃，烟卷成个大炮筒。但城市不一样，想吃片香干子都得考虑半天，是吃新鲜豆腐划得来，还是香干子更实惠。

还有就是糖票。一般居民家，一月2两糖。如果生病住院，医院开出证明可特供2两。上面5个姐姐的谭先生说，儿时，为了喝杯糖水，没事装肚子痛，奶奶便泡杯糖水给他喝。一家人每月的糖都被他一个喝掉了，想想不只是心酸，更觉得对不起姐姐们。

到了80年代，改革春风开始吹到全国各个角落。岳阳的经济开始复苏，一般的生活再不需要凭票去买了。而结婚的大物件又成了大家争抢的目标。50岁的黄女士回忆，她1989年结婚时，大件电器凭票才能买。为了买电视机，还找到了在外贸商店的同学搞关系弄的指标，招待客人的烟同样凭结婚证才可买四条。

随着改革的步伐加快，岳阳的经济突飞猛进增长，岳阳人的生活发生了翻来覆去的变化。一切生活票据都走出了百姓生活，走进了收藏中。

我走进住在乾明寺附近的罗先生家，他从书架上拿下几本满是尘埃的相册，抚去上面的灰尘，向我展开，映入眼帘的是一张张计划经济时代的粮票、布票、油票，当即吸引了同去的年轻人。

罗先生说，票证尤在，物是人非。那时候家里人口多，兄妹6个，父亲一个人在供销社上班一月才十几元钱，生活艰难可想而知。他母亲为了让全家人能少挨饿操碎了心。他和他四姐、五哥因为是在校学生，每天的口粮供给有差不多 8 两，可在家的大哥、二姐、三哥他们每天只有半斤，挨饿是常事。罗先生说，印象最深便是每当深夜母亲拿着这些粮票数了又数，常常看着越来越少的票，一声声叹息。母亲省给他们六兄妹吃，自己经常找些野菜茴丝果腹。罗先生说，一年中他最高兴的是过年的时候，母亲在那时候才打开包了一层又一层的小手绢，拿出几张布票，给哥哥姐姐买来一些布料，请裁缝铺师傅到家里来做一两件衣服。哥哥姐姐们把换下来的旧衣服改改，让他们几个弟弟妹妹穿。

那时流行一句话，小孩子盼过年，大人盼插田，都是冲着吃去的。

到了 80 年代中期，罗先生一家人的生活渐渐好了，票证也完全退出了他们的生活。然而他却对那段日子记忆难忘，现在，父母亲已作古多年，便有心收藏了一些那个年代的票据。

才 30 来岁的熊先生，没经历过那个年代的日子，但因父母去世早，他由亲戚带大。老人收藏了一些六七十年代的票据，经常跟他讲起当年的岁月，他们怎样奋斗，怎样节俭。老人过世后，他留下了这些票据，并一直随身夹着几张在驾证里。他说，这些票据激励他奋进，也警诫他节俭。

那些年，那些人，那些事，很多人此生难忘。如今，那些穿越岁月风尘存留下来的票证，既是岳阳百姓从贫穷走向富裕的缩影，也是我国从计划经济走向市场经济艰难历程的见证，更是一代人勤俭持家风尚的培养摇篮。

洞麻： 80 年代洞庭湖边崛起一座纺城

都说男不进港，女不进纺。

这个民间共识在 80 年代的岳阳，曾被一家纺织厂打破。不但很多年轻人纷纷以能进入这家大型的国有企业为荣，更有很多在职人员想尽办法调入。在那个大学毕业包分配的年代，甚至有些考取大学，因怕某些专业分到农村而选择放弃大学进入该厂的。神话的创造者，就是坐落在岳阳市北环路鹰山社区的洞庭苎麻纺织印染厂。正式投产 30 多年；曾经亚洲最大的苎麻纺织印染厂；全省最大的创外汇单位；美女云集的企业；一座配套机构健全，鸟语花香，绿树成荫，夏遮阳，冬防风的小区，它就是 80 年代洞庭湖边简称为"洞麻"、民间俗称"岳纺"的著名纺城。

说到洞庭苎麻纺织印染厂，很多人只有 80 年代从施工到正式投产的零星片段。其中过往种种还得追溯到 70 年代，只因这属于行政范畴，民间自然不知其然。

1977 年，根据岳阳建立纺织厂的申请，工业部批准为岳阳纺织厂，进行建厂和设计。当时，设计是委托湖北的纺织设计院。第一次设计规模为棉纱52416 锭，布机 1040 台。1978 年 12 月 15 日，省建委批准了初步设计方案。后来纺织工业部根据实际情况与需要于 1979 年 4 月 13 日的批函修改了初步设计，棉纱 49920 锭，布机 1232 台，设想基本定盘，正式进入施工图的设计。1980 年 4 月，省建委批准修改设计后完成基本施工图设计。设计总建筑面积126453 平方米（其中生活建筑 67620 平方米），总定员 3466 人，总投资 4317万元。

岳阳东郊，东风湖渔场边，荒山野岭响起了隆隆的机声。在完成简陋的指挥部建设后，1980 年 7 月，开始了主要生产车间建设。

1981 年，当时正是麻织品开始流行时，全国很多老棉纺厂都开始更换新设备改苎麻纺织。省纺织工业局指示向纺织工业部领导汇报"岳纺"情况，提出改棉纺织厂为苎麻纺织厂，很快批文下来，定名为"岳阳苎麻纺织厂"。名字改了，却遭遇了一些尴尬。因岳阳地区黄麻纺织厂名称经常与其混淆，常常出现设备材料、邮件、电报等误收情况，严重影响工作。为避免长期的困扰，1982 时，再次改名。经厂临时党委研究，将厂名改为"湖南洞庭苎麻纺织印染厂"，简称"洞麻"，一直沿用至今。

随着名字的不断变更，其行政管理也改由湖南省纺织工业公司直接管理。洞麻前期行政布局工作全盘定音，开始进入全面的施工建设中。

总建筑面积达 126453 平方米，分生产区与生活区的洞麻建设当时备受关注，得到了各级领导及相关部门的大力配合与支持，相继前来调研视察，进度相当快。短短几年时间，已具雏形。

洞麻织布车间

1984 年 2 月，省委第一书记毛致用在当时的岳阳市委书记李朗秋、市长陈邦柱的陪同下到洞麻视察，并代表省政府向参加重点工程建设的职工表示了春节慰问。

时年，捷报频传。5 月 21 日，高压开关站设备安装验收合格正式投入运行；6 月 4 日，供水工程从江边泵房、水净化站到二泵房系统送水成功；6 月 20 日，短麻纺设备安装完，一条龙投料试纺成功。9 月 8 日，《人民日报》刊登洞麻正式试车的消息；9 月 12 日，迎来了长麻纺一条龙投料试车成功；25 日，脱胶一条线投料试车成功，第一次产出精干麻 671 公斤；10 月 20 日，织布试织成功；10 月 24 日便迎来了意大利巴塞迪集团顾问法·戈笛、伯雷里、鲍佐·克劳迪奥、国际部经理助手菲利浦客人来厂洽谈合资合作，并到厂参观；12 月 8 日，当 1 号锅炉验收合格点火。从脱胶、长麻、短麻、织布流水线的全面试车成功，标志着洞麻从施工建设进入了真正试生产阶段。

12月21日，省纺织工业总公司发文，撤销洞庭苎麻纺织印染厂工程指挥部，任命了第一任厂长何静怡，副厂长姜琪、毛学政、杨树清、汪礼训；党委书记由江正家担任，副书记为彭鹏。由此开启洞庭苎麻纺织印染厂的里程碑。

1985年5月1日，洞麻召开全厂职工大会，庆祝五一国际劳动节，同时热烈庆祝全线进入正式生产。厂长何静怡提出了"信誉第一，用户至上，励精图治，奋勇开拓"的办厂宗旨和"文明、勤奋、求实、效率"的厂风要求。5月14日，《湖南日报》刊登了洞麻投产成功的生产照片。

6月6日，洞麻召开首届职工代表大会，到会代表182人，厂长何静怡作了题为"以改革为动力，以提高经济效益为中心，转轨变型，开拓前进，为建设新洞麻而奋斗"的工作报告。群心激昂，纺城一派朝气蓬勃。生活区的欢歌笑语，生产区的热火朝天，曾经荒无人烟的沼泽地，崛起了一座欣欣向荣的纺城。

30年，洞麻经历了五任厂长，第一任厂长何静怡创造了偶像级神话。

正如她的名字一样，长得高挑而气质不凡的她，文雅而仪态万方。无论是上万人的大会，还是生产上遇到的麻烦，对于她，都是和风细雨，却让全厂上至管理层，下至一线职工，都喜爱而敬重，有的甚至达到了膜拜的程度。她任厂长期间，正是苎麻纺织行业风起云涌之时，效益空前的好。成了当时全省创外汇大户，也成了洞庭湖

洞麻细纱生产车间

边一颗耀眼的企业明珠。

洞麻早期职工，除从汨纺、湘纺、长纺大批调入外，都是按一定的身高、视力、文化程度严格要求招进的。第一批职工，特别是女职工都经过层层考核，其长相其身材走在街头，无论何时，都是一道风景。加之当时职工地位也相当高。各种文体活动，各种奖励，各种福利，羡煞了很多人。

洞麻称为城，是名副其实的。

其厂区，规划相当到位。住宅区驻南以"A"字状，沿中间湖水而建。分为一区、二区、三区，职工宿舍为四区，生产区驻北，以中间一条马路为分界线。生产区东西门卫中间是当年豪华气派的办公大楼，从左右两侧进去，就进入了生产区。一直以来，生产区外人不允许进入，上班人员也不可随意出入，有严格的规章制度。所以，在洞麻上过班的职工，忆起年轻时的顽劣，都会说到上班为出来玩或找吃的爬围墙的经历。

洞麻规划格局是相当完美的。当年，住在洞麻不出厂区，应有尽有，什么都可玩，什么都可买。小区设有医院、招待所、商店、邮电局、幼儿园、电影院、电视台、粮站、派出所、照相馆等各应配备部门，更有足球场、篮球场、花园等休闲娱乐场所，光食堂便有几个，澡堂分生产

航拍图

区、生活区两个。不但是厂区职工的天堂，更吸引很多市民前来玩乐。被大家称为"中英街"的夜市，更是夜夜火爆。小区无论是环境卫生，还是整体管理都相当"高大上"。并且，为确保职工安全，小区除可进小车外，所有生产及大型车辆都走西线。北环路没有建好前这条香樟树覆盖的小道被人戏称为爱情路。后来在第四任厂长夏建华手上，最美的西线，就是白天通大型车辆，晚上职工散步休闲的沿湖风光带，一起被卖了。也就是后来被拆建成的广福陶瓷市场。直到2019年广福陶瓷不但成了洞麻发展的阻碍也成了与洞麻扯不完的皮。

纺城的风光，不是吹出来的，它实实在在留在很多人的记忆里。也留在很多国家领导人的印象里。80年代至90年代，来岳阳的国家领导人几乎都会去洞麻视察。

T台： 岳阳第一批吃螃蟹的时装模特

提起时装模特，人们总是会想起光鲜的T台秀，想起从国外到国内，从民族服装到商业味后穿得越来越少的顶级模特大赛，想起一代代名模陈娟红、谢东娜、马艳丽以及闯荡巴黎的吕燕。可是二十几年前，当满大街都是蓝白灰的海洋时，有谁能想到今天这个繁荣的模特行业呢？

朴树在《那些花儿》里委婉地唱道："那些年轻的女孩，她们都老了吧，她们在哪里呀？"这让我们想起了十几年前的那些岳阳模特们。张静、袁香、鲁平，等等。正是这些已经让人淡忘的人，成立了岳阳第一支时装模特队，从而构建了这个新的行业。这些曾经聚焦在镁光灯下、走在T型台上的年轻人，是那个时代的缩影，更是一个时代的象征，也拉开了岳阳时装表演的帷幕。

用妇女做模特来介绍时装，距今已有100多年的历史。

一切流行风，都会随着时间的推进，走遍世界的每个角落。当时装模特已在很多国家形成规模，并深得人们接受和喜爱时，他们的眼光也开始盯向中国。1979年，刚刚改革开放才一年，人们的思想还固封在保守的状态，一切服饰还沉浸在灰、黑、白中。对模特儿这个概念很多人没听说过，更别说亲眼所见。而在那一年，法国著名时装设计大师皮尔·卡丹以独特的眼光，看准了这个沉默的市场潜质，带着来自法国与日本的模特儿，分别在上海、北京举办了时装展示会。他第一个来中国开时装展示会。

皮尔·卡丹带的模特儿在北京民族文化宫宽敞明亮的大厅里进行了表演。在笔直地伸向观众席中间的T型台上，皮尔·卡丹带来的12名模特自如地表演着。不过对观众有许多限制，硬性规定：对所有观看人员进行政审，一律对号入座记录姓名，入场券不得转让；"内部参观"：入场券被严格控制，只限于外贸界与服装界的官员与技术人员参与"内部观摩"。尽管8名法国模特和4名日本模特的台风相当自然、随意，然而依然被视为时不时地"眉目传情"和"勾肩搭背"，在当时这是"极不庄重"的。这种眼花缭乱的服装和表演，对于当时的中国人来说，是一个震撼不小的新生事物。但世界潮流势不可当。继皮尔·卡丹之后，1980年，日本和美国的时装表演队相继来到上海进行表演，也从此拉开了中国时装表演艺术的帷幕。

岳阳第一支时装表演队

当中国各大都市的服装表演已逐渐从神秘走入公众视线，其间经历了十几年的浸润，到岳阳人拥有一支自己的模特队已是1994年。

那年的岳阳，这个文化古城，凭着其聪明才智，经过改革开放20年变迁，以崭新的姿态走在时代发展的前锋。一切生活理念都在悄无声息地变化着。紧跟时代步伐的岳阳人，也萌动了想有一支自己模特队伍的念头。

在原岳阳宾馆斜对面开着一家文园酒店的文老板，在电视上看了几场时装表演，特别喜爱，心里一动，何不在岳阳也组建了一支这样的队伍呢？他的想法一说出来，震惊了很多人，都认为他神经出了毛病，或是一时冲动信口开河。当然得不到亲朋好友的支持，开酒店的不好好做生意，搞这些花样，他们认为文老板一定是被美女晃花了眼。但他看准了这事，不管别人怎么反对，他都想去试试。可真正实施起来，却相当困难，从没有过这方面的经验，去哪找人，怎样找人，找什么样的人，都没有头绪。请教了很多对服装模特略知一二的人，也是一个个摸不着头脑，那时网络不发达，他只得自己到处找些资料看。

现在人人都知道选拔一个模特的要求能列出详细的一长串，从身高、体重、三围，到腿长、背阔等等。而当年的岳阳在招收这些模特时，并不清楚这些具体的要求。文老板没有找到这方面有经验的人指导，只得自己摸着石头过河，从电视上看到一些画面凭感觉开始选表演队人员。招收队伍也不能像现在这样运用网络、电视广告一出，人才汇集，方便而又快捷。当时只是在小范围内用一传十、十传百的方式征集应聘者。几个人一商量，认为只要身材高挑，模样尽可能漂亮些的，就算符合标准了。文老板当时还担心没人敢去报名，谁知消息才放出去几天，一下来了几十人。所以在没有具体标准的情况下，他们凭自己的眼光，目测一下高矮、胖瘦、长相，便从中选出了袁香、张静等8名较优秀的女孩子，组建了岳阳第一个时装表演队，成了岳阳第一批吃螃蟹的人。

人是选出来了，可下一步再去哪找老师又遇到了难题。经各方打听，一个外地的朋友推荐，总算高价从西安请来了一个名模来担任老师。这名老师当时并不是全国很出名的模特，但因表演多年，在业里小有名气，并且T台表演经验丰富。她一来岳阳立马带领队员们从最基本的步子和最基本的形体开始训练。

8个小姑娘，每天枯燥地不时走来走去，便是靠墙一站几小时，每天累得倒在床上便不想起来。经过几个月的军事般的培训，从走得歪歪扭扭左摇右晃，开始有了一些专业模特儿的风范。表演队已初具雏形，问题又来了。接踵而至的是怎么表演，去哪里演，用什么服装，又成了摆在面前的难题。

他们只有借鉴电视上看到的经验，自己慢慢摸索。以前服装厂做出的样衣都有固定的尺寸、三围、衣长、袖长等等，现在演员选好了，总不至于为了衣服再重新选人吧？文老板当机立断，毅然花重金请设计师设计了一批服装。当这些模特儿穿上新设计的服装，在文老板自家酒店彩排，一经亮相，惊鸿一瞥，震倒了在场所有朋友。文老板自然满意而又得意，决定重拳出击，带着她们走进了当时最红火的歌舞厅试着表演了一场。

当时的歌厅主要以歌手唱歌，别人跳舞，中间穿插一些小节目为主。而这别具一格的表演，让人耳目一新，真正的赏心悦目，吸引了很多观众。仅仅一场表演下来，歌舞厅的生意一下火爆起来。很多歌舞厅老板闻之，纷纷争相邀请她们去表演。这支时装队成了岳阳的一道亮丽的风景。当时表演一场，每个演员报酬很低才5元，每晚串场表演，每晚穿衣脱衣几十次，并且速度相当快，一晚下来人累得腰酸背胀，收入却并不高。

这样过了两年，她们又吸收了几个新队员，便开始自己联系各场子跑场演出。并有一个所谓的经济人带着，收入略有提升，演出一场能得20～30元。白天偶尔去参加各商场、公司店铺的开张演出，这样收入就高多了，每场有100元的收入。那几年的岳阳，不论什么大型的活动，大到第一届壮观的世界龙舟节开幕式，出名的大厦落成剪彩，小到什么名家名店嘉庆，都以请到她们为荣。在岳阳风光的历史舞台上，到处都留下了她们俏丽的身影。有几人还成了初建的岳阳电视台的第一批广告人。

说起来，时装表演队的队员都是业余身份，似如张静、袁香便是九龙第一批的礼仪队员。平日上班便很累，一站几小时，每天很早起床，要进行升旗仪式，晚上再参加演出。表演队环境也差，既没有一个固定场地排练，一般都是临时找的地方进行台步及队形的训练，又没有专人管理服装，常常演出时手忙脚乱。这些模特儿虽然不是专业的，但毕竟是岳阳的服装界第一个吃螃蟹的先锋队伍，又是唯一的一家，所以，她们收入在当时市民几百元一月时，便达到了上千元。领导了90年代的服饰新潮流，是岳阳时装的弄潮儿，也是时尚流行的先锋派。随后，跟风一样，岳阳迅速出现了几支这样的走秀队伍。

　　尽管在岳阳本地她们得到了众星捧月的待遇，相对专业的模特来说，因身高及各方面条件的制约，终只是局限本地区。后来有几个人走出去了，也只能是随业余队到处演出，没能进入专业的队伍。随着年龄的增长，现在她们基本都退出了这个行业归于小家庭的温馨。现在还从事时装模特业行的只有鲁静和张静，鲁静开办了一所形体训练学校，以自己当年的经验，培养了一批批新的模特人才。而作为在沿海各城市演出有几年经验的张静，偶尔也会被邀去为选秀做一些专业训练。很多年过去，她们也人到中年，但当年的风光，还记忆犹新，让人津津乐道。

　　近几年，随着中国改革开放的深入，敏锐的岳阳人，从中看到了巨大商机，几年时间文化传播公司如雨后春笋层出不穷。各种选美活动，各种模特选拔赛，各种形体学校的各类培训接踵而至，给年青高挑貌美的女孩子提供了更多的机会与舞台。很多国内、国际的大型模特、旅游小姐、选美等等比赛也开始在岳阳设立赛区，为今天的女孩子走出岳阳，走出国门提供了更多的机会与舞台。

　　2005 年，岳阳女孩王诗文，在第十一届中国模特之星大赛中脱颖而出，夺得全国总冠军，打开了岳阳模特儿的新视点。在后来陆续不断的比赛中，岳阳女孩以自己独有的江南美女的风范，从各种名目的赛事中夺魁，涌现了一大批优秀模特儿。经过这么多年的锤炼，累积的经验，加上岳阳女孩受教育程度的提高，她们有了更多的机会，展示自己。

　　我们期望更多的岳阳女孩能走出岳阳，走出中国，走向世界。

香炉： 三醉亭前无紫烟

很多岳阳人都知道，岳阳楼前最著名的铁铸文物有大三件：香炉、铁桶、铁枷。铁枷安置于岳阳楼临湖边，而香炉与铁桶存于岳阳楼前坪中间，香炉居中，两边各一桶，年代已久，早入岳阳楼之景。后因三醉亭吕公像于亭里二楼，香炉移至亭前，铁桶便放到了岳阳楼阶梯两侧。高约 3.4 米，鼎塔式结构的铁铸香炉，尽管在树丛中若隐若现，但仍旧让很多游人趋之若鹜，更让很多人充满好奇，心存疑惑：岳阳楼前，为何会有一个铁香炉，其意义何在？

提到香炉，太多传说故事中，不得不从其主角与岳阳丝丝缕缕的关联说起。

吕洞宾，名岩，字洞宾，号纯阳子，是唐代初期河中府永乐县（今山西永济县东南）人。关于他的各种故事流传甚广，喜浪游山水，遇"异人"钟离权传授丹诀、剑术，获得"长生不老"秘诀，被道教奉为"北五祖之一"，通称"吕祖神"，民众则称之为"吕祖大仙"。滕子京贬到岳州之后，吕洞宾在岳阳的各种传说更是如雷贯耳。传说吕洞宾家住岳阳，"其地名仙人村，吕姓尚多"（南宋邵博《闻见后录》）。无论是真是假，但吕洞宾倾心于缥缈神奇的洞庭山水，把这里视之为神仙洞府之"福地"而流连忘返。

吕洞宾的岳阳传说，最早见于北宋末期魏泰的《东轩笔录》、范致明的《岳阳风土记》等古籍，而且大都与滕子京有关。《东轩笔录》载："顷年，滕宗谅（音哲）守巴陵郡，有华州回道士上谒，风骨耸秀，神脸清迈。滕知其异人，口占一诗赠之曰：'华州回道士，来到岳阳城。别我游何处？秋空一剑横。'回闻之，恍然大笑而别，莫知所之。"《岳阳风土记》载："庆历中，天章阁侍制滕宗谅，坐事谪守岳阳。"而最让人津津乐道的还是他三醉岳阳的故事。有诗为证："朝游北海暮苍梧，袖里青蛇胆气粗。三醉岳阳人不识，朗吟飞过洞庭湖。"人们从吕洞宾的所有传说中，刻画出了吕洞宾豪爽，好施好善，喜戏好谑的性情。

据说吕洞宾每次过岳阳楼，对洞庭湖的风光美景，总是依恋有加。守楼的老人觉得此人一身仙骨，必非凡人，要求吕洞宾写几个字留在楼上，吕洞宾便信手写了"虫二"二字，不解其意的老人坚持请他解释这"虫二"二字的意思。吕洞宾神情愉快地摇摇手说："不必，不必，待五百年后，自有知者。"自此，500 年间，这"虫二"二字，成了文人雅士学者们游岳阳研究最多的课题，苦于未得其果。不是不解，只是时间未到，万事随缘，一个偶然便解开了其奥秘。500 年后的某一天，有一个俊秀的年轻书生进京会考，路过岳阳楼休息，抬头见到"虫二"二字的木匾，忽然高声地叫道："呵！好一个风月无边！"几个字便破解了仙人的深意。不知浩大一群自视才高者地下有知是否汗颜自己想象的局限。

2009 年前岳阳楼前坪的香炉

吕洞宾的另一个传说，更确定了他为何被供于岳阳楼三楼的原因。传闻当年滕子京修建岳阳楼，吕洞宾曾化身木匠前来点拨，困境之中的工程得以顺利进行。因此，滕子京一为感谢其功，二为其在民众心中的地位，高约四丈，雕梁画栋，釉瓦生辉共分三层的岳阳楼竣工后，第一层，前方就有吕洞宾的石像，壁上有《岳阳楼记》的雕屏；第二层，壁上又是一幅《岳阳楼记》雕屏；第三层，正面设有吕洞宾的神龛，内置金身供善男信女礼佛，下摆祭祀桌，曾经香火不绝。

云彩湖光的岳阳楼上，有此仙人墨迹的渲染，更吸引国内外的游客。

作为道教先祖，吸引的还有一群膜拜者。

相传吕洞宾既是八仙之一，更是位集"剑仙""酒仙""诗仙"等美誉于一身，个性自由随性的神仙。一直以来，他在人们心目中就是因其扶弱济贫、除暴安良、施药救人而深受世人敬重，被人们列为最具人情味的神明。和观音、关帝一样具有极大的社会影响力，结民众亲和力与亲近感。正因如此，不似神仙的吕仙赢得了历代封建帝王的屡加封赠。老百姓则寄希望真有这样的神明为他们惩恶扬善救苦救难。

尽管关于吕仙其人是真是假，各执一词，但丝毫不会影响其民间的地位。传说带来的不但是故事性，也有神秘性，民众的膜拜不管真假，只要是真正为民办事者，人与仙都会深得他们的敬重。吕仙对岳阳的情有独钟，就是岳阳楼曾一度被民间奉为"孚佑帝君祠"的重要原因。清末时期，社会动荡，民间祭拜神佑的信徒众多，各地来岳阳楼朝拜吕仙者也日盛。特别到了四月十四吕仙生辰，更是香火旺盛。为此，江南造船厂特捐香炉一座。根据香炉腹外铸铭文记载："光绪癸卯七月，汉阳铁厂制造。孚佑帝君祠。共赖神庥，永垂千古。钦命太子少保、头品顶戴、督众湖北汉阳铁厂、前工部左侍郎盛，饬厂建造捐助。"何谓"孚佑帝君"？这是元朝皇帝给诗酒神仙吕洞宾封号的简称，全称为"纯阳演政警化孚佑帝君"。理所当然"祠"就是指岳阳楼。历史上吕洞宾的传说，以岳阳一地的记载最多，也最传神，因而也有专家指出：吕洞宾的"仙化"和传奇源于湖南岳阳。

2009年移至左边树下的香炉

《岳阳楼志》云："从元代开始，吕洞宾像一直威风凛凛，高踞岳阳楼上。"碑廊"孚佑帝君遗像"上还有清人韩庆云题记："西城岳阳楼为帝君停云地"；嘉庆间《岳阳楼图》的东面

231

绘有太极图，也是因为楼内供奉吕仙神像。因此，岳阳楼便顺理成章成了人们敬拜之地。

其间，有关吕像移至三醉亭的时间，一说是到了清乾隆四十年（1775）时，岳阳楼旁特另建一座亭廊：三醉亭，其后，吕翁神像便移置于三醉亭中，二说是"文化大革命"时吕仙像被毁，80年代重塑后移到三醉亭。香炉也未幸免，在一场浩劫中被毁掉一部分，后经相关技术复制复原。总之，无论何时何人将吕仙像移至三醉亭不重要，重要的是他有了自己的归地。作为供人们敬拜他的铁香炉，具有历史见证，自然随着吕仙像移至三醉亭前。如今临湖而立，面朝三醉亭，隐于茂枝中，供人观赏，也自成一景。

三醉亭位于岳阳楼北侧，与岳阳楼南侧的仙梅亭遥相呼应。据光绪《巴陵县志》载：三醉亭始建于清乾隆四十年，初名望仙阁。由巴陵知县熊懋奖承建，不久就塌毁了。清道光十九年（1839），岳州知府翟声浩重修岳阳楼后，在望仙阁的旧址上，重建了这座小楼阁，并改名为斗姆阁。咸丰年间，岳阳楼和斗姆阁都已颓坏，直到同治六年（1867），才由总督曾国荃拨岳卡厘税，对岳阳楼和斗姆阁进行全面重修，并根据吕洞宾三醉岳阳楼的故事，改斗姆阁为三醉亭。然其后再度圮毁。光绪六年，又由岳州知府张德容拨茶厘及捐项，随同岳阳楼一起重建。1949年后，三醉亭经过几次维修，但因基础不牢，遂于1977年落架重修。

现在的"三醉亭"，是一座仿宋建筑的方亭，为岳阳楼主楼辅亭之一。占地面积为135.7平方米，高9米，为二层二檐。顶为歇山式，红柱碧瓦，门窗雕花精细，藻井彩绘鲜艳，外形装饰华丽、庄重。三醉亭也和岳阳楼一样属纯木结构。门上雕有回纹窗棂，并饰有各种带有传奇故事的刻花。一楼楼屏上是由岳阳楼管理处殷本崇绘制的吕洞宾卧像。作者把吕仙飘逸的神态，潇洒的风度表现得淋漓尽致。画上书有吕洞宾所作的那首过岳阳的七绝，画屏两边挂着由清代方功浚撰书的一副对联："对月临风，有声有色；吟诗把酒，无我无人"。

因岳阳楼区属严禁烟火之地，再也看不到当年祀拜的盛况，香炉作为敬拜焚香的重要工具，也失去了最初的作用，因其时间厚积，成了岳阳楼前一件重要的文物。2006年，岳阳楼以北100米处二坪台，再建吕仙祠。祠，坐北朝南，占地面积 1000 余平方米，2007 年剪彩之日，吕洞宾像便从三醉亭请至了吕仙祠供奉。走进祠里二进堂前，吕洞宾的木雕像端坐在一个神龛里。他一手举杯，一手持书，神态十分端庄。吕祖的神仙文化是岳阳楼文化中的一朵奇葩，其香炉更是岳阳楼文化中不可或缺的重要组成部分。作为主楼的遗留文物，为了便于保护，目前一直置于三醉亭前。因树林茂盛遮挡了部分，一般游人便忽略了。

前段，有市民问到香炉现移至何处，我前往岳阳楼，寻到三醉亭前，高高的香炉临湖静静伫立，沐浴在夕阳下，涂一身光辉无紫烟，只有无数传说飘于眼前。

洞庭湖一棵树的传奇

进入君山公园,沿路而行,从右边望向洞庭湖,平坦的景色里一棵树突兀在远处,回来,到了你的左边,它还是以唯一的方式,默默地伴你而行,默默相望相送。

春天,它站在一片青翠的河滩中;夏天,它立于浩如烟海的湖水里;秋天,它伫于遍地金黄的芦花丛;冬天,它是万物枯黄的一点绿,四季风情万种。游君山,无论走陆地,还是航水路,那棵树都是一道无法解说、无法替代、无与伦比的奇异风景线。醒目的独特,终于引起了很多人的关注,也吸引了大批人前来探寻。它到底始于何年何月,始于何人的真实,一棵树的历史是没有记载的,终于成了一个谜。天赐的奇妙,让人们展开丰富的想象,营造无限的空间,增添它无穷的传奇色彩,解说它一生大风大浪中的传奇经历,为岳阳楼、岛、湖旅游增色,成了摄影爱好者春夏秋冬追逐的目标。

岳阳旅游城市的开发,整合楼、岛、湖资源是重中之重,有关楼、岛、湖的一切景色都有待归纳开发,浩渺湖中,一棵独立生长的树,终于引起了岳阳市政府相关人士及旅游局的重视,决定组织人员实地考察再各抒以见,出谋划策,开发这棵树的旅游价值,一场有关柳树的旅游开发头脑风暴在进行中。

6月5日,市政协副主席肖建华与岳阳作家一起登上了简陋的游艇。雨是今年的主题,环君山岛考察湖的计划,因天公不作美拖延很久了,因此,决定定于5日再不更改,天气预报有雨,没想到,清晨,天空便露出霞光,风和日丽，天时，地利，人和。

很多人是第一次坐船环游君山岛，湖水高涨，行于洞庭湖，穿行于芦苇丛，别样的风情，一行人深感景色的奇异与美妙。船一路划开碧绿的芦苇，每行一步，眼前的画面就变换一次。蒹葭苍苍，白雾茫茫，那样的穿行游览，让人万般沉醉。远处君山岛落入湖水中，其实，要识得洞庭湖里一青螺的真正风姿，是要从水中进入，才可显其内韵的。20分钟后，水面上露出一棵树的顶端，像一枚巨大的绣球抛入洞庭。渐行渐近，鸟语清脆，一群鸟自由地跳跃。驶近，一船人都激动得惊呼，随后是无语。波浪中一棵树的独立，足以让人激动于它的奇特，而一棵柔弱的柳树，浸于水中，看尽千帆过，以怎样的坚强挺过无数的大风大浪，沉思中让人对生命产生敬畏。

这样一棵柳树，一棵独立的柳树，它来自何方，是谁人所植，植于何年，为何独立存在，它是怎样顽强生长的，都成了人们心中的谜。如相守的夫妻，守着这一方水域，守着这道风景，更守着未解之谜，它更多的是无数的期待，期待有人相知。

绕君山岛一圈后，停留在岛上，十几人围坐在茶间，开始就君山岛提升旅游品牌及湖中柳树开发展开了讨论。

此次，从他们自己首次坐船进入君山的感觉，让他们更加坚定，进入君山，水路更为理想。因此，航道的开发，是未来开发的重点，并建议航道延伸至东洞庭湖湿地观鸟。那么，一路航行于湖中，无论是什么季节，无论从哪个角度，那棵伫立浩荡湖水中的柳树都像是一个航标。

利用开发那棵树存在的价值，将是整合楼、岛、湖旅游不经意间的一个重要景点，将有无限延伸的意义。那水深处，独傲的一棵树，一个画面的独特，一种意境的空间，一股探寻的诱惑，从实到虚，达到完美结合。游至湖中，芦苇荡漾，一条航道破绿浪而行，远处君山岛、香炉岛、柳树形成三角对接的立体风景。

作家们认为，首先是航道急待开发，芦苇荡的利用，将是洞庭湖别具一格、无与伦比的风景。春夏看汛期水涨船高芦苇荡，秋看芦花絮飞湖光色，如果连接东洞庭湖湿地，冬观越冬候鸟欢歌鸣。君山岛的开发，不再只是爱情两个字的表达，更将是风景、风情、风俗、风土的最佳打造。

有了航道，只要从水上经过，就能看到那棵独特的树，才能见识其无限魅力。

那么怎样让树活起来，那就是营造氛围，以不同的感人故事去添色。让环岛游中的客人，在风景与导游的解说中得到全方位的享受。

肖主席说，导游的解说，必须带有传奇色彩，必须有故事，增加树的文化与灵魂。开发旅游，外地经验很多可借鉴，别人没有风景造风景，一棵如此奇特的树，天然风景却忽略不用，让它白白长在那里，不只是可惜，更多体现了旅游策划的失误。就算现在没有挖掘到故事，不知来龙去脉。但不可否认，独立长在深深的湖水中，本身便是故事，本身便充满神秘色彩。我们要编撰出动人心魄的传奇故事，增加文化底蕴，让这棵神秘之树灵光闪现。客人们游至树前，被眼前景色一亮时，再配以导游几个版本的故事或真或假，将是多么引人入胜。

说起对洞庭湖的了解，政协经科主任、市作协副主席潘刚强最清楚。他一直潜心于洞庭湖研究，对于这棵莫名长在芦苇丛中的树，充满好奇，他不断前去观看，希望能寻找到一些片段的故事或弄清它的来龙去脉，终于得到一个接近真实的版本。

大概是50年代，洞庭湖大面积开垦种植芦苇时，有个送饭的民工，每天漂来漂去，某天，无意中，他随手在路过的一个小坡地插了一根柳枝，随着芦苇的成长，柳树也长大，没承想成了洞庭湖一道美丽的风景。如果真是这样，那也应该成片才是？故事无从考究，所以，它便允许无数的传奇诞生。

著名作家梅实说，第一眼看到那棵树，特别的激动和忧伤，一棵树，那么伟大而孤独，旅游城市的开区，楼、岛、湖资源整合，这棵树可大做文章。他的建议更是从经济的角度出新招。他建议各位作家每人写一个故事，最好跟爱情有关，只有跟情有关，创造这棵树的感情，才能提升它潜在生长的创意。

他清楚地记得，1998 年，洞庭湖水位达到了 36.89 米。让人百思不得其解的是，风口浪尖的湖中，一棵娇柔的柳树长得如此茂盛，是什么给它支撑，是什么给它力量，任何传奇写到它都不过分。它可以是爱情的力量，一种信守承诺的坚守，一种期盼的守望，或一种千年的约定，那么对于任何想要家庭幸福，爱情甜蜜的游人来说，它又创造了一个经济切入口。让游人花钱在洞庭湖区插柳枝，有道是有心栽花花不开，无心插柳柳成荫，既为洞庭湖种植了树木，又让他们种下爱情，引发他们几年后的二度旅游，寻找自己种下的那棵柳。

这一切，离不开一个主题，那就是这棵树的故事。

重访新墙河 "马奇诺防线"

新墙河抗日防线是保卫长沙的第一道防线，在四次长沙会战中是承担了抵御日军的最重要的一个节点，因此，在整个二战史中举世闻名，与法国马奇诺防线齐名。作为湘北最大的抗日战场，新墙河惨烈的三次会战，为保长沙立下了汗马功劳。

在纪念抗日战争胜利 69 周年之际，我在岳阳县新墙河抗战文化保护与利用小组几位成员的带领下，寻访到当年的抗日战场。蜿蜒的战壕还在，曾经的指挥所只剩下一个深坑，当年参加过战争的军人与老百姓大部分已离世，最后幸存的见证者，也是 80 岁以上高龄的几位老人。站在曾经的战场上，尽管一切烟消云散，但耳边仿佛响着当年激烈的枪声，闪现一个个冲锋陷阵的英姿。新墙河，一路波涛，记录着一部战争史。

根据岳阳县新墙河抗战文化保护与利用小组成员几年不断努力寻访，抗战遗址已初步统计，全县抗战遗址共有 100 多处，遍布全县 20 个乡镇。主要集中在新墙河两岸，河以北主要是日军的遗址，包括日军指挥部驻地、战壕、碉堡遗址、杀人场所、洗澡池、日军修的公路等；河以南主要是中国军队的遗址，发生过战斗的乡镇有战场遗址，没有发生过战斗的乡镇有军部、师部等指挥部的驻地、战地医院、操场遗址等。

新墙现在保护完好的抗战遗址九马咀、草鞋岭、王家坊、相公岭等 9 处已被批为市级遗产保护。据小组成员二中语文老师彭新华介绍，目前正在抓紧申报省级文化遗产。

踏着小路，我随同小组人员来到相公岭。站在刚被清理完满山荒草的相公岭上，顶端，一个几米的深坑，一条战壕裸露在树林中，完好无损。深坑紧邻战壕的后边，根据当年留存的部分物质判断，应该是当时战场一个临时小指挥所，战壕的前面还有一些小坑，就是当时战争的临时弹药坑。战壕围山腰而修，500多米，非常简易。两边全是纯泥土修筑，几十年过去却没有一处坍塌，保持着原来的样子。

战壕背靠相公岭，前眺新墙河边大大小小的山头，对于一直靠船从新墙河登陆的日军来说，这里是进入新墙的必经之地，也成了抗日最前线。为此，当时采取的方式是死守不放，在经历无数次阻击后，日兵一次一次不死心，最后，驻守官兵，全营牺牲在相公岭上，血染战壕。

在新墙镇燎原村有一个不起眼的小山头，是当地侯姓人家的祖坟山。长沙会战时，国军把战壕与单兵坑防御工事建在其中，第三次会战时，这里竟然成为惨烈的战场。而如今，一块青石墓碑上的两个弹痕，是当年血战的见证！

1941年12月，第三次长沙会战爆发，中央军一三三师三九八团奉令担任新墙河的守备任务，在燎原村的杨家湾布防、王家坊、牌头、笔铺屋的二花岭各布防一个连。在当地村民的带领下，我们实地察看了战场遗址。

李家嘴是第一道战壕，二花岭有三条战壕，相互连通，上面铺有木板，即使下雨天守在里面也不漏水。日军过河前，先是飞机狂轰滥炸。燎原村有两口山塘就是当时炮弹轰炸后留下的弹坑。日军过河后，从笔铺屋经过，遭到驻守在八斗坡的中央军顽强抵抗。日本冲不上山，就把冲锋机枪架在斋公塘的塘堤上，与中央军拉开惨烈的争夺战。日军武器先进，火力很猛，就连山下一侯姓的青石墓碑也未幸免，被机枪弹击中，留下两个直径3厘米左右的弹痕。

现在，小山满目青绿，稻田环绕。碑石在七月阳光的照射下，两个弹痕格外耀眼，像圆睁的双目，怒视前方，小鬼子的阴魂似乎还未散去。

走近新墙河边的王家坊，看到的是一派安详，河滩绿草茵茵，河水微波荡漾。当年，因这里水势较浅，坡度倾斜而成了日兵攻入河南的主要关口。对岸，新墙以北是麻塘八景乡排头村，当年日军凶残杀害民众的万人坑就在那里。

王家坊村以前村子很大，后因日军侵略时，烧杀掳抢，最后全部毁灭。我为了寻找到当年的见证人，来到了新墙敬老院，走访了81岁的何爱军老人。

"日本人在新墙河搭浮桥,是我亲眼看见并举报的。"老人对这件事记忆犹新。何爹是新墙镇板桥村八组人。

1941年农历八月间,日军在新墙河北岸驻扎,中国军队在新墙河南岸驻扎,两军以河为界互为对峙。何爱军的家就在附近,一来二去,何爱军与部队上的人混熟了。当时只有8岁的他与亲戚王东辉一起参加了群防群守,夜里帮部队在河口站哨防守。

那天,应该是农历八月初一,天漆黑一片。到了后半夜,何爱军听见不远处的河中传过来叮叮咚咚的声音,好像是在打木桩。继而又看见一些人影在河中忙碌,好像是在搭桥。"我当时心里一惊,暗想不好了,一定是鬼子想搭桥过河呢。"何爱军赶紧跑过去找妻兄。王东辉赶过来一看,说声"不好",拉着他飞快跑下河堤,向王家坊屋场报告了当时的驻守王营长。

王营长一听,一个激灵跳起来,命令一排人紧急集合,向新墙河堤跑去。一边喊道:"不怕敌人冲过来,老子死守在沙洲。"

河岸上迅速传来激烈的枪声,无奈日军火力太猛,中国军队死了不少人,不得已后撤。日军源源不断地从浮桥上冲过来,打开了日兵上岸的缺口。如今,一切都不复存在,新墙河水静静地流淌着。王家坊空旷的河床上,是人们挥之不去的记忆。

麻布大山原名霖雾山,位于岳阳县麻塘镇境内,面积近6平方公里,大小山峰十余座,以芙蓉峰、鹰嘴山著名。鹰嘴山是麻布大山的主峰,当年日兵便以此为重要据点。我从小在山下长大,记忆中这里一直是老人给一代又一代子孙忆苦思甜的地方。如今,再次登上峰顶是岳阳县电视转播塔。少年时看到的日兵曾用过的养鱼池、碉堡、围墙等残址也没有了。

麻布大山山势险峻,自古以来就是巴陵城南的一道天然屏障,是军事扼要重地,兵家必争之地。抗日战争时期,这里是四次湘北会战的重要战场。

当时,鬼子还在五垸、新开塘、胜天韩坡坳等地建立前哨据点。在鲫鱼山、东茅山、林山、常山、破山等地驻扎了军队,山上挖了好多战壕和防空洞。据住在麻布山鹰嘴峰下面张家洞的老人回忆,当年日兵在峰上天天用望远镜盯着老百姓,只要有两人以上的在一起说话,他们便会骑马赶过来将其残忍杀害。那时，他们天天过着惶恐的日子。

据当时目击者回忆，10 月 3 日，国民革命军二十五师一个团的兵力冲过了新墙河，到达北岸麻布大山脚下，日军林木一个师团 3000 多日军也已到麻布大山北面山脚下。为了抢占麻布大山最高点，双方在这里展开了一场恶战。后来听住在麻布大山脚下的人讲，日军的骑兵连从北面发起进攻，企图冲上山顶，中国军队先遣部队一个营从南面徒步飞跑上山。多亏营中一个二等兵，比日军的骑兵跑得还快，捷足先登上了山顶，眼看日军的骑兵已经冲到了他的面前，不过 20 米的距离。这位二等兵迅速将手榴弹向敌人丢去，日军冲在最前的骑兵班霎时人仰马翻。在中国军队的猛烈炮火下，日本兵被打得七零八落，中国军占领了最高峰鹰嘴尖。

新墙河：日兵搭浮桥的历史照片

可恨一个名叫苏省清的人当了汉奸。他带领日军从麻塘北面塅上一条小路潜入麻布大山后面偷袭山上疲惫的中国军队。已经奋战七天七夜的中国军队毫无准备，补给又不足，只好用刺刀和石头与日军肉搏，最终全部壮烈牺牲。麻布大山还是由日军占领了。

从大云山古道拾级而上，到达半山腰，看到路边一块碑石，上刻"大云山抗战胜利碑"。再沿着右边的小道下去，曲径通幽，便到了全国第七批重点文物保护单位的"三战三捷"崖壁下了。

大云山横亘于湘北岳阳临湘两县之边，盘旋七十二峰，自古以来也一直是兵家必争之地。抗日战争期间，日寇自武汉攻打长沙四次，大云山扼湘北咽喉，自然是敌攻击之目标。国民党第九战区副司令第二十七集团军司令杨森为纪念长沙三次抗战的胜利，于1942年8月与王翦波同上大云山检查军事布防时，在王翦波建议下欣然题写了"三战三捷"四个大字和65字碑文，由王翦波请石匠镂刻于大云山隆兴宫外的大型石壁上，碑文中提到"倭寇侵我中国，在湘北相持五年，中经大举犯长沙三次，赖民众协力，将士用命，都予击溃"，充分肯定了王翦波指挥的抗日游击挺进纵队和其他地方武装协同国民党正规军英勇抵御外侮、守土保国的卓越功绩和英勇精神。

抗战爆发，王翦波毅然扛起了组织全民抗战的大旗。临湘县政府也迁于大云山地区，曾七易其址，辗转七载。国难当头，一致对外，王翦波成为八年抗战中的抗日英雄。由于他在湘北会战中抗敌功勋卓著，报纸上屡有报道，受到国民政府军事委员会二等国花勋章的嘉奖。

临湘军政机构刚成立时，县政府迁至大云山北麓的鳌头山。日军获悉后，在鳌头山实行三光，炮火猛袭鳌头山、抬头源。

日寇进攻湖南时，湘北门户临湘岳阳两县首先沦陷。有资料表明，日寇在临湘犯下滔天罪行，烧毁房屋4万多栋，杀害临湘民众25905人，劫夺粮食实物不计其数，宰杀耕牛5万头，荒芜田地10万余亩。临湘简直变成了一片焦土。在岳阳县的大云山上，笔者做过调查统计，仅山上屋、冲头屋、车廖家三处大屋场，就烧毁房屋120间，杀害无辜民众52人。

日寇的暴行，激起了焦土之上的全民抗击。王翦波的挺进纵队配合国民党正规军参加了长沙三次会战。日本战俘冈村宁次说，他在湖南最怕的两个人，头一个就是王翦波。由此可见王翦波游击队的威力。

抗日战争结束后，王翦波为记述临湘县民众抗日守土的历史，在隆兴宫竖立了一块"大云山抗战胜利纪念碑"，该碑高2.2米。

这块抗战胜利纪念碑至今尚存，也就是下坡时树立路边的那块。民国三十七年（1948）临湘《方山二集》载吴兢《大云山考异记》有"近年四川杨子惠将军在石壁上有'三战三捷'四字，每字径一丈，邑侯王蕸波氏拟将隆兴宫改为忠烈祠，鸡子石旁树立抗战阵亡将士纪念塔，已庀材鸠工，不日可成"。长沙三次会战的历史则会更加清晰。

站在"三战三捷"的崖刻下，人们回顾抗战历史，不忘国耻，也就更能鉴史察今，励其爱国之心志了。

在新墙河抵抗日军的进攻中，中国军队创造了战史上未有的许多坚韧战例。

此次正逢抗日战争胜利 69 周年之际，我重访当年部分战场遗址，感触颇深。

自古以来，湖湘人民忠勇刚烈，激昂慷慨，具有优良的爱国主义传统。抗日战争爆发之后，湖湘人民强烈的爱国热情和战斗精神极大地迸发出来，义无反顾地投身到神圣的抗战行列，并做出卓越的贡献，在湘北会战中表现得尤为突出。

新墙河是一条英雄之河，日军虽然几次突破新墙河，但新墙河的英雄让日军在这里吃尽了苦头，付出了惨重的代价。新墙河这道坚固而伟岸的第一屏障，为中国军队痛击日军立下了不朽功勋，当时的新墙河似乎成了日军的坟场。

中国守军在新墙河的浴血奋战，沉重地打击了日寇骄横的气焰，大大地激励了中国军人们的抗日斗志，延缓了日军的进攻态势。

滚滚的新墙河水依然向西流，但它流不走那段血与火的历史记忆。为了民族和国家利益，在新墙河发生的一个个可歌可泣的动人故事，永远让人们铭刻在心。

新墙河是岳阳的骄傲、湖南的骄傲，也是全中华民族的骄傲。

童年的火花集

火花，是火柴盒上的贴花，现在很少见，80年代前，家家户户离不开。发炉子、点灯、烧东西、抽烟，每时每刻都得用。用完盒子都丢掉了，很多人会将上面的贴花撕下来收集。

有一段岁月，火花收藏爱好者很多。只是，当时很多人不像集邮，不是以后投资性的收藏，而是童年因喜爱收集几大本。

有位朋友，就是火花收集爱好者。1985年，还只有10岁的他，开始收集火柴盒子。看到别人丢掉了，他都捡起来放书包里，也求同学的妈妈帮着留意火柴盒。当时纯粹为了好玩，觉得花花绿绿，各不相同，充满好奇。后来，对火花更感兴趣，便转移了视线收集上面的小火花。回家慢慢又把家里收的火柴盒上的火花撕下，撕不下的，泡在水中让它自己浮出来，再凉干收藏。

还有位市民，小时候，他家住在厂招待所边上。隔壁阿姨在那当服务员，经常央求阿姨打扫清洁时，把客人丢下的火柴盒留给他。每次收一堆火柴盒子，他都喜不自禁，回家放在水里泡着，再小心翼翼揭下来晾干，放在厚厚的毛选夹里面压平。后来，姐姐看他这样喜爱，就经常带着他去长沙新华书店买。到后来，同学都很惊奇了，因为，他的收集非常专业化了。1988年的龙的特辑、汽车百年、古铜镜专辑、帆船百年、齐白石两组专辑，都是一套套的。有的一套有几十张。

他说，看着这些一本本火花，总是想起自己小学同桌。同桌有个亲戚是长沙火柴厂的，每次回老家都特意给他带火花。如今，长大分开，快20年没见过面了。但每每看着这些火花，脑海里就浮起出她露出两小酒窝，甜甜笑着，扎着两个羊角辫子，永远无忧无虑的样子来。

对于集火花，有人些如痴如醉，几年时间便集了几大本。我也收集一些小玩意，火花也集了一些。到了 1990 年，进入初中，因怕影响学习，父母强烈制止，便再没有收集过了。其实，说起来，火花藏有很多科目的知识，特别是成套的。其实还得感谢那段收藏，让小小年纪的，从汽车的、名人的、花卉的、武器的种种火花套里掌握了许多课外专业性东西，拓宽了知识面。只是可惜，长大参加工作，后又搬几次家火花集就丢了。记得，还收了当年铜鼓火柴厂生产的福禄寿火花全套，可惜全搞丢了。

随着打火机的普遍应用，火柴很少有人用了，火柴厂也不见了。集火花的人几乎没有了。

只是，现在又开始有了各色种样比较文艺范的火柴出来了。例如，各大宾馆就有火柴，因此，每次出差住酒店都会找服务员多要几盒火柴带回家。

向阳院里： 一代代公安的故事

　　这是一座特殊的大院，面积约为15个篮球场大小。它位于洞庭南路与解放路（现在叫竹荫街）交叉的拐角附近，岳阳人俗称南正街的地方。几十年间，这座大院换了无数的身份：1959年是"岳阳县公安局""岳阳县人民法院""岳阳县人民检察院"。1968年后挂的是"岳阳县军管会"。1975年再次挂上了"岳阳县公安局""岳阳县人民法院"两块牌子。1976年岳阳县升格为县级市，牌子换成了"岳阳市公安局""岳阳市人民法院"。1981年加挂了"岳阳市人民检察院"牌子。院子里既办公又住家属，从而便滋生了无尽的故事。而曾经二十几年里住过的300多人，其中出了3个省部级、5个地师级、100来个县处级干部，更有一个岳阳响当当的人物张大尧。

　　寻找到南正街老公安局向阳院，虽然已很陈旧，但干净整洁。很多人记得，这里曾经是保岳阳一方平安的圣地，并培养出了大批优秀人才。而最让人自豪、念念不忘的便是岳阳市第一任公安局局长张大尧。他，曾经工作生活在这个院落。

　　时间的浪涛里，永不淘汰的不是金钱，不是地位，而是不朽的品质与精神。

　　2012年11月13日，张大尧去世，曾经的叱咤风云，铁腕铸就的风采仍然。这个曾在岳阳响当当的人物，用一生的经历彻底破译了"不想当将军的士兵不是好士兵"这句经典语录的野心。一生警察生涯，因100天的阴差阳错而没有授衔，一生为警官，却没有警官衔。当很多人在为他抱不平，努力为他奔波时，他哈哈大笑着大手一挥说，官衔有没有不重要。这是一个让犯罪嫌疑人闻风丧胆、火眼金睛的警官，一个让底层有才华的人得到施展的伯乐，一个让手下的兵敬而畏之的铁腕人物，一个让所有市民爱戴无以忘怀的局长。

　　不知该怎样去总结张大尧简单而丰富的一生。简单是因为他一直从警的单一，丰富是因为他的经历，他的作为。作为岳阳市第一任公安局局长的他，充满传奇色彩的一生至今被很多人津津乐道。

　　张大尧，1950年6月在新开乡建乡初期时当秘书，1952年3月因工作能力突出担任桃花井派出所秘书股股长。20多岁的他，便享受相当于科级干部的待遇了。面对优越的条件，他没有安享，天生具备的公安人员的敬业精神和执着让他一直坚守在一线。

　　1957年，社会还没真正安定，很多潜伏分子常常制造事端。当时接到举报月田黄岸市有反革命要制造暴动。已是县公安局副局长的他，接到消息当天带了九十几个人，包了个火车头赶到荣家湾。当时条件又差，在荣家湾想办法搞了一辆烧木炭的汽车急忙往公田赶。到公田时已经晚上了，大家一路摸着山路，因怕惊动人，不敢开手电筒，不敢交谈，直到东方露出鱼肚白才终于到达黄岸乡。经过细致的调查，案子才搞清楚，没有暴动一事，但确实有一个反革命集团。当时抓了几个主犯，并枪毙三人。

　　他就这样以一个真正警察的责任心与工作能力，得到各级领导的赏识。1958年，年龄还不满三十年的他，在事业上已开始引人注目——接任县公安局局长职务，县委候补委员，称得上是年轻有力。1976年，成立岳阳市，县、市分开。市里在提议谁任市公安局局长时，一致推荐张大尧为市公安局第一任局长、市委常委副市长。1976年便当局长，其前途不可估量，很多朋友都祝贺他前程远大。而出人意料的是，张大尧再创奇迹。38年未移窝，这个局长一当，便当到了退休。

　　38年的公安局局长，从新中国成立初期的不稳定，到"文革"的动乱，到严打，进入改革开放的经济建设。他能说出每个案子发生的地方、时间、人物，却不知具体办了多少案。他说，反正不争名不争利，就没认真为自己去统计过这些在别人眼中的丰功伟绩。

　　他认为，做最重要，利不重要，品最重要，名不重要。

　　远去的是岁月，留下的是他抹不去的丰功。

　　1968年春，岳阳县军管会成立，公检法合而为一。南正街岳阳县公检法机关大院就成了军管会大院。1974年暑假，向阳院成立了儿童团。

1974年暑假到来之际，张大尧局长指示机关干部要把院子里的孩子们管起来，让孩子们过一个革命化、愉快而充实的暑假，并把这项艰巨的工作交给了漆林生负责。漆林生为此成立一个班子，由漆林生、柯志雄、谢文祥三人组成。"儿童团"第一桩集体活动，就是排着队去东方红电影院看电影；每天上午，组织孩子们都到大会议室来做作业，下午，被安排做其他的活动：排节目、乒乓球篮球比赛、游泳、参观等。外出参观也是该团活动之一。

葡萄成熟的时候，这个暑假唰地一下过去了。暑假最后一天，向阳院的儿童团员们大会议室表演文艺节目，干警和家属，大会议室坐得满满当当的。很多年过去，当年的孩子也人到中年。但70年代发生在向阳院里的五彩缤纷的故事，一直是记忆深处最瑰丽的色彩，留下了深刻的烙印。

40年后的一天，一个高热的夏天。这群向阳院的小姐妹们重访小院，一起回忆往事，点点滴滴拾起那些快乐。

走进竹荫街公安局老院子，径直走到周玲家旧址前，虽40年未见了，但她一眼便认出了姐姐香娟。四个当年向阳院里欢蹦乱跳、活泼可爱的小丫头，变成如今的中年妇女，就坐在树荫下聊开了。巷道吹来的风，有清凉的气息，一如40年前的感觉。她家摆上竹铺和竹椅，放在过道的大杨树下，给家人和过往的人歇脚呢。

四个人，就这样坐在40年后的时光里，回忆曾经的点滴，我吃在你家，你吃到我家，你看我的小人书，我看你的小人书。一切恍惚就在眼前，可一转眼，我们都人到了中年。

美好的感觉是什么东西？可用什么来计量？价值如何？谁也不知道。大家都只知道，四姐妹的回忆和相聚，像热时街河口吹来阵阵凉风，像渴时喝一杯南正街冰厂的汽水，像饿时吃一块工农兵饭店的豆皮。

美好的感觉其实是凝结的、珍藏起来的时光。

向阳院里，不但是老一辈军人的岗位，从这里也走出了新一代英雄人物。原广州军区某陆航团团长、特级飞行员李波就是从向阳院长大走向军营的雄鹰。

李波父亲李鸿雁是一名空军老兵，对家中独子李波从小严格教育，培养了新一代军人的楷模。小时候的李波，很安分守已，最喜欢打篮球，这大约是他爸爸唯一允许他与调皮男孩子玩的游戏。初中毕业他考上了一中。高考前夕，一年一度的招飞在校进行，几轮筛选，李波录取。从此，他以一名军人的天职，从1982年至今，一直在部队的熔炉里锻炼，无数次奔扑洪水、冰雪、地震、泥石流等救灾一线中。从士官、班长、排长、连长、营长、团长、副师长，获得过特级飞行员、我军第一代陆航飞行员、优秀指挥员、优秀飞行教员、荣获一等功和二等功若干次……

还有向阳院长大的奇才吴澧波。向阳院吴家老二澧波，在学校里也特别不安静，积极参加各项活动，鬼点子也多。写作文的兴致来了，两节作文课把一个作文本全部写完；情绪低潮了，胡乱写几排字交差。中午按规定学生在教室午休，他却指挥大家演戏；还闭着眼睛朗读：野火烧不尽，春风吹又生。初中刚毕业就写了一首长诗发在《少年文艺》上，成了同学们眼中的偶像。他曾参加全国中学生夏令营到北京参观，回来后在全校大会上汇报，口若悬河一讲两个小时，是院子里激情四溢的人物！

长大后，澧波成为湖南经视的创始人之一、副台长，《幸运三七二十一》的栏目策划人，是湖南电广媒体赫赫有名的人物。现在是深圳华侨城集团的高管；曾担任电视剧《雍正皇帝》《绝对权力》的投资方总经理；2005年深圳市市民投票选出的20名思想者之一。

时代在前行，随着行政区域的扩大，一切行政机构也顺受城市的需要而迁移。当公安局经过几十年的几经变迁，这个旧时的老院子，真的只是一个老院子了。

70年代的旧楼房还在，在中间很多人没想到还有三栋灰墙黑瓦的楼房在昭示着这里曾是一处教堂。60年代生的细伢仔称之为"大会议室"，今天这栋老屋的墙上钉着一张铭牌，还原了老屋的真实身份——此处原为基督教分支中华圣公会湘鄂教区湘北联区长沙圣公会岳阳牧区教堂。始建于1925年，1938年被日军炸毁，1947年重建。第二栋楼是圣公堂的住宅楼。

小院陈旧，终有一天会消失，但记忆和后代相传的美德与故事，将永存。

背名篇登名楼名震全国

《岳阳楼记》的最后一句"时六年九月十五日"将作为一个文化焦点，在岳阳定格。

2013 年元月 23 日，我在采访岳阳楼君山岛风景管委会时，得知岳阳楼风景区拟将九月十五日定为"学《岳阳楼记》"读书活动日。每年定期进行，达到社会参与、认可、实施、发扬的目的，从而打造出一个固定的真正读书日。旅游局局长刘腊干说，这是继市长盛荣华春节"背名篇游名楼"的金点子创意后，岳阳楼君山岛风景管委会即将推出的众多文化策划活动中的又一个文化性重大举措，这一历史时间将永远延伸，与未来对接。

春节期间，《背〈岳阳楼记〉可免费登楼》活动一经推出，一石激起千层浪，全国各大媒体相继大篇幅报道，得到社会各界的一致好评，从而掀起了一股背《岳阳楼记》之风。春节短短时间，便有几千人报名，排成长队，在岳阳楼前，满怀激情背诵名篇。

风景之中又添风景。

有来自广东，才 12 岁的小游客潘梓豪在父母的鼓励下，一口气背完《岳阳楼记》，满脸得意地登上了岳阳楼；有 65 岁的游客背完《岳阳楼记》后悠然登楼，临风而立。一时间，来自五湖四海的男男女女，老老少少，都踊跃一试。特别是一位 84 岁的老人，原本按照景区规定，年满 70 周岁的老人可以免票入场，但老先生还是坚持用普通话完整地背诵了《岳阳楼记》。佐证了《岳阳楼记》不但历代相传，声播四海，更深入人心。

《湖南日报》最先报道此事时评价："《背〈岳阳楼记〉可免费登楼》，不仅仅让广大游客为赢得一张免费票而感到惊喜，更多的是让他们感受到湖湘文化的博大精深。"随后红网、人民网、凤凰网、新浪网等上百家网站、热刊报道。新华网评论道："春节期间，湖南岳阳楼景区开展优惠活动，游客背诵《岳阳楼记》可免费领取门票，一时间，'先天下之忧而忧，后天下之乐而乐'的琅琅书声回响在景区。"

2月16日，《湖南新闻联播》以1分38秒的时间，播出活动经过；17日，央视《新闻30分》以1分24秒的时间，播出游客背诵《岳阳楼记》的情景。其后，此视频又被各个网站转播。微博转发量达到了几十万。网友纷纷留言、点赞，称此创意以文化为重，以名篇为先，创名楼盛会，将为旅游点的开发、营销带来一股清风，将正确引导旅游业的良性策划。

一股文化旅游风席卷大地，引来全国旅游点纷纷效仿。

岳阳楼君山岛管理局局长黄二良说："背诵《岳阳楼记》免费登楼后，我们已经接到了湖北黄鹤楼、江西滕王阁、山东蓬莱阁、宁波天一阁等兄弟单位的祝贺。"

《背〈岳阳楼记〉可免费登楼》不只是一个活动，它是文化、文学与交流的载体，旅游不只是游山玩水，它是以文化作读本的精神导引，文化不只是保存，它需要旅游开发来带动、推广、延伸其价值。

岳阳因岳阳楼而闻名，岳阳楼因《岳阳楼记》而流芳百世。《岳阳楼记》无疑以文化经典名篇永远铸就了岳阳楼的永恒。它是一篇不可多得的既优美又全面，既再现美景又体现人文精神的岳阳推介文，几千年的传播，成功地让岳阳名震海外。其文化底蕴越积越厚，其文化影响力越来越大，体现了当年腾子京修楼与修文相结合之卓越远见。他让一座楼宇得已永久留存，他让一代代中国人找到了精神之托，也为全世界解读了中国文化。《岳阳楼记》像洞庭上永远闪耀的航标，其精神慰藉与文化价值源远流长。岳阳楼因这篇绝妙的记文，而成为人们向往的胜地，千年来带动了其地域文化与经济的发展，打造了岳阳文化旅游品牌。

2010年，《沧浪之水》作者阎真，在参加三名楼文学笔会时深沉地一言道破天机："其实再出名的楼，它还是一个建筑，最终都是文学给予了楼名存千古的价值。"

可见《岳阳楼记》不仅仅属于一座楼，也不仅仅属于岳阳，更不仅仅属于一个朝代。一句"先天下之忧而忧，后天下之乐而乐"的留存，也不只是一句诗文，它更多的是传承了一种文化，一种精神，它已经成为一座不朽的丰碑，成为中华民族传统美德，也成为中华民族子孙的座右铭。

余光中在 1999 年登临岳阳楼时，感叹地说："岳阳楼，只有三层，却高于唐宋日月。"因此，打响岳阳旅游开发，应首先打造岳阳楼景区，再传承《岳阳楼记》的文化含义。

《背〈岳阳楼记〉可免费登楼》，正是读《岳阳楼记》，看今日岳阳风姿，便可探知岳阳的文化底蕴，这个活动背后带来的震动，与人们对文化的膜拜和呼唤达到了共鸣，才激起如此的热潮。

我们站在这座历史丰碑的基石上，顶着历史的光环，作为岳阳人，该承担怎样的责任，未来该承载怎样的使命，真正去促进岳阳楼的文化高峰，提升城市的品位和精神的富强？先人们带着沉思离去时，留给我们无尽的期待与责任。

《背〈岳阳楼记〉可免费登楼》自从第一天开始，一直延续，并成了岳阳楼保留活动。至今一直受到各媒体及网络的关注与热议。大型媒体，进行了大幅后续报道，就其正确引导旅游业文化开发，文化发展的社会影响力，引发了一场未来旅游将以什么为重心的新话题。而怎样更好地留下来，走下去，也一直是岳阳市委、市政府及岳阳市旅游局与岳阳楼君山岛风景区关注的重点。

2012 年，岳阳旅游局隆重推出了一套 15 万字左右以"人文岳阳楼，山体君山岛，水体洞庭湖"为主题的旅游图书——《去你的江湖之行走岳阳》；中央音乐频道在岳阳楼拍摄了"更上一层楼"中秋民族音乐会；凤凰卫视《凤眼睇天下》专题报道岳阳楼，在社会上引起了很大反响。

2013 年开春，金蛇飞舞，《背〈岳阳楼记〉可免费登楼》活动便首战告捷。乘着这股东风，岳阳楼君山岛风景区除致力于打造读书日外，还将在所有节假日开展楼岛文化知识问答等趣味活动。

一篇名文，一座名楼，一个活动，全民焦点，承担了更多的责任。

清朝古南岳庙遗址： 鱼巷子改建面世

　　2013 年 1 月，洞庭新城项目鱼巷子改扩建二期工程发现地下文物，1 月 26 日由岳阳文物管理处组织考古专家对其进行发掘。历时 40 天，3 月 6 日已全部结束，共挖掘有价值文物 300 多件，考证其地为关帝庙、古南岳庙旧址。此次考古为研究岳阳地区历史时期的社会经济、民间文化、古代建筑、宗教信仰等带来了有力的佐证。

鱼巷子古庙遗址考古文物

洞庭新城项目鱼巷子改扩建二期工程刚刚动工，庙前街一些文物收藏专家根据经验开始关注工程进展。动工不久，果然发现有地下文物，他们迅速报告了岳阳市文物管理处。受湖南省文物局委托，由岳阳文物管理处副主任、岳阳市文物考古研究所所长黄军认，跟岳阳楼区文物管理所一起组织欧继凡等文物专家组成的考古队，当即进场，对所发现古建筑基址进行抢救性发掘。

我于5日上午8时赶往工地，黄军认正在工地组织民工抬着青石板，地上还有两块古南岳庙乾隆年间的柱础，保存完整。黄主任介绍，考古专家们历时40多天，挖掘工作基本结束，发现有价值的文化遗物300多件。按其质地划分计有泥灰、陶、瓷、石、骨角、铁、铜等。所出器物当中，陶器类有瓦当、罐、灯具等，另有少量上刻浮雕图案入铭文的青砖。

现在工地上的青砖及青石板只是剩余部分。挖掘出来的文物一部分已移至博物馆，一部分移至文庙院里。一块青石板重约几百公斤，六个人都抬不动，工程量相当大。我随后赶往文庙，看到后院有专业人员正在清洗青石板，上面浮雕图案清晰可见。有几块捐赠名录碑，虽字迹模糊，仔细辨认还可看出是捐建庙宇的姓名及数额，由此证明此乃庙宇。

经过多方考究，专家们一致确定，发掘地为古南岳庙旧址。古南岳庙基址应于洞庭湖东岸的一个临湖小坡

鱼巷子古庙遗址考古文物

地上，因后期建设原因形成了上、下两级略分高低的阶地。基址所在地位于岳阳楼区洞庭南路街河口北侧，该片区为现岳阳市仅存的老城街区之一，北临岳阳楼，西侧濒临洞庭湖，东侧及南侧为鱼巷子。

根据古南岳庙建筑发掘的地层堆积情况来披挂，划分为 6 大层次，现在，工地共挖 5 层。1 层应为现代渣土层，主要为晚清至民国时期的建筑砖瓦、石块堆积及现代的生活垃圾及建筑遗留物。大量的陶瓷碎片、石质构件、碑刻、残铁器、铜钱等遗物均出于该层；2 层为约民国中晚期之后至解放初期的青砖建筑遗存；3 层为关帝庙时期的建筑基址遗存，从残存的麻石质地面及青砖墙基并结合所发现的碑文中"民国七年"（1918）落款来看，该层主体年代应在清末至民国初期；4 层为古南岳庙时期的建筑基址遗存，该层仍残留有相当一部分墙基，并出土少量的石质构件、残碑刻（其中带有"乾隆""光绪"落款）、陶瓷碎片及铜钱，根据铜钱中可辨"乾隆通宝""道光通宝"字样及碑文中"乾隆十六年"（1751）、光绪等落款推测，在清代，古南岳庙占据着较为重要的一席之地；5 层为较古南岳庙更早时期的古建筑基址遗址，根据所采集的相关物品特征来看，其年代或可早至宋代。考虑到工地附近房屋的安全，并未发掘至底层。

通过此次古南岳庙建筑遗址的发掘，基本弄清了其建筑结构及空间布局。庙宇为坐东朝西建筑，建筑面积大约 600 多平方米。历经岁月，因后来多次建筑都是覆盖上面进行的，因此，大部分保存完好，在历史的长河中为我们留下了极为珍贵的考查资料，蕴含了丰富的历史信息，无疑为研究岳阳地区历史时期的社会经济、民间文化、古代建筑、宗教信仰等带来了有力的佐证。

其后，考古专家队本着负责的态度，又细查了清光绪年间《巴陵县志》中所载的府城街道图上，更有重大突破。该图标注的古南岳庙的准确位置正是此次文物发掘地。两者佐证，该处确属清乾隆年间古南岳庙建筑基址遗存。此次考古，有着极为重要的考古研究价值和历史研究价值。不但弄清了古南岳庙及关帝庙的基本建筑格局，也基本摸清了古南岳庙在历史长河的兴衰变迁及岳阳的时代脉络，更是岳阳作为历史文化名城的又一铁一般的见证。

宋代古墓： 岳阳天帮紫金苑施工重现

2013 年 9 月 18 日，岳阳市民在一处房地产建设施工工地，意外发现一座古墓，连夜报告了市文物管理处。文物处相当重视，清晨便立即组织市文物考古研究所专业技术人员赶往现场，对该墓进行了抢救性考古发掘。根据目前岳阳地区的考古发现，该墓是我市目前发现的宋代规模最大、建筑特点最为突出的有棺有椁的大型古墓，它对于研究古代石墓建筑的特点具有非常重要的学术价值。

有天晚上，天邦·紫金苑房地产开发有限公司工地还机声隆隆，工程正在紧张施工建设中。当挖土机挖到一处塌陷的小丘时，清除完上面土层，发现有块像预制板样厚度的大木板，师傅们估计这是一块棺木。再挖时，逐渐显示是一座古墓葬。墓葬可以看出早年已被大范围损毁，上面的封土已经被破坏。挖土机挖出的只是墓葬的一角。负责工地施工的李少波意识到这个古墓的文物价值，当即停工，不顾夜晚 12 点迅速电话告之了市文物管理处。

市文物管理处听到消息，特别重视，第二天一早立即组织市文物考古研究所专业技术人员前往现场实地勘查，并及时与天邦进行协商停工发掘事宜。其后几天，专家们不顾中秋假期，于节日当天开始对该墓进行了抢救性考古发掘。

由于墓葬里面由糯米浆填筑有几十厘米厚的防护层，发掘难度很大。

文物处黄军认介绍，糯米浆填筑的防护层比水泥都结实。据历史文献和考古记载，糯米浆填筑最早至少出现于 1500 年以前，是我国古代的一项重大发明。它具有耐久性好，自身强度和粘接强度高、韧性强、防渗性好等优良性能。糯米灰浆的发明和使用使当时建筑物的牢固程度和持久性有了历史性的突破。我国诸多的古代建筑得以存留至今，糯米灰浆功不可没。从科技角度看，在岳阳古墓挖掘糯米填筑，不但对于岳阳的建筑历史有研究价值，对于古建筑的维修和修复服务也具有重要意义。

　　该墓位于岳阳市原电机厂厂区内，为土坑竖穴砖石条建筑。据当地老人回忆，该墓的建筑地，原来有很大一个小山包，估算其高度距现在的墓底应该深达 8 米以上。由此可证明此墓当时的建筑工程的浩大和其主人身份的重要。

宋代古墓发掘现场

　　经过几天的发掘，古墓整体呈现为东西向，头向西，方向 340 度。墓室是用青石板垒砌而成，建筑有墓室、耳室。文物处专家介绍说，此古墓建筑分几层完工。整个墓室、耳室的建筑方法基本是上先挖好墓穴以后，再在墓穴底部铺垫一层厚 15 厘米的掺杂糯米浆、石灰浆、黄土浆的混合浆，再在其上平铺一层厚 10 厘米左右的青石板，青石板朝上的一面打磨光滑。在铺好青石板后再在其上建筑墓室和耳室，整个墓室和耳室四壁均用长 80～110 厘米，厚 12 厘米，宽 35 厘米的青石条错缝平砌。墓室内空长 350 厘米，宽 130 厘米，耳室长 350 厘米，宽 160 厘米，耳室与墓室之间的挡墙也用青石条错缝平铺垒砌。墓室内现残存有长 270 厘米、宽 80 厘米、厚 30 厘米的棺底板。靠墓室的北部还幸存有 1.2 米高的"三合土"及石板墙。

岳阳考古古墓一般都是砖室墓，像这个青砖垒砌，还有糯米浆防护层的很少见。万分遗憾的是，墓葬的上部早年已被夷为平地，墓葬的墓室已遭严重破坏，保存状况极差，很多有历史考据价值的东西都遗失，并且没有发现该墓葬的墓志铭。根据其建筑及古墓的大小及陪葬物品，只能初步作出推测，可能是官宦或富裕人家。

此次墓葬的发掘已于 2013 年 9 月 22 日结束，后期资料整理正在进行。虽然墓被破坏太久，但还是发现一些幸存随葬品。有金耳坠三个、残银手镯一个、铜钱几十枚、银钗一个、镀金银条两根。

文物处专家们根据墓内出土的铜钱的纪年情况判断，既有少数开元通宝（唐代），但大部分为宋代的纪年钱，目前还未发现晚于宋代的纪年铜钱。就墓葬的建筑特点、出土的瓷片及纪年钱的年代推测，确认墓葬的年代应为北宋。根据目前岳阳地区的考古发现，该墓是我市目前发现的宋代规模最大、建筑特点最为突出的古墓，它对于我市研究古代石墓建筑的特点具有非常重要的学术价值。

专家们这次谈到这座古墓的巨大性破坏给考古造成的损失，痛心疾首。由于有的古墓葬掩埋在深土层下，像这个墓葬就在地下 8 米深，有时文物部门无法勘探到深土层下的古墓及文物。所以希望民众都有文物识别能力，呼吁市民在城市建设中如发现文物要及时告之文物部门，以使地下珍贵文物免遭破坏。

东周墓葬群： 惊现汨罗市罗城社区城市阳光

2014 年 10 月 7 日，在汨罗市罗城社区桐子坡建筑工地，施工过程中意外发现一古墓葬，经过将近 15 天的抢救性发掘。发掘墓葬约 23 座，属近几十年来最大规范的东周墓葬群。市文物管理处考古人员保护性挖掘出土了一大批铸造工艺相当精湛的青铜器、玉器、陶器、滑石器等文物百余件。10 月 22 日，长动医院建设工地又发现明清时期墓葬，文物管理处正在保护性发掘中。岳阳近段频现古墓，市文物处提醒大家，提高文物保护意识，免遭国家重要珍贵文物破坏。

10 月 7 日上午，汨罗市罗城社区桐子坡城市阳光工地推土机突然推出一块棺木板，引起了当地老百姓的关注，迅速在第一时间告之了相关部门。市文物管理处于当天下午接到信息马上组织了十几人的专业队伍赶往现场。经实地考察，初步确认为几十年来最大规范的春秋战国墓葬群。

市文物管理处相当重视，文物考古研究所协同汨罗市文物管理所经过反复论证，并与工程建设方协商，决定考古发掘，发掘工作得到了城市阳光建设部门全面配合和大力支持。10 月 8 日，市文物管理处文物考古研究所入驻工地，开始发掘工作。历经 15 天的发掘，我在现场看到，23 亩地的工地，整个墓葬群成半圆形分布，现已挖掘出古墓 23 座，清理完毕 17 座。

考古人员表示，该墓群的发掘规模之大，发掘数量之多，不仅在汨罗考古史上是空前的，在岳阳地区也属罕见。

10 月 23 日，正在汨罗古墓葬群发掘现场紧张工作的市文管处再次接到市民电话，举报长动医院建设工地发现有墓葬。他们火速派专人前往现场调查。并告之施工单位在未经考古调查勘探前禁止在发现古墓葬的地域施工。

经初步勘探在岳阳长动医院新建医院配套大楼建设工地，其桩井中发现有四处古墓葬。经岳阳市文物管理处分管副主任、岳阳市考古研究所所长黄军认带领文物科、法规科执法人员现场调查，初步推断为明清时期墓葬。目前，市文物管理处与建设单位负责人以及施工单位负责人正协商其建设施工过程中的文物保护事项，并下达了"建设工程范围文物保护工作函"和"停工通知书"。

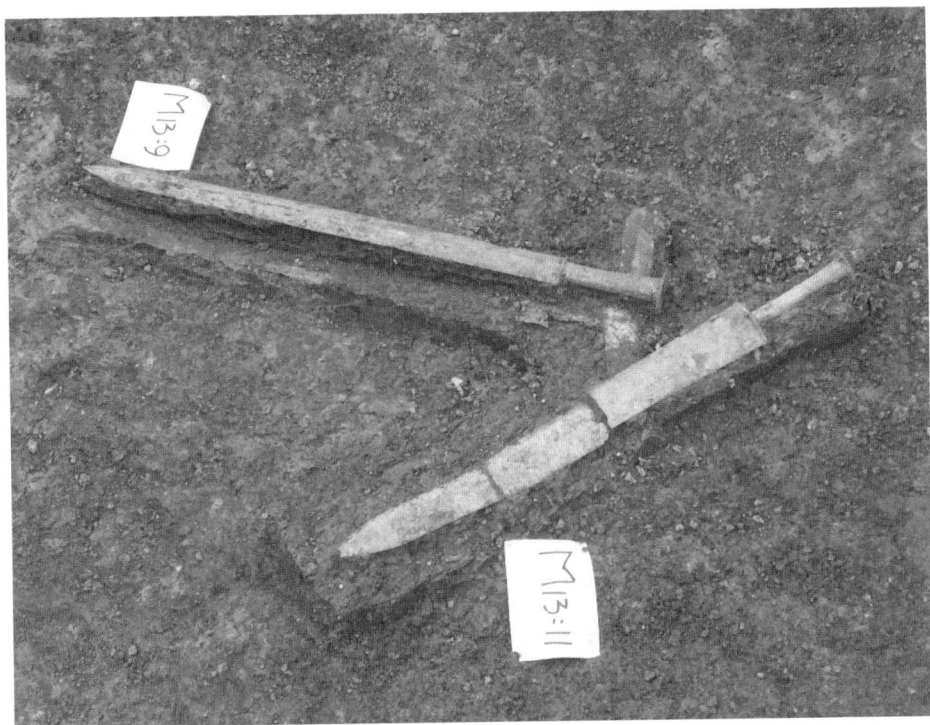

春秋战国墓群青铜器

经过市文物处考古专业人员夜以继日的挖掘，掌握了基本情况，其建筑有一定特色。23座墓大小不一，建筑方式也不同。其墓是土坑竖穴，墓葬内，墓壁制作规范，墓内填土都是经过制作的"五花土"，并有墓道。据悉，墓群分布的特点是聚族而葬，墓地既有贵族墓，也有平民奴隶墓，分士元级、大夫级。配葬主要以青铜兵器，陶礼器为主。因身份不同，其规模也不同，规格大小不等，小的只有2米、0.8米，大的有5.6米、3.5米。并且，贵族墓的墓矿规模较大，有生土二层台和墓道。根据这些特征判断，这是典型的家族墓葬群。

昨天我在发掘现场看到，墓葬内，出土了一大批铸造工艺相当精湛的青铜器、玉器、陶器、滑石器等百余件物品。墓葬内，还发现了青铜兵器，50多厘米长。虽然已过千年，还闪闪发光。一把保存完全，万分遗憾的是，还有一把已断裂为三节。文物处黄军认介绍说，这些文物之所以保存状况还如此好，得益于墓葬里白膏泥的保护作用。因为，一层层的白膏泥与空气隔绝，起到防腐作用，让距今最少有2000多年青铜器还依然保持了其光泽。特别是青铜器，造型别致、精巧，生产工艺复杂，不但文物价值非常高，更为研究古代兵器制作留下了实本。

文管处专业技术人员谈到，桐子坡墓葬群所发掘的20多座古墓，年度跨越2000多年，以楚文化的特征为主，内涵十分丰富。这批发掘资料，不仅为人们展示了东周时期的丧葬风俗，而且可以透过这些出土文物遗迹，看到当时社会的物质、文化生活等多个方面，对研究当地历史具有十分重要的实物资料价值。

文物发掘专业人员在汨罗春秋战国古墓葬群考研

其考古对于岳阳乃至湖南省研究春秋战国时期的生活习俗、宗教祭祀、兵役，特别是对于罗子国的历史考研提供了不可多得的资料。从墓葬中，还可以看出当时的兴盛与衰亡；从文物中，研究其制作工艺，对于发现文化及风土人情，都有极其重要的价值。

考古工作人员在墓葬群东面方向坡上，还发现了几处形状相同，规格相同的圆形古迹。从整体看，保存较完整，但无法确认其用途。考古工作人员根据形状推测，应该是生活用古井，但根据习俗推测，似乎在墓葬群区域内出现古井如此多的古井群，不大可能。为解开疑团，市文物管理处的技术人员还坚持在工地现场坚守，做进一步的勘探。

据岳阳市文物管理处副主任黄军认介绍。汨罗为高泉山区域，是春秋战国古墓葬埋藏非常密集的一个区域。

这次城市阳光的开发商，因为积极配合文物部门对古墓葬群的全部挖掘工作，使得一批国家珍贵地下重要文物免遭破坏。

我现场采访了汨罗文物管理所所长赵磐。他介绍，古墓葬群发掘地离古罗子国城地址不远。那里曾是高象山，1966 年建县选址这里时，还没有文物管理部门，在原来的基本建设中，缺乏地下勘探的调查工作，对于文物保护不及时。1980 年，汨罗市成立文物管理所后，提高了居民的文物保护意识。现在，业务能力大大提高，特别近几年，工程报建工作实施，一切建设先必须都得向文物部门报察。成绩显著的是，现在整个范围几乎再未遭遇文物破坏事件。

2006 年，汨罗帝豪国际建设施工，发现四座春秋战国的墓群；2012 年，幸福家园也发现了一个春秋战国墓，均得到了保护性挖掘，免遭文物破坏及流失。

黄军认呼吁各部门在进行基础建设的时候，事先报请文物部门，对有可能埋葬文物的地方，进行调查勘探。这样既有利于基础建设，也有利于国家文物保护。